Ulrike Herwig
Sag beim Abschied leise Blödmann

Ulrike Herwig

Sag beim Abschied leise Blödmann

Roman

Marion von Schröder

S. 247: »Er schlang seine Arme ...« und »Werther, rief sie ...«
Aus: J.W. Goethe, *Die Leiden des jungen Werther*, Reclam,
Stuttgart 1984, Seite 139
S. 259: »Der Sauerteig, der mein Leben ...« Aus: Ebenda, Seite 77

Marion von Schröder ist ein Verlag
der Ullstein Buchverlage GmbH

ISBN: 978-3-547-71185-1

© 2013 by Ullstein Buchverlage GmbH, Berlin
Alle Rechte vorbehalten
Gesetzt aus der Granjon
Satz: LVD GmbH, Berlin
Druck und Bindearbeiten: CPI – Clausen & Bosse, Leck
Printed in Germany

To Chris, who makes everything in life easier with his great
sense of humour

Für Chris, der mit seinem herrlichen Humor alles im Leben
leichter macht

1

Das Schaf stand mitten auf dem Holzweg und sah sie beide erstaunt an. Sein längliches Gesicht und die langsamen Kaubewegungen erinnerten Charlotte an ihre Schülerin Berenike Katscheck, ihre ganz persönliche Pest aus der Klasse BF1 der Berufsschule Berlin-Mitte. Berenike schob immer einen Kaugummi im Mund hin und her und lagerte ihre schweren Brüste demonstrativ auf dem Tisch, als ob deren Gewicht sie sonst ins Erdinnere ziehen würde. Charlotte versuchte, den Gedanken an Berenike und die Berufsschule zu verscheuchen. Sie war schließlich hier, um sich eine kostbare Februarwoche lang zu erholen. Von ihrer anstrengenden Lehrertätigkeit und von Berenike und all den anderen gelangweilten Mädchen im einjährigen Bildungsgang *Soziales und Hauswirtschaft*. Die verbrachten nämlich Charlottes mühsam vorbereitete Unterrichtsstunden vor allem damit, zu gähnen, sich Klumpen aus der Wimperntusche zu entfernen oder ihr Facebook-Profil mit vor dem Spiegel aufgenommenen Fotos und ihren täglichen Horoskopen zu verschönern.

»Heißt das Schaf *Geschiebemergel*?« Die Stimme ihrer Tochter Miriam riss Charlotte aus den Gedanken. Miriam zeigte auf ein Schild. »Da steht: *Achtung – auf den nächsten 500 Metern ist mit Geschiebemergeln zu rechnen!*«

»Was?« Charlotte riss sich von dem hypnotischen Gekaue des Schafes los. Geschiebemergel? Was war das gleich? Blass waberte eine Erinnerung an die Oberfläche ihres Gedächtnisses. Ihre alte Erdkundelehrerin, wie hieß die nur gleich, die immer so eine Frisur wie ein Verkehrshütchen hatte und die Brocken von Gestein auf dem Lehrertisch aufbaute und diese liebevoll herumreichte wie kostbare Gaben aus dem Morgenland. Geschiebemergel war Kalk, oder? »Das ist so ein Gestein«, antwortete Charlotte zögernd. »Mit Kalk. Glaube ich. Nein, warte.« Es fiel ihr wieder ein. »Das sind so Reste, die vom Gletschereis geschoben werden, also wurden ...«

»Ist okay, Mama. Ich google es«, schnitt Miriam ihr das Wort ab. »Da kann ich gleich mal nachgucken, ob in Berlin auch so ein kackblödes Wetter ist.«

»Miriam!«

»Und wenn nicht, dann können wir wieder fahren. Wir waren doch schon lange genug hier.«

»Wir sind gerade mal drei Tage hier. Und hier ist es doch schön. Herrliche Natur, Strand, Felsen und ...« Charlotte breitete die Arme aus, trat einen Schritt zur Seite und landete mit dem Fuß in etwas Nassem, Weichem und Braunem. »Herrgott noch mal!«, entfuhr es ihr. Die Schuhe waren hin. Phantastisch. Ansonsten hatte sie nämlich nur noch die Gummistiefel mit Blumenaufdruck mit in den Urlaub genommen, die sie in einer teuren Berliner Boutique gekauft, aber noch nie angehabt hatte. Sie kam sich damit wie ein überaltertes Kindergartenkind vor.

Miriam kicherte. »... und herrlicher Schlamm!«

Charlotte rieb ihren Schuh am Gras ab. Wem wollte sie eigentlich etwas vormachen? Der Urlaub war keine Erholung. Es regnete nicht nur seit Tagen immer wieder, es stürmte und wehte, Sand flog ihnen in den Mund, sobald sie ihn öffneten, scharfer Wind fuhr brutal durch alle Stoffritzen, ließ die Augen tränen und verursachte einen permanent stechenden Kopfschmerz. Charlotte trank jeden Abend allein zu viel Wein, und Miriam hatte bereits alle ihre Bücher ausgelesen und sich aus der mageren Bibliothek der Pension Sanddorn gestern Abend *Entfesselte Dämonen* geliehen. Charlotte hatte das geflissentlich ignoriert, musste sich aber insgeheim eingestehen, dass sie unbedingt abreisen sollten, ehe Miriam sich zum Restbestand der Bibliothek (*Geheimes Verlangen* und *In seinem Bann*) durchgearbeitet hatte. Sie war schließlich noch nicht mal zehn.

»Wir gehen weiter. Wir wollten doch eine Strandwanderung machen.« Charlotte wedelte halbherzig mit der Hand. »Na los, du Schaf. Aus dem Weg.«

Das Schaf hörte auf zu kauen und setzte sich dann verwirrt in Richtung Fischräucherei in Bewegung.

»Wow, es gehorcht dir.« Miriam war voller Bewunderung.

Charlotte war selbst ganz überrascht. Ja, es gehorchte, im Gegensatz zu ihren Schülern. Vielleicht gäbe sie eine viel bessere Schafhirtin als eine Lehrerin ab? Sie ließ ihren Blick über die Dünen und die regengraue Ostsee schweifen. Das wäre es doch. Sich hier auf Rügen ansiedeln und jeden Tag würzige Ostseeluft einatmen und nicht den Mief von Nikotin, Schweiß und süßlichen Promi-Parfüms, der sich täglich in den Klassenzimmern ausbreitete wie eine Biowaffe. Obwohl – wenn Charlotte ehrlich war, hatte sie sich als Teenager ebenfalls eimerweise Parfüm auf den Körper gekippt. *Gabriela Sabatini – Eau de Parfum.* Wenigstens so lange, bis ein Junge, in den sie damals leidenschaftlich verknallt war, behauptet hatte, sie rieche damit wie die Sabatini nach dem fünften Satz.

Aber trotzdem – nach Rügen zu fliehen, das hatte was. Hier wohnen und sich um Schafe kümmern, die zugegebenermaßen auch ein bisschen streng rochen, aber wenigstens nicht dauernd hinterfragten, wozu sie denn Englisch oder gar Deutsch brauchten.

Charlotte seufzte. So ein Haus am Meer war unbezahlbar. Und ihr Mann Phillip hasste die Provinz, der würde sowieso nie mitmachen. »Komm, Schatz. Noch ein bisschen laufen«, sagte sie betont munter und streckte die Hand nach ihrer widerstrebenden Tochter aus.

Ohne Vorwarnung setzte ein sturzbachartiger Regen ein. Miriam drehte sich reflexartig um und marschierte in entgegengesetzter Richtung davon, Charlotte stieß einen leisen Fluch aus. Voller Neid dachte sie an Phillip, der vorausschauend in Berlin geblieben war. Er wollte die ganze Woche straff zu Hause durcharbeiten, um endlich einmal Liegengebliebenes in seiner Firma aufzuholen. Mit vielen Gesten des Bedauerns und der Entschuldigung hatte er seiner Tochter versichert, dass er nichts *lieber* täte, als mit ihr im Sand nach Schätzen zu suchen, aber leider, leider … Von wegen, dachte Charlotte grimmig. Was du *lieber* machst als alles andere auf der Welt, ist, die Beine am Schreibtisch hochzulegen, literweise Espresso zu trinken, wichtigtuerisch Befehle ins Telefon zu bellen und bei StayFriends.de nachzusehen, welche deiner ehemaligen Klassenkameradinnen am wenigsten aus dem Leim gegangen sind, um ihnen dann per E-Mail von deinen Erfolgen zu berichten.

Das Schaf blökte leise, und eine besonders hinterlistige Böe klatschte einen Schwall eisigen Regenwassers in Charlottes Gesicht. Sie atmete tief durch und folgte Miriam.

Auf der Strandpromenade in Binz hörte der Regen wieder auf, und sofort spuckten die Cafés und Restaurants ihre Gäste wieder aus – Stadtmenschen, die gierig die feuchte Meeresluft einatmeten und ihre extra für den Urlaub angeschafften Jack-Wolfskin-Jacken ausführten.

»Darf ich Rosi ein Geschenk kaufen?«, fragte Miriam.

Charlotte zuckte mit den Schultern. »Von mir aus.« Rosi war Miriams Klavierlehrerin, eine blonde Studentin Mitte zwanzig, mit lila Federn im Haar und dunkelrot geschminkten Lippen, die Miriam in einer chaotischen Wohnung seit einigen Wochen die Tonleitern auf und ab spielen ließ. Voller Eifer sang Miriam dazu: »Der Tante Nudelbeck, der läuft der Pudel weg«, immer und immer wieder, während Rosi – den Verdacht hatte Charlotte zumindest – gelegentlich auf eine Zigarettenlänge auf den mit tropfnasser Unterwäsche bespannten Balkon davonschlich. Rosi schien in Miriam eine echte Begeisterung für Musik hervorzurufen, weshalb Charlotte ihre Tochter trotz allem jede Woche zum Klavierunterricht im Prenzlauer Berg ablieferte und es sogar fertigbrachte, dem stets stumm in der Küche sitzenden Mitbewohner mit dem Nasenring freundlich einen guten Tag zu wünschen.

Sie betraten einen kleinen Souvenirladen, dessen Schaufenster mit maritimem Kitsch für jede Stimmungslage angefüllt war.

»Das hier oder das hier?« Miriam hielt einen Miniaturstrandkorb und einen großen Hühnergott hoch. Charlotte lag es auf der Zunge zu sagen, dass Rosi sich wahrscheinlich eher über eine Literflasche Sanddornlikör freuen würde, aber sie hielt sich zurück. »Den Hühnergott vielleicht? Zeig mal her.« Sie betrachtete den faustgroßen Stein, in den jemand eindeutig mit einem Bohrer oder Meißel ein exakt kreisrundes Loch gebohrt hatte. »Der ist ja gar nicht echt«, rief sie überrascht.

»Natürlich ist der echt. Sind alle echt«, meldete sich beleidigt das Hutzelmännchen hinter der Kasse.

»Das Loch ist nicht echt. Hier sieht man ja noch die Bohrrillen.« Charlotte hielt ihm den Stein hin.

Der Mann verzog keine Miene. »Is echt«, wiederholte er stur.

»Sehen Sie das denn nicht? Das ist doch kein natürlich entstandenes Loch!« Dieser Mensch regte Charlotte langsam auf.

Der Ladenbesitzer zuckte nur mit den Schultern. »Natürlich entstandenes Loch ... Bin ich Mutter Erde oder was? Wollen Sie den Stein jetzt oder nicht?«

»Ja«, sagte Miriam schnell. »Bitte, Mama. Ich gebe es dir auch von meinem Taschengeld wieder.« Charlotte verdrehte die Augen, zog einen Schein aus dem Portemonnaie, bezahlte eine Unsumme für den größten Nepp seit der Erfindung der Kaffeefahrt und wartete anschließend im wieder einsetzenden Regen vor der Tür, bis das Rumpelstilzchen da drin den Stein für Miriam umständlich in mehrere Lagen Zeitungspapier eingewickelt hatte.

»Jetzt habe ich ein Geschenk für Rosi, jetzt können wir zurück nach Hause«, meinte Miriam zufrieden, als sie aus dem Geschäft kam.

Auf dem Weg zurück zur Pension Sanddorn quietschte der Schlamm in Charlottes Schuh bei jedem Schritt, und der Wind fauchte dazu wie eine gereizte Katze.

»Warum können wir nicht nach Hause fahren?«, jammerte Miriam. »Da kann es auch regnen, aber da sind wenigstens meine Freundinnen.«

»Weil wir noch zwei Tage gebucht haben.« Normalerweise brach Charlotte einen Urlaub nicht ab, sie hatte schließlich dafür bezahlt, aber das Wetter war einfach so was von unbeschreiblich schlecht, dass ihre eisernen Grundsätze ins Wanken gerieten. »Okay«, sagte sie schließlich und blieb stehen. »Ich sage dir was: Wenn das komische Ehepaar vom Frühstück *heute Abend* miteinander redet, dann bleiben wir noch. Wenn nicht, fahren wir.«

Miriam grinste verschwörerisch. Das »Ehepaar vom Frühstück« saß in der Pension zu den Mahlzeiten am Nachbartisch und hatte in der ganzen Zeit noch kein einziges Wort miteinander gewechselt. Sie reichten schweigend Butter und Marmelade hin und her, als ob sie durch Telepathie miteinander verbunden wären, und ließen glasig ihre Blicke in entgegengesetzte Ecken des Raumes schweifen. Es war absolut unwahrscheinlich, dass die beiden ausgerechnet an diesem Abend miteinander reden würden. Miriam hatte blitzschnell kombiniert, dass eine Heimfahrt unmittelbar bevorstand. »Okay«, sagte sie und grinste immer noch, als Charlotte sich mit ihr in der Pension zum Abendessen einfand. Als das Ehepaar erschien, fing Miriam an zu kichern.

»Psst«, machte Charlotte, musste sich aber selbst das Lachen verkneifen. Die Frau trug einen gestrickten Pullover mit nordisch anmutenden Applikationen, in dem sie wie ein untersetzter Wikinger mit Dauerwelle aussah. Schweigend ließen die beiden sich am Nachbartisch nieder und begannen ihre Prozedur des Butter-hin-und-her-Reichens. Miriam hielt den Griff ihres Messers vor Spannung so fest umklammert, dass das Weiße ihrer Fingerknöchel hervortrat.

Charlotte kaute gerade ihre Bratkartoffeln, da öffnete der

Mann plötzlich den Mund. »Du siehst heute wieder so was von bescheuert aus«, sagte er zu seiner Frau.

Charlotte verschluckte sich und hustete. »Miriam«, keuchte sie. »Wir fahren trotzdem.«

Warum zum Teufel ging Phillip nicht ans Telefon? Charlotte ließ entnervt ihr Handy sinken und sah aus dem Zugfenster. Zweimal hatte sie schon versucht, ihn zu erreichen, aber er ging einfach nicht ran. Wollte er ihr signalisieren, wie beschäftigt er war? Es war abends um sechs, verdammt noch mal. Sie wussten doch beide, dass er da nicht mehr arbeitete, sondern entweder Musik von dubiosen russischen Anbietern auf seinen PC herunterlud oder bei den Nachbarn Billard spielte.

Charlotte wählte seine Nummer ein letztes Mal. »Wir kommen eher nach Hause, kannst du uns bitte um halb zwölf vom Bahnhof abholen?« So. Und wehe, er war nicht da. Die Reise war ohnehin schon kein Zuckerschlecken, mehrmals mussten sie umsteigen, die letzte Strecke mit einem Regionalzug fahren. Wenn sie den überhaupt erwischten, denn ihr Zug hatte bereits zehn Minuten Verspätung und war noch keinen Zentimeter aus dem Bahnhof heraus. Warum bin ich nur so ein Weichei, dachte Charlotte. Wenn ich nicht immer so gestresst beim Autofahren wäre, müssten wir jetzt nicht um unseren Anschlusszug bangen, sondern würden bequem nach Hause düsen.

Auf dem Bahnsteig gegenüber stand eine Mutter mit ihren beiden kleinen Töchtern, beide mit Zöpfchen, die größere mit der kleineren an der Hand. Die Kinder lachten und sprangen absichtlich in eine große Pfütze, während ihre Mutter mit einer älteren Dame redete und dabei immer wieder in ihrer Hand-

tasche wühlte. Als sie die kleinen Mädchen entnervt zurecht-
wies, kicherten die und versuchten dann, sich hinter dem Rücken der Mutter gegenseitig in die Pfütze zu schubsen. Wie wir
damals, schoss es Charlotte durch den Kopf. Genau wie wir. Sie
wandte sich ab. *Weg mit den Erinnerungen.*

»Eine Schwester zu haben muss so schön sein.« Miriam hatte
die beiden ebenfalls bemerkt. »Meinst du, ich bekomme noch
irgendwann eine Schwester?«

»Nein, mein Schatz.«

»Aber du ...«

Charlotte zog rasch ein Buch aus ihrer Tasche. »Eine Schwester zu haben ist nicht immer nur etwas Schönes. Glaub's mir.«
Der Schaffner pfiff, endlich. »Und jetzt geht es los. Wir kommen irgendwann wieder her. Wenn besseres Wetter ist. Dann
wirst du sehen, wie schön es hier sein kann.«

»Hm«, brummte Miriam. Ihre Begeisterung hielt sich eindeutig in Grenzen, aber wenigstens war die lästige Frage nach einer
Schwester aus der Welt.

Der Zug ächzte und ratterte durch die dunkle Nacht, endlose
Felder zogen vorbei, hier und da ein Provinzbahnhof, und irgendwann blieb der Zug mitten in der Landschaft stehen, eine unver-
ständliche Durchsage faselte etwas von »...echnischen ...rig-
keiten«. Nachdem exakt die Zeit verplempert worden war, die
Charlotte und Miriam zum Umsteigen gebraucht hätten, ging
es weiter. Charlotte hatte Phillip immer noch nicht erreicht und
wurde langsam wütend, vermischt mit leiser Sorge. War ihm
etwas passiert?

Mit der schlaftrunkenen Miriam im Schlepptau stieg Charlotte schließlich erschöpft in die letzte Regionalbahn und merkte
viel zu spät, dass sie im Partyabteil der Landjugend gelandet

war. Zwei stämmige junge Männer dirigierten dort ein unsichtbares Orchester mit ihren Bierflaschen und sangen laut und falsch: »Hey, sie hatte nur noch Schuhe an ... Hey, sie hatte nur noch Schuhe an!«, während Mädchen in viel zu dünner Kleidung einen Background-Sound aus wieherndem Gelächter lieferten.

»Und jetzt alle zusammen!«, schrie einer der Männer und sah sich auffordernd nach allen Seiten um. »Hey ...« Er hob dramatisch die Hände wie die Christus-Statue in Rio und grölend fiel nahezu das gesamte Zugabteil mit ein: »... sie hatte nur noch Schuhe an!«

Ich halte das nicht aus, dachte Charlotte. Dieser Tag ist nicht mein Freund. Phillip hatte sich nicht gemeldet, und so war es auch keine Überraschung, dass nach einer schier endlosen Stunde von »... nur noch Schuhe an!« Phillip nicht am Bahnhof stand. Charlotte nahm zähneknirschend ein Taxi. Endlich vor ihrem Haus angekommen, war drinnen alles dunkel. Nein, halt, ein kleines Licht dämmerte im Wohnzimmer. Vor dem Fernseher eingeschlafen, das war doch nicht zu glauben.

»Papa schläft«, sagte sie zu ihrer Tochter, die selbst nicht mehr richtig wach war. Charlotte schloss die Tür auf. »Geh am besten auch gleich ins Bett.« Miriam nickte und stolperte in den dunklen Flur. Ein scharrendes Geräusch kam aus dem Wohnzimmer. War Phillip doch noch wach? Dann konnte er sich gleich etwas anhören. Wenn sie etwas getrunken hatte, sie war am Verdursten. Charlotte ließ die schwere Tasche fallen, ging in die Küche, riss die Kühlschranktür auf und goss sich ein Glas Wasser ein.

»Mama, guck mal«, rief Miriam plötzlich aus dem Flur. Sie klang verwundert und hellwach. »Hier ist ...« Sie brach ab, und

16

Charlotte hörte ein leises Flüstern. Das klang nicht wie Phillip, das ... Sie trat in den Korridor und holte erschrocken Luft. Neben Miriam stand jemand.

»Rosi?«, fragte Charlotte verblüfft. »Was um alles in der Welt machst du denn hier? Wie bist du hier hereingekommen?«

Rosi blickte stur nach unten und antwortete nicht. Ihre Haare wirkten zerwühlt, und sie trug einen grauen Regenmantel, der Charlotte an irgendetwas erinnerte. Und dann, als etwas im Wohnzimmer klirrte, wahrscheinlich ein Glas umfiel, weil jemand hastig etwas aufräumte, zuckte Rosi zusammen und ließ das Bündel fallen, das sie sich unter den Arm geklemmt hatte. Da wusste Charlotte auf einmal auch, woran sie dieser seltsame Aufzug erinnerte. Miriams Klavierlehrerin glich auf absurde Weise einem Entblößer, denn als Rosi sich nach dem Bündel bückte, ging der Regenmantel vorn auf und darunter war Rosi splitterfasernackt. Sie hatte nur noch Schuhe an.

2 Drei Monate später

Tupperdosendeckel, eine kaputte Grillzange, kitschige Topflappen, ein alter Mixer. Es war unglaublich, wie viel Schrott sich im Laufe der letzten Jahre angesammelt hatte. Charlotte fegte den ganzen Kram mit einer entnervten Bewegung in den riesigen Müllsack neben sich.

»Haust du das alles weg?« Ihre Kollegin und Freundin Veronika sah ihr belustigt zu.

Charlotte nickte. »Restmüll, alles miteinander.« Ihr Blick fiel auf zwei Tassen, die so geformt waren, dass sie sich aneinanderschmiegten wie Verliebte. *Du und ich forever* stand darauf, von roten Herzchen umflattert. Irgendeine Arbeitskollegin von Phillip hatte ihnen das Ding zur Hochzeit geschenkt. »Und dieses reizende Teil erst recht. *Forever* ist ja nun eindeutig vorbei.«

Veronika lachte. »Mann, ist das hässlich. Habt ihr das je benutzt?«

»Nie.« Charlotte knallte das Ding nicht nur in den Sack, sie trat sogar noch darauf. Es knirschte angenehm, und wenn sie die Augen schloss, konnte sie sich beinahe vorstellen, auf Phillips Jacketkronen herumzutrampeln. »Restmüll, wie meine Ehe.«

18

»Ach, Charlotte.« Veronika verzog mitfühlend das Gesicht. »Lieber ein Ende mit Schrecken als ein Schrecken ohne Ende.«

Charlotte schniefte. »Stimmt. Einen Schrecken ohne Ende hatte ich ja die ganzen Jahre lang. Ich frage mich nur: Warum? Warum gerade ich? Warum musste ich den notorischsten Fremdgänger der Welt heiraten?«

»Du warst jung und dumm, wie wir alle.«

»*Du* warst nicht dumm. Du hast dir einen Rosinenmann rausgepickt.«

Veronika lächelte. »Na, heute ähnelt er mehr einem Hefezopf.«

Charlotte lächelte pflichtschuldig, aber Hefezopf hin oder her, Veronikas Mann war ein Schatz. Und Phillip ein Arschloch. Wie hatte sie nur jahrelang so blöd sein können?

»Lass uns weitermachen. Dann bin ich hier bald fertig und dann Klappe zu, Affe tot. Dann heißt es adios, Mahlsdorf.« In Mahlsdorf hatte sie sich sowieso nie wohl gefühlt. Zu spießig, zu viele Exprenzlberger, die sich gegenseitig das Märchen vom Landleben vorspielten.

»Du wirst die Ruhe noch vermissen«, neckte Veronika. »Und den Garten. Perfekt für Kinder und Tiere.«

»Ich mag sowieso keine Tiere.«

»Du weißt nicht, was du verpasst. So ein treuer Dackelblick ...«

»... erinnert mich nur an Phillip. Schönen Dank auch.«

Vor Phillips ehemaligem Arbeitszimmer lag ein großer Haufen Zeug, das er bei seinem Auszug nicht mitgenommen hatte.

»Jetzt kommen wir zu den Kronjuwelen«, verkündete Charlotte und hielt ihr persönliches Hassobjekt Nummer eins hoch: die pervers labberigen Jogginghosen, die er immer so gern im Haus getragen hatte.

»Uh, gruslig.« Veronika fuhr erschrocken zurück. »Hat er die im Bett angehabt?«

Charlotte nickte. »Nicht nur da. Überall und immer. Für mich brauchte er ja keine Umstände zu machen. Zu den Dates mit Rosi oder den ganzen anderen jungen Schnepfen hat er natürlich seine Lederjacke angezogen, die ich ihm gekauft habe.« Gegen ihren Willen traten ihr die Tränen in die Augen. »Und seine dämliche Sonnenbrille.« Sie schluchzte. »Wahrscheinlich, damit man seine Falten nicht sieht.«

Veronika streichelte ihren Arm. »Wie viele waren es denn?«, fragte sie leise.

Da war diese Kellnerin aus dem alternativen Café, die immer so gebatikte Wurstkleider anhatte und sich die Haare mit Henna färbte. Da war die kleine Asiatin, kaum einen Kopf größer als Miriam. Da war seine Sekretärin mit Lippen, so prall wie Nürnberger Würstchen. Die Praktikantin mit den roten streichholzkurzen Haaren. Charlottes ehemalige Nachbarin im Prenzlauer Berg – alleinerziehende Übermutter mit Waldorftick und frei pendelnden Brüsten unter dem T-Shirt, die Charlotte ständig davon überzeugen wollte, keine Wegwerfwindeln zu benutzen. Da war ...

»Zu viele«, sagte Charlotte knapp. »Und diesmal war einfach das Maß voll. Ich habe ihn ja nicht mal mehr geliebt. Es war nur noch wegen Miriam. Ich bin ohne Vater aufgewachsen, das weißt du ja. Mein Vater hat sich einfach aus dem Staub gemacht, als ich drei Jahre alt war, weil ihm das Familienleben auf die Nerven ging. Und nachdem ich jahrelang davon geträumt hatte, dass er vielleicht doch irgendwann zurückkommt, weil er mich vermisst und liebhat, da hat er sich im Vollrausch zu Tode gefahren. Ich habe immer die anderen Kinder um ihre Väter beneidet. Und das wollte ich Miriam ersparen. Nicht zu vergessen die Panik, dass man alleine finanziell den Bach runtergeht.« Sie wischte sich die Tränen weg. »Aber irgendwann ist die Angst vor einer kleineren Wohnung weniger schlimm als die vor einem Leben als zweite Wahl. Und wer braucht schon auch den ganzen Konsumkram.« Sie schmiss eine Ladung CDs zu den ganzen anderen Phillip-Überbleibseln.

Veronika betrachtete den Haufen. »Wir könnten das alles mit Benzin übergießen und draußen im Garten verbrennen. Du könntest noch eine Strohpuppe nach seinem Ebenbild basteln. Wie sie das in England machen, am Guy Fawkes Day.«

»Wow.« Charlotte zog die Augenbrauen hoch. »Veronika, du überraschst mich. Ich dachte, du bist die Güte in Person.« Sie grinste. »Lieber nicht. Dann verursachen wir noch einen Brand, es hat seit Wochen nicht geregnet.« Überdies würden die Nachbarn sich das Spektakel nicht entgehen lassen wollen und mit falschzüngigem Mitleid und gierigem Blick hinter den Zäunen und Gardinen lauern, um sich anschließend genüsslich in den eigenen abgestandenen Ehemief zurückzuziehen. *Lieber einen nervenden Mann nebst Fernbedienung im Sessel zu Hause als einen Benzinkanister in der Hand wie die arme betrogene Verrückte da draußen ...*

»Was jetzt noch?« Veronika sah sich um.

Charlotte überlegte. Die Küche war leer. »Noch kurz die zwei Kisten vom Speicher durchsehen.«

Veronika schnappte sich eine der Kisten. »Ach du lieber Himmel. Was ist denn das Vorsintflutliches? Kann das weg? Oder willst du das unseren Schülerinnen zeigen, um zu demonstrieren, wie anstrengend es mal war, eine SMS zu schicken?«

Sie hielt ein altes Handy mit Aufladestation hoch. Es wirkte plump, riesig und total überholt, wie ein Relikt aus einem Science-Fiction-Film aus den Siebzigern.

»Kann weg«, antwortete Charlotte gleichgültig. Dann schoss ihr ein Gedanke durch den Kopf: Das hier war das letzte Handy aus Singlezeiten. Darauf mussten die Nummern ihrer alten Freunde sein. Leute, die sie aus den Augen verloren hatte. Die vielleicht immer noch allein oder ebenfalls frisch getrennt waren. Mit denen sie jetzt wieder etwas unternehmen konnte ... »Warte, doch nicht wegwerfen.« Sie drehte das Handy nach allen Seiten. »Ob das Ding noch geht?«

Charlotte wurde von einer seltsamen Unruhe ergriffen und beschloss, das Handy aufzuladen. In der Zwischenzeit konnten sie die restlichen Kisten durchgehen und noch einen Kaffee trinken. Tatsächlich glimmerte nach einer Weile ein schwaches grünes Licht an dem Telefon auf.

»Es lebe die Technik«, murmelte Charlotte. »Und beinahe hätte ich dich entsorgt.« Sie schaltete das Handy ein. »Bingo.« Da war sogar noch eine Nachricht auf dem AB. Warum hatte sie die damals nicht gelöscht? Charlotte drückte auf den Knopf, und in dem Moment, als die Stimme erklang, brach die Vergangenheit wie eine Horde wilder Nomaden in das leere Reihenhaus ein.

»Meine große Kleine, du, ich freu mich total auf morgen. Das wird die Party des Jahrhunderts.« Ein Lachen. »Ben freut sich auch schon. Er hat euch sogar ein Lied geschrieben, also besorge dir lieber ein paar Ohrstöpsel.« Wieder Lachen. »Ich hab dich lieb, Lottchen, für immer und immer!« Ein Kussgeräusch. »Bis dann!«

Charlotte bewegte sich nicht. Dann setzte ein eigenartiges Ziehen in ihrem Bauch ein, das bis zum Herzen hochwanderte.

Es war Sehnsucht. Nach dem Menschen, der ihr einmal auf dieser Welt der vertrauteste gewesen war.

»Wer war denn das?«, fragte Veronika.

»Meine Schwester Doro.«

»Du hast eine Schwester? Was? Das hast du mir nie erzählt!«

»Wir haben keinen Kontakt mehr. Seit ... ach, ich weiß gar nicht mehr, wie lange.« Unsinn, natürlich konnte sie sich noch haargenau daran erinnern, wann sie Doro das letzte Mal gesehen hatte.

Veronika warf ihr einen irritierten Blick zu. »Aber, das ist doch deine Schwester. Wolltest du denn nie herausfinden, wie es ihr geht?«

»Ab und zu. Ich habe sie gegoogelt. Aber sie ist wie vom Erdboden verschluckt.«

»Vielleicht lebt sie ja gar nicht mehr?« Veronika schlug die Hand vor den Mund. »Sorry, das habe ich nicht so gemeint.«

»Ist schon okay. Es ist ja ... durchaus möglich.« Doro war quicklebendig, Charlotte konnte es spüren.

»Vielleicht solltest du doch noch mal nach ihr suchen? Jetzt, wo du ohnehin ein neues Leben anfangen willst? Vielleicht ist euer Streit längst verjährt? Das Leben ist doch so kurz.« Veronika stand auf. »Ich muss los. Bis morgen im Irrenhaus.«

»Bis morgen. Danke für alles, du.«

Als Veronika gegangen war, saß Charlotte einen Moment lang auf dem Fußboden, von Kisten umgeben und den Blick in die Ferne gerichtet. Veronika hatte recht. Ein neues Leben sollte man gleich richtig anfangen. Alten Streit begraben. Aber wie sollte sie Doro finden? Sie hatte nicht gelogen, sie hatte Doro oft gesucht. Vor einiger Zeit, kurz vor Weihnachten, hatte sie nach ihrer Schwester tagelang im Internet gesucht und nichts gefunden. Manche Menschen lebten einfach immer noch an der Peripherie der gläsernen Welt. Absichtlich? Doch jetzt, heute, hatte das Telefon Charlotte auf eine neue Idee gebracht: Ben. Doros Rockmusiker-Freund damals. Vielleicht konnte man den ausfindig machen? Vielleicht hatte der eine Ahnung, wo Doro steckte?

Aufgeregt klappte Charlotte ihren Laptop auf. Keine zwei Minuten später hatte sie eine Website ausfindig gemacht. »*Ben the Man – Musik vom Feinst*en.«

»Ben the Man, du lieber Himmel«, murmelte sie. Das nicht sehr professionelle Foto zeigte ihn, einen Arm nach oben gestreckt, mit dem Zeigefinger zum Himmel, die typische Rockerpose. Er sah dicker aus als früher und ein bisschen wie John Travolta in Blond. Aber es war schwer zu sagen, alles auf dem Bild lag im Schatten. Eine Telefonnummer stand auch dort. Sehr gut. Nach nur einem Klingeln meldete sich jemand.

»Künstleragentur Harisch, Sie wünschen?«

»Oh«, sagte Charlotte verdutzt. »Ich wollte eigentlich Ben sprechen. »Ist er da?«

»Ist er da!« Die Männerstimme am anderen Ende klang fassungslos, als hätte Charlotte sich danach erkundigt, wann Elvis denn von seiner Mittagspause zurückzuerwarten sei. »Gute Frau, *Ben the Man* ist ein vielbeschäftigter Künstler. Der ist nicht einfach mal so *da*!«

»Okay.« Charlotte rollte mit den Augen. »Wann ist er denn *da*? Ich muss ihn sprechen. Kann ich mal vorbeikommen?«

»Nein das können Sie auf gar keinen Fall.«

»Und wieso nicht, wenn ich fragen darf?« Was war denn das für ein Wichtigtuer?

»Weil nicht jeder einfach so hier vorbeikommen kann. Er ist

viel unterwegs, das sagte ich bereits. Konzerte, Promotions usw. Und woher soll ich außerdem wissen, ob Sie nicht ein durchgeknallter Fan sind, der ihn erschießen will?«

»Wie bitte?«, fragte Charlotte entgeistert.

»Ich sage nur John Lennon. Kennen Sie ja vielleicht.«

»Ja, natürlich kenne ich ... hören Sie, ich bin kein Fan. Ich will ihn einfach nur ...«

»Ach, Sie wollen ihn buchen? Warum sagen Sie das nicht gleich?« Augenblicklich änderte sich die Stimme des Mannes. Sie wurde wacher, eifriger. »Wann? Welche Größenordnung hat die Veranstaltung? Er ist ein vielbeschäftigter Mann, wissen Sie.«

»Was Sie nicht sagen«, murmelte Charlotte.

»Was?«

»Nichts. Richten Sie ihm einfach nur aus, er soll mich unbedingt zurückrufen.« Sie gab ihre Handynummer durch. »Es geht um Doro. Ich bin ihre Schwester. Ich brauche nur eine Auskunft von ihm.«

»Ja, warum sagen Sie das denn nicht gleich«, ranzte der Mann. »Ich bin ein vielbeschäft-«

Charlotte legte auf.

3 Charlotte blickte auf das Meer aus gesenkten Mädchenköpfen hinab. Die meisten schielten unter der Bank auf ihre Handys, um mit den zukünftigen Sonnenstudiobesitzern Deutschlands (einjähriger Bildungsgang Metallbearbeiter) SMS voller Ausrufezeichen und Smileys auszutauschen. So versteckt das eben ging, um bloß nicht von Charlotte aufgefordert zu werden, ihre Buchvorstellung vor der Klasse zu präsentieren. Vor etwa einem Jahr hatte ein naiver, junger und noch erschreckend enthusiastischer Kollege tatsächlich im Lehrerkollegium den Vorschlag gemacht, man könnte doch den Handyempfang im ganzen Gebäude sperren, es gäbe da solche Handyblocker, mit denen man künstliche Funklöcher schaffen konnte. Ein Schrei der Entrüstung war erklungen, vom Hausmeister über die Sekretärinnen bis hin zu allen Lehrern, von denen etliche den Tag nur überstanden, indem sie regelmäßig Zuflucht bei ihren Smartphones suchten und nachsahen, ob ihr Shop bei eBay nicht endlich genug abwarf, um den Job hier hinzuschmeißen. Als sich herausstellte, dass Handyblocker in Deutschland ohnehin illegal waren, hatte der junge Kollege verschämt den Kopf eingezogen und von da an keinen Mucks mehr gesagt.

»Jessica?« Charlotte nickte dem pummeligen Mädchen in der ersten Reihe aufmunternd zu. »Wie wäre es mit dir?«

Jessica warf stöhnend den Kopf in den Nacken und erhob sich schwerfällig aus der Bank. »Ich weiß aber nicht, ob ich das so mache, wie Sie das wollen«, sagte sie verschnupft.

»Das werden wir ja sehen«, erklärte Charlotte betont munter. »Welches Buch hast du denn gewählt?«

Jessica schielte nervös nach unten auf ihren Zettel. Sie konnte sich nicht einmal an den Titel erinnern. Das fing ja gut an.

»Nein, ich esse meine Suppe nicht«, las Jessica vor.

»Struwwelpeter?«, riet jemand.

Jessica schüttelte den Kopf. »In meinem Buch, was ich heute vorstellen will«, las sie stockend, »geht es um dieses Mädchen namens Chrissy, die also nichts mehr isst, weil sie Magersucht hat, also sie nimmt ganz viel ab.«

»Wie viel denn?«, erkundigte sich Berenike, von der Charlotte angenommen hatte, dass sie schlief.

Jessica blätterte verwirrt in ihrem Buch. »Also, ich glaube, warte mal, sie nimmt so vierzehn Kilo ab, also erst mal.«

»Wow.« Ein beeindrucktes Raunen ging durch den Raum.

»Mit Atkins?«, fragte Berenike zurück.

»Wie heißt denn der Autor oder die Autorin?«, ging Charlotte dazwischen.

»Nein, nicht Atkins.« Jessica klang jetzt etwas sicherer. »Sie hat einfach nichts mehr gegessen. Also nur noch ganz wenig.«

»Also FdH gemacht«, ergänzte ungefragt Lisa aus der zweiten Reihe. »Das ist eh immer noch am besten. Wie bei den Weight Watchers. Mit Punkten und so. Meine Mutter hat da total viel abgenommen.«

»Wenn ich Diät mache, nehme ich immer zuerst am Busen ab, das macht mich wahnsinnig. Warum nicht zuerst am Hintern? Könnte doch mal echt jemand erfinden, einen Shake oder so.« Berenike sah sich beifallheischend um.

»Die Autorin oder der Autor haben sicher …«, setzte Charlotte an, wurde aber wieder unterbrochen.

»Der Arsch-weg-Shake«, rief Lisa und alle lachten. »Da würde ich glatt zehn am Tag trinken!«

»Wie heißt denn nun der Autor und was ist deiner Meinung nach gut an dem Buch?«, fragte Charlotte laut. »Lies doch mal eine besonders gute Stelle vor!« Die Gespräche versickerten und machten betretenem Schweigen Platz.

»Die Autorin heißt Sabine Reutner«, sagte Jessica. »Ich lese da mal jetzt, was die so schreibt.« Sie blätterte nervös durch die Seiten, ließ beinahe ihr Buch fallen, räusperte sich und fand endlich die Stelle. »*Aus dem Spiegel sieht mir ein fettes, hässliches Mädchen entgegen. Kein Wunder, dass er mit mir Schluss gemacht hat. Fette Kuh hat er mich genannt. Wer will schon mit so einer gehen? Heute erst 300 Kalorien zu mir genommen. Ich darf bis heute Abend nichts mehr essen, dann einen Apfel. Das macht 350. Seine Neue ist viel dünner. Schöner. Ich will ihn zurück.*«

Unterdrücktes Schluchzen kam aus der letzten Reihe. Das Mädchen neben Berenike hatte ihre Arme auf den Tisch geworfen und ihr Gesicht darin vergraben. Berenike streichelte ihren Rücken. »Mann, musste das sein«, fuhr sie Jessica an. »Du weißt doch, was Falko zu Denise gesagt hat.«

»Das steht aber hier drin«, wehrte Jessica sich. »Da kann ich doch nichts dafür.« Hilflos sah sie zu Charlotte. Das Schluchzen wurde lauter.

»Denise, wenn du mal kurz rauswillst, dann geh bitte.« Charlotte schielte auf die Uhr. Noch zwanzig Minuten. Das Mädchen tat ihr leid, aber wenn sie jetzt darauf einging, war die

Stunde gelaufen. »Jessica, bitte mach weiter. Was ist deiner Meinung nach gut an dem Buch? Was ist die Aussage?«

Denise stand unter Schniefen auf und begab sich zur Tür. »Du bist nicht zu dick, Denise«, rief jemand. »Falko ist ein Arschloch.«

Ein Handy summte, und automatisch schielten alle unter die Bank. Das Handy summte immer weiter, und Charlotte wollte schon der Klasse den Marsch blasen, als ihr klar wurde, dass es sich um ihr eigenes Handy handelte. Wie peinlich. Sie hatte ganz vergessen, es abzustellen, weil sie bis zur letzten Minute heute früh immer wieder nachgesehen hatte, ob Ben sich vielleicht bei ihr gemeldet hatte. Wie hatte sie Ben nur all die Jahre vergessen können? Warum war sie nicht schon früher einmal auf die Idee gekommen, sich bei ihm nach Doro zu erkundigen? *Weil du bis vor kurzem Doro gar nicht hättest sehen wollen*, flüsterte eine kleine Stimme in ihr. *Du hast ja damals auch nicht versucht, sie aufzuhalten.*

»Entschuldigung«, murmelte Charlotte und griff nach ihrer Tasche. Das Handy kündigte eine neue SMS an.

»Kein Problem«, bemerkte Berenike großzügig. »Gucken Sie nur.« Die Klasse nutzte die Gelegenheit, um ebenfalls einen kurzen Blick auf ihre Handys zu werfen. Natürlich war das nicht in Ordnung, aber Charlotte musste einfach nachsehen. Die SMS war von Ben! *Klar, ruf mich an, hier meine Handynummer, wie geht es meiner alten Doro?* Charlotte lächelte. Wenn diese Stunde endlich vorbei war, würde sie ihn sofort anrufen.

»Gute Neuigkeiten?«, erkundigte sich Lisa interessiert. »Sie freuen sich so?«

»Ich ... entschuldigt bitte. Dringende Familienangelegenheit. Wir machen jetzt hier weiter, entschuldigt bitte noch mal.« Charlotte wandte sich wieder geschäftsmäßig an ihre Schülerin, die immer noch vor der Klasse stand und verwundert ihr Buch hin und her drehte, als hätte sie es noch nie zuvor gesehen. »Jessica?«

»Hm?« Jessica erwachte aus ihrer Starre.

»Was ist deiner Meinung nach gut an dem Buch?«

»Na, es ist gut geschrieben und so. Also, wie sie abnehmen will, weil sie denkt, dass sie ihren Freund dann zurückbekommt. Aber der will sie gar nicht mehr, der hat eine Neue. Und der Witz ist, dem ist sie dann zu dünn, aber sie kapiert das eben nicht, weil sie eben Magersucht hat, und das zeigt das Buch, wie schlimm das halt ist.« Sie holte erschöpft Luft.

Charlotte lächelte ihr aufmunternd zu.

»Wegen 'nem Kerl abnehmen bringt eh nichts«, erklärte Lisa ungefragt. »Wenn er dich nicht mehr will, dann kannst du noch so dünn sein, das ist dem dann auch egal.«

»Manche lassen sich ja dann noch liften und so was oder Brust vergrößern, und dann geht das schief, und du siehst aus wie ein Freak, und der Typ ist längst über alle Berge.« Lisa winkte ab. Zustimmendes Gemurmel erklang. »Und dann rutschen dir die Silikondinger runter oder platzen, dann siehst du so scheiße aus, dass du gar keinen mehr abkriegst.«

»Und weh tut das bestimmt auch.« Ein dünnes Mädchen mit Brille meldete sich schüchtern zu Wort.

»Ich würd's trotzdem machen lassen, warum nicht? Hast du mehr Erfolg im Leben.« Berenike zuckte mit den Schultern.

Lisa protestierte energisch. »Nee, niemals, also ...«

»Was ist denn nun die Aussage des Buches«, versuchte Charlotte sich Gehör zu verschaffen. »Jessica?«

Langsam erstarb das Gemurmel wieder.

Jessica überlegte. »Na, die Aussage ist, dass sie ihrem Freund erst zu dick war und dann zu dünn. Nie war sie gut genug. Und dass es keinen Sinn hat, sich danach zu richten, was dein Freund vielleicht schöner findet. Entweder du gefällst einem Typen oder nicht. Und da ist es dem egal, ob du dick oder dünn bist. Wenn er dich nicht liebt, wird er immer mit anderen rummachen, immer wieder. Und wegen so was muss man nicht aufhören zu essen wie Chrissy, denn sonst stirbt man. Also Chrissy, die stirbt am Ende. Dabei hätte sie doch ohne den noch so viel Spaß haben können.«

Charlotte starrte ihre Schülerin an. Sie konnte sich nicht erinnern, dass Jessica jemals so eine lange Rede gehalten hatte. Wo kamen diese Worte her? Die Tür klappte leise, und Denise kam mit roten Augen wieder herein und setzte sich hin.

»Also, ich denke, die Aussage des Buches ist, dass man sich wegen einem Typen nicht das Leben versauen lassen darf,« schlussfolgerte Jessica und sah unschlüssig von einem zum anderen.

»Da hast du ... völlig recht, Jessica.« Charlotte spürte einen Kloß in ihrem Hals.

Jessicas rundes Gesicht strahlte. »Was krieg ich denn jetzt da drauf?«

»Eine Eins«, sagte Charlotte. Sie lächelte Jessica an. So eine treffende Erkenntnis musste einfach belohnt werden. Es klingelte.

»Also, das Buch klingt richtig gut«, meinte Lisa. »Gibt es das auch als Film?«

Sobald ihre Schülerinnen das Zimmer verlassen hatten, stellte Charlotte sich ans Fenster und wählte Bens Nummer. Als sein »Hello, hello?« erklang, sah sie ihn sofort wieder vor sich. Sah *beide* wieder vor sich, Ben und Doro. Ben, der Anarcho-Punk-Rocker, mit Ledermantel, Dreitagebart und wüsten Haaren, mit T-Shirts voller cooler Sprüche, für die er schon damals ein kleines bisschen zu alt war, mit Lederarmband und Ohrring, eine Art Bob Geldof aus der Provinz. Daneben Doro in kniehohen Stiefeln und mit ständig wechselnden Haarfarben, mit exzentrischen Ohrringen, ironischem Blick, einer zutiefst verankerten Verachtung für Spießer und dem immer noch festen Glauben, dass sie als Sängerin groß rauskommen würde.

»Ich bin es, Charlotte«, meldete sie sich.

»Die Charlotte, das gibt es ja nicht.« Er schien sich tatsächlich zu freuen, was Charlotte wunderte, sie hatten sich nie viel zu sagen gehabt. »Wie geht es dir denn?«

»Gut und dir?«

Ein Husten erklang. »Prima, prima, alles bestens, könnte nicht besser gehen. Was macht Phillip?«

Charlotte zögerte einen Moment. »Keine Ahnung. Wir haben uns getrennt.«

»Nee, echt jetzt? Warum?«

»Weil ... ich mir von einem Typen nicht mein Leben versauen lassen will«, erklärte Charlotte. Ein Lächeln huschte über ihr Gesicht.

»Bravo. So ist's richtig. Ehe wird sowieso total überbewertet.«

Charlotte schloss daraus, dass er offenbar nicht verheiratet war. Oder nicht mehr.

Ben hustete wieder, instinktiv hielt Charlotte das Handy ein Stück weiter weg von ihrem Ohr. »Was macht die Musik?«, fragte sie höflich.

»Du, alles super. Super. Hab total viele Auftritte und so. Gefragter Mann, sozusagen.«

»Hab schon gehört, dass du sehr beschäftigt bist.«

Ben lachte geschmeichelt. »Ja, der Harry, mein Agent. Der passt auf. Hält mir die Paparazzi vom Leibe, haha. Sorgt für mich wie eine Mutter ohne Brust.« Jetzt erklang das Schnappen eines Feuerzeuges, gefolgt vom Geräusch tiefen Inhalierens.

Paparazzi? War Ben berühmt geworden? »Hast du einen Künstlernamen oder so?«, fragte Charlotte verwirrt.

Am anderen Ende klapperte etwas, und Charlotte war sich sicher, eine Frauenstimme zu hören, die etwas flüsterte.

»Nee, bin immer noch Ben. *Ben the Man.* Warum?«

»Weil ich ...« So gar nichts von dir und deiner Musik gehört habe, deswegen. Aber das konnte sie schlecht sagen. »Vergiss es. Machst du immer noch Hardrock?«

»So ähnlich, ja, kann man sagen.«

Charlotte fand, dass genügend Höflichkeiten ausgetauscht worden waren. Ben hatte sich nicht unbedingt zu einem brillanten Gesprächspartner entwickelt, und es war ja auch alles gesagt. »Ich suche Doro. Weißt du, wo sie sein könnte?«

»Was? Im Ernst jetzt?« Er lachte ungläubig.

»Sie ist meine Schwester.«

»Ich meine ja nur, nach allem, was ...«

»Also – hast du eine Idee, wo sie stecken könnte?«, fiel Charlotte ihm ins Wort.

Deutlich war jetzt die Frauenstimme im Hintergrund zu vernehmen. »Baby, komm doch endlich zurück ins Bett!«

»Ich muss jetzt leider Schluss machen.« Bens Stimme klang dumpf, als ob er sich bückte. »Muss mich noch auf meinen Auftritt heute Abend vorbereiten. Große Sache.« Er lachte und hustete gleichzeitig.

»Auftritt?«, erkundigte sich Charlotte interessiert. »Wo denn?«

33

»Also, äh … hm.« Ben druckste aus irgendwelchen Gründen herum und weckte damit erst recht Charlottes Neugierde.

»Nun sag schon. Dann komm ich mal vorbei.«

»Das ist nicht direkt in Berlin.«

Warum stellte er sich so an? »Wo denn?«

»Bärchen«, quengelte die Stimme im Hintergrund.

»In … also, ich sag es dir, wenn du versprichst, mir bei etwas zu helfen, okay?«

»Bei etwas zu helfen?«, fragte Charlotte verwirrt. »Okay. Klar.«

Es klingelte zur nächsten Stunde, andere Mädchen schlurften in das Klassenzimmer, und Charlotte wappnete sich gedanklich für die nächste Runde von: *Was wollte die Autorin euch denn damit sagen?*

»Na gut.« Ben klang leicht gequält. »Grünheide am Peetzsee, um sieben geht es los.« Ben gab ihr eine Adresse durch, hustete noch mal und legte dann einfach auf.

»Was habe ich da gerade getan?«, murmelte Charlotte. Sie wollte doch gar nicht zu diesem Rockkonzert. Wie sollte sie da hinkommen? Sie würde mit dem Auto fahren müssen, auch das noch. Aus dem Alter war sie raus, und wer sollte in der Zeit auf Miriam aufpassen? Sie seufzte und klatschte dann laut in die Hände. »Herrschaften, es geht los.«

»Fünfzig Euro von meiner Oma gestern abgefasst«, sagte ein Mädchen in der ersten Reihe schnell noch leise zu seiner Banknachbarin.

Charlotte stutzte kurz. Dann grinste sie. Na, klar doch. Die Lösung lag auf der Hand.

4 Phillips Eltern versanken fast in ihrer gigantischen neuen »Wohnlandschaft«, einem hellgrauen Monstrum
aus vier Teilen, die einander zugewandt komplett das Wohnzimmer der Berliner Altbauwohnung verstopften. Charlotte hatte
eben absichtlich einmal »Mondlandschaft« gesagt, aber die beiden hatten es nicht einmal bemerkt. Sie hörten sowieso nie richtig zu. Es sei denn, es ging an die Substanz, wie jetzt. Vorwurfsvoll
betrachteten sie gerade ihre Fast-Exschwiegertochter.

»Da muss man doch nicht gleich auseinanderrennen.« Phillips Mutter schüttelte den Kopf und nippte ein bisschen an ihrem Kaffee.

»Na ja, ich finde schon, dass ich einen triftigen Grund habe,
mich von Phillip zu trennen«, bemerkte Charlotte, so höflich es
ihr möglich war. »Das geht immerhin schon seit Jahren so.«

»Ach, es hat doch jeder mal eine Durststrecke«, mischte sich
Phillips Vater ein, der wie eine Bonsai-Version seines eigenen
Sohnes aussah. Geschrumpfter und kompakter, Arme und
Beine wie knorrige Wurzeln, die Ohren wie große Henkel, an
denen man ihn hätte hochheben und aufs Fensterbrett setzen
können. Wenn Phillip auch irgendwann mal so aussehen sollte,
konnte Charlotte sich nur beglückwünschen, dass sie das nicht
mehr würde miterleben müssen.

»Durststrecke?« Jetzt glaubte sie, sich verhört zu haben.

Phillips Vater zuckte mit den Schultern. »Na ja, ist doch wahr. Nun vertragt euch doch wieder. Der Phillip vermisst dich.«

Charlotte war einen Moment lang sprachlos. Phillip hatte also bei ihr eine Durststrecke durchlitten? Wie sollte sie denn das bitte schön verstehen? Dass sie ihn in die Arme anderer Frauen getrieben hatte? Und was hieß hier »jeder mal«? Was wollte Phillips Vater damit andeuten? Dass er selbst eine lange Liste von Seitensprüngen vorzuweisen hatte? Charlotte schielte zu Phillips Mutter hinüber, die gleichmütig in ihrem Kaffee rührte. Großer Gott. Es war schon schwer genug, sich die beiden bei irgendeiner anderen Tätigkeit als Nörgeln und Kaffeetrinken vorzustellen, geschweige denn ...

Draußen vor dem Fenster rannte Miriam vorbei. »Pepita, komm!«, rief sie mit ihrer hellen Stimme. Pepita von und zu Irgendwas, der angeblich adlige Kläffer von Charlottes Schwiegereltern, ein mit außerordentlicher Dummheit geschlagener Fellball, auf den Charlotte sich beinahe einmal gesetzt hatte. Miriam liebte ihn natürlich, war er doch in ihren Augen ein lebender Beweis dafür, wie wunderbar es war, ein Haustier zu haben. Aber da war sie bei Charlotte an der falschen Adresse. Miriam würde den ganzen Abend lang Zeit haben, mit dem überdrehten Vieh hin und her zu rennen. Das musste reichen.

»Dann bringt ihr sie also morgen in die Schule?«, vergewisserte Charlotte sich rasch.

»Müssen wir ja dann wohl«, bemerkte Phillips Mutter spitz. »Damit du alleine ausgehen kannst. Zustände sind das. Ich hätte mir nie träumen lassen, dass meine Enkelin in solchen Verhältnissen aufwachsen muss. Geschiedene Eltern!« Sie

spuckte das Wort »geschieden« regelrecht in ihren quietsch-
süßen Kaffee hinein.

»Noch sind sie ja nicht geschieden«, verbesserte Phillips Vater. »Muss ja auch nicht sein. Das renkt sich schon wieder ein.«
Er lächelte kurz, wohl um anzudeuten, dass er den Lauf der
Welt kannte, auch wenn seine eigene Welt mittlerweile fast nur
noch aus der Wohnlandschaft bestand. »Vielleicht rappeln sie
sich ja wieder zusammen. Wenn die Charlotte ein bisschen ver-
ständnisvoller wird.«

Charlottes Finger krallten sich in die Sessellehne. Sie war
jahrelang viel zu verständnisvoll gewesen, verdammt noch
mal. Viel zu gutmütig. Zu blöd. Aber wenn sie jetzt einen
Streit vom Zaun brach, fiel ihr der Babysitter weg. Dummer-
weise konnte Veronika heute nicht, und mit den Mahlsdorf-
Müttern wollte Charlotte nichts mehr zu tun haben. Die lauer-
ten alle nur gierig auf Details des Trennungsdramas und hatten bereits mit triefend falscher Freundlichkeit Charlottes
neuen Kurzhaarschnitt kommentiert, den sie sich kurz nach
der Trennung wütend in einem alternativen Salon hatte schnei-
den lassen. *Oh, deine Haare ... Interessant. Selbst geschnitten?
Warum solltest du auch dein Geld dem Friseur in den Rachen
schmeißen, nicht? Du brauchst es jetzt sicher dringender an anderer
Stelle ...*

»Schöne Couch«, lenkte sie ab. »Von Ikea?«

Phillips Mutter gab einen empörten Triller von sich. »Ikea
doch nicht! Das hier ist Wildleder. Und das ist eine Wohnlandschaft, keine Couch.«

»Wenn ihr wollt, könnt ihr unsere alte haben«, bot Phillips
Vater gönnerhaft an. »Vorausgesetzt natürlich, ihr bleibt zusammen.«

37

»Das Haus ist leer, es steht zum Verkauf frei. Ich wohne wieder im Prenzlauer Berg. Das wisst ihr doch.«

»So ein Unsinn. Was soll das denn nur. Aus so einem läppischen Grund.« Phillips Mutter schüttelte wieder energisch den Kopf, ihre Haarwellen blieben dabei unbeweglich wie ein Baiser.

Charlotte hatte genug. Sie würde sich das hier keine Sekunde länger antun. Schnell griff sie nach ihrer Tasche und stand auf. »Dann danke für eure Hilfe. Miriam freut sich immer, wenn sie bei euch sein kann.«

»Ja, kein Wunder, wenn sie so ein zerrüttetes Zuhause hat.« Phillips Mutter konnte es einfach nicht lassen.

»Was ist denn nun, willst du unsere alte Couch oder nicht?« Phillips Vater versuchte aufzustehen, rutschte aber wieder in das butterweiche Polster zurück, startete einen weiteren halbherzigen Versuch und gab auf.

»Nein. Versucht es doch mal bei eBay. Gibt bestimmt eine Menge Leute, die sich darüber freuen würden. Manchmal kommen die sogar von Polen bis nach Berlin, um was abzuholen.«

Phillips Mutter sah sie schockiert an. Offenbar ängstigte sie die Vorstellung von stoppelbärtigen Osteuropäern, die lamentierend und schreiend in ihr Wohnzimmer mit der neuen Wohnlandschaft einfallen könnten, zutiefst.

»Und außerdem«, setzte Charlotte nach, »wird das nichts mehr mit mir und Phillip. Nie mehr. Er hat mich zu sehr gekränkt.«

»Also, ich bitte dich, nun mach aber mal einen Punkt! Nur weil ein Mann viel arbeiten muss und vielleicht momentan nicht so viel Zeit hat, muss man ja nicht gleich die ganze Ehe hinschmeißen. Ihr jungen Leute heutzutage, ihr …«

»Was?«, fiel Charlotte ihrer Schwiegermutter ins Wort. »Was sagst du da?«

»Na, dass du ihn gleich verlässt. Er vermisst dich so sehr. Das sagt er immer, wenn er kommt und mir seine Bügelwäsche bringt. Nur weil er so überarbeitet ist und nun mal im Moment keine Zeit für so romantische Dinge hat.« Phillips Mutter hustete diskret. »Das muss man doch als Frau einfach mal akzeptieren.« Phillips Vater gab ein zustimmendes Brummen von sich.

Und jetzt endlich verstand Charlotte. Die beiden hatten keine Ahnung, was wirklich vorgefallen war! Phillip hatte ihnen offenbar irgendeine Lüge von Überarbeitung aufgetischt und vorgejammert, wie verständnislos Charlotte doch war. Wut stieg in ihr hoch. Dieser Feigling!

»Ich habe mich nicht von Phillip getrennt, weil er zu viel arbeitet.« Charlotte versuchte, ihre Stimme im Zaum zu halten, genau wie sie es bei rotzigen Schülerinnen und begriffsstutzigen Kollegen machte. »Und Zeit für romantische Dinge hatte er weiß Gott genug.«

Phillips Mutter klapperte verwirrt mit den Augen. »Ja, aber dann verstehe ich nicht, wieso ...«

»Nur dass er diese Zeit für romantische Dinge, wie du sie so euphemistisch umschreibst, nicht mit mir verbracht hat.«

Phillips Mutter starrte sie an, Phillips Vater versank unwillkürlich noch tiefer in der Wohnlandschaft.

»Ich habe mich von Phillip getrennt, weil er Miriams Klavierlehrerin ...«, Charlotte suchte nach einem Wort, das in dieses spießige Wohnzimmer passen würde, fand keins und wählte daher das erstbeste, »... flachgelegt hat.« Sie holte tief Luft. »Flach-ge-legt«, wiederholte sie noch einmal genüsslich, jetzt, wo die Katze aus dem Sack war.

»Da ...«, setzte Phillips Mutter an und griff an ihr Herz, aber Charlotte ließ sie gar nicht zu Wort kommen.

»Was ja nicht weiter schlimm gewesen wäre. Ich bin schließlich sehr verständnisvoll.« Das galt Phillips Vater. »Aber die Klavierlehrerin war ja nur ein Sandkörnchen im großen Meer des Fremdgehens. Da gab es zahllose andere zuvor, die Phillip ...«

Die Tür ging auf, und Miriam kam herein, Pepita auf dem Arm. »Pepita hat was Gelbes auf den Teppich gebrochen«, informierte sie ihre wie versteinert dasitzenden Großeltern.

»Die arme Pepita«, heuchelte Charlotte. »Die Oma macht das sicher gleich weg. Warum spielst du nicht in der Zwischenzeit dem Opa deine Tonleitern vor, Miriam? Und singst dazu? Das hat dir doch die Rosi so schön beigebracht?«

Und damit ging Charlotte. Sie hatte schließlich noch ein Rockkonzert vor sich.

Grünheide am Peetzsee. Ein etwas seltsamer Ort für ein Rockkonzert, fand Charlotte, während sie an einer verlassenen Försterei vorbeifuhr und links ab und zu mal einen See aufblitzen sah. Vielleicht ein Freiluftkonzert? Das musste es sein, auch wenn ihr insgeheim davor graute. Endlose Schlangen vor stinkenden Dixieklos. Nirgendwo ein Sitzplatz. Immer die Gefahr, dass einem irgendein betrunkener junger Mensch einen Liter Bier über den Leib kippte. Regen hatten sie auch vorhergesagt ...

Allerdings war bislang nirgendwo ein Plakat oder eine Ankündigung zu sehen gewesen. Seltsam. Das Navi zeigte stur geradeaus und wollte sie partout in eine Wohnsiedlung voller Villen führen. Das konnte ja wohl kaum sein. Charlotte las noch einmal den Zettel, auf den sie hastig Bens Anweisungen gekritzelt hatte. *Kufner Residenz*. Was war das? Ein alter Mann in Shorts kam ihr auf seinem Fahrrad entgegen.

»Entschuldigung!« Charlotte steckte ihren Kopf aus dem Fenster. »Ich suche die *Kufner Residenz*. Ein Kulturhaus oder so?

»Hä?«, machte der Mann misstrauisch. »Kulturhaus?«

»Da findet ein Rockkonzert statt. Oder so was«, versuchte Charlotte zu erklären. »Von *Ben the Man*.« Auf einer stillen friedlichen Landstraße ausgesprochen klang es noch lächerlicher als sonst.

»Bendemann? Kenn ich nicht. Der wohnt hier nicht.« Der Mann stieg wieder auf sein Rad.

»*Kufner Residenz* heißt das. Das muss es doch irgendwo geben. Eine Konzerthalle vielleicht?«

»Gibt's hier nicht. In welcher Straße soll das denn sein?«

Stumm hielt Charlotte ihm den Zettel hin.

»Das ist hinten im Villenviertel. Da ist aber keine Konzerthalle. Nur ein Park.«

»Ein Park«, wiederholte Charlotte erleichtert. »Das wird es sein, danke.«

Der Mann tippte sich an seine Mütze und fuhr weiter.

Charlotte startete den Wagen und hielt sich nun folgsam an die Anweisungen des Navis, das sie schließlich vor einer gelben Villa anhalten ließ. Ein Park war nirgends zu sehen, stattdessen wehte Gelächter und Gläserklirren über die Mauer, die den Garten der Villa umschloss. Hier fand offenbar eine Party statt. Unschlüssig schraubte Charlotte sich aus dem Auto. Sollte sie wieder umkehren? Hatte Ben sie nur veralbert? Oder war er irgendwie bekifft gewesen und hatte etwas durcheinandergebracht? Die Gartentür stand offen, darüber wölbte sich eine Traube aus silbernen Ballons, jeder mit einer 25 bedruckt. *Siggis* und *Ilonas Silberhochzeit*, stand auf einem Banner darunter. Zögernd sah Charlotte sich um. Konnte sie hier parken? Es war keiner zu sehen, daher beschloss sie, einfach da hineinzugehen und nach dieser blöden *Kufner Residenz* zu fragen. Als sie unter den Ballons stand, setzte plötzlich Musik ein. Laute Musik. Live-Musik. Jemand summte ins Mikro, die Melodie kam Charlotte bekannt vor, und in dem Moment, als die Stimme loslegte, *»Du gibst alles, wenn du gibst, du verlierst dich, wenn du liebst ...«*, entdeckte Charlotte auch das wuchtige Metallschild auf zwei Pfosten. *Kufner Residenz.*

»Ich glaub es ja nicht«, flüsterte sie und näherte sich dem Partygewühl – einer homogenen Masse aus mindestens hundert Leuten, die meisten älter als fünfzig, die auf einer Steinterrasse vor einer kleinen Bühne tanzten. Und dort, auf der Bühne, stand jemand und sang. In einem weißen Anzug mit Glitter am Revers, mit hellblauen Cowboystiefeln an den Füßen, einem Tüchlein um den massigen Hals und einem verzückten Gesichtsausdruck in dem verdächtig geröteten und schwammigen Gesicht. Ben.

»*Und wenn ich geh, dann geht nur ein Teil von mir ...*«, sang er voller Inbrunst und zu Charlottes Entsetzen stimmte eine magere Dame im weißen Hängerkleidchen auf der Bühne mit in den Refrain ein. Es dauerte eine Sekunde, ehe sie begriff, dass es sich um Bens Backgroundsängerin handelte.

»*Und wenn ich wein, dann weint nur ein Teil von mir ...*«

Charlotte blieb stehen und stützte sich an einem Baum ab. Wenn Doro das hier nur sehen könnte! Was hätte Charlotte jetzt darum gegeben, ihre Schwester an ihrer Seite zu haben und deren Stimme zu hören, die mit einer sarkastischen Bemerkung ihren Exlover zu Kleinholz gemacht hätte.

»Oh Gott«, rutschte es Charlotte heraus, denn Ben fing auch noch an, schwerfällig über die Bühne zu tanzen und dabei mit dem Arm zu wedeln. Er stieß aus Versehen gegen einen herrenlosen Mikrofonständer, der klirrend umfiel, von der Bühne rollte und haarscharf an einer älteren Dame vorbei auf den Terrassenboden krachte.

»... *und wenn ich sterb, dann stirbt nur ein Teil von mir, und stirbst du ...*«

Charlottes unterdrücktes Gelächter steigerte sich in eine Art Grunzen.

»Das ist wirklich ganz ergreifend, nicht?«, sagte jemand neben ihr.

Charlotte schreckte auf und blickte in das glasige Lächeln einer Frau im cremefarbenen Kostüm. Sie hielt ein Champagnerglas in der Hand, schwankte ein bisschen und summte mit.

»Ganz ergreifend ist das. Das war unsere Jugend. Und der Siggi und die Ilona sind immer noch so ein schönes Paar.«

»Ja, in der Tat«, gelang es Charlotte zu sagen.

»Die sind im selben Haus aufgewachsen, die waren als Kinder Nachbarn. Erst haben sie sich aus den Augen verloren und dann wiedergetroffen und sich ihre Liebe gestanden, ist das nicht romantisch?« Die Frau leerte das Glas auf ex und stolperte zurück in Richtung Tanzfläche, wo ein paar Leute ihre Feuerzeuge anmachten und hochhielten. Das Lied war zu Ende.

»Thank you, Grünheide!«, brüllte Ben ins Mikro und wischte sich den Schweiß von der Stirn. Charlotte nutzte den einsetzenden Applaus, um unbemerkt zur Bühne zu gelangen.

»Ben!«, rief sie.

Er hörte sie nicht. Gerade schnallte er seine Gitarre um. »Jetzt wird es rockig, Leute«, versprach er und spielte ein paar Takte an.

»Ben!«, rief Charlotte erneut.

»Nee, jetzt kommt doch erst mal die Eisskulptur vom Freddy«, rief eine Frau aus dem Publikum, woraufhin sich alle umdrehten und in Richtung Haus blickten. Von dort näherten sich zwei junge Kellner, die ein verhülltes Gebilde schleppten, ächzend auf der Wiese absetzten und dann mit einem dramatischen Ruck das weiße Tuch abzogen. Raunen und Klatschen setzte ein. Die Eisskulptur zeigte ein engumschlungenes nacktes Paar, das in absolut keiner Weise den beiden stämmigen Mittfünfzigern ähnelte, die davorstanden, sich an den Händen hielten und vor Rührung Tränen aus den Augen wischten.

»Ben!«, rief Charlotte ein letztes Mal. Diesmal hörte er sie. Er drehte sich um, erkannte sie, grinste unsicher, fing sich aber gleich wieder. »Charlotte! Du bist ja wirklich gekommen!«

»Ja, das bin ich.«

»Und jetzt Siggis und Ilonas Lieblingslied«, schrie ein Mann und nickte Ben auffordernd zu. Dieser verzog entschuldigend das Gesicht in Charlottes Richtung und griff in die Saiten seiner Gitarre. »*Oh, I don't know why she's leaving, or where she's gonna go ...*«

Charlotte atmete tief ein, während die beiden Jubilare und ihre Gäste sich zu einer Art Linedancing auf der Terrasse formierten.

»*... I guess she's got her reasons, but I just don't want to know, 'cos for twenty-four years I've been living next door to Alice ...*«

»Sing's mit Siggi und Ilona!«, schrie jemand aus dem Publikum.

»*... 'cos for twenty-four years she's been living next door to Siggi ...*«, sang Ben, ohne mit der Wimper zu zucken.

Die Linedancer auf der Terrasse gerieten geradezu in Ekstase. Charlotte fluchte leise. Das würde ein verdammt langer Abend werden.

5

»Eigentlich verarsche ich das System immer noch«, erklärte Ben ihr zwei Stunden später mit schwerer Zunge, als sie an einem der mittlerweile leeren Tische unter einem Baum saßen. Ben trank ungeniert die Reste aus den herumstehenden Gläsern und rauchte eine nach der anderen. »Ich verarsche das System. Ich singe die bekloppten Lieder, die das System will, und die bezahlen mich auch noch dafür. Ist das nicht irre? Kapierst du, wie ich das meine? Wie ich das System verarsche?«

»Nicht ganz«, gab Charlotte zu und unterdrückte ein Gähnen. »Du hast ja für die Silberhochzeit gesungen und nicht für das System.«

»Die sind doch das System!« Triumphierend knallte Ben sein leeres Glas auf den Tisch. »Guck dir doch die Kapitalistenschweine an. Fette Villa. Und seit fünfundzwanzig Jahren verheiratet. Wer fünfundzwanzig Jahre verheiratet bleibt, ist Teil des Systems!« Eine Haarsträhne pendelte ihm bei jedem Satz von links nach rechts vor dem Gesicht herum, und Charlotte konnte sehen, dass sie gefärbt war. Und dass Ben große Tränensäcke unter den Augen hatte.

»Du bist nicht verheiratet geblieben, du hast das System auch verarscht«, führte er jetzt seine seltsame Logik weiter. »Du und Doro, ihr wart schon immer gegen das Sys-«

46

»Weißt du nun, wo ich sie finden kann?«, fiel Charlotte ihm ins Wort. Die Kellner räumten die leeren Gläser von den Tischen. Ben sprang auf und sicherte sich schnell noch zwei halbleere Rotweingläser vom Nachbartisch. »Das kippen die doch eh nur weg, das ist Alkoholmissbrauch«, erklärte er entschuldigend.

Charlotte sah ihm leicht angewidert zu. »Musst du etwa noch fahren?«

»Die Agentur schickt mir einen Wagen mit Fahrer. Er müsste bald hier sein.« Ben zwinkerte Charlotte zu. »*Ben the Man* fährt doch nicht selbst. Der zockt das System ab.«

»Wo ist Doro?« Charlotte beschloss, nicht mehr auf sein albernes Gelaber einzugehen. Außerdem war ihr kalt, die meisten Gäste waren entweder nach Hause gegangen oder im Inneren der Villa verschwunden.

»Woher soll ich das wissen?«, antwortete Ben.

»Wie bitte? Du hast gesagt, du weißt, wo sie ist. Deswegen bin ich doch hierhergekommen!« Charlotte konnte es nicht fassen.

»Hab ich nicht. Ich hab nur gesagt, dass ich deine Hilfe brauche.« Sein Gesichtsausdruck bekam etwas Verschlagenes. »Die blöde Kuh hat nämlich damals meine Rio-Reiser-Platte mitgenommen. Die war signiert, verdammt noch mal. Von Rio persönlich in den Achtzigern. Weißt du eigentlich, wie viel das Ding heute wert ist?«

Zwei der Kellner stießen unter Lachen die Reste der Eisskulptur auf den Rasen. Das nackte Paar war zu einem undefinierbaren kleinen Klumpen zerschmolzen, der ein Stück über den Rasen rollte und dann liegen blieb.

Charlotte hätte sich am liebsten danebengelegt. »Du willst also, dass ich dir deine Platte wieder besorge, verstehe ich dich richtig?«, fragte sie entgeistert.

Ben zuckte mit den Schultern. »Also, wenn es dir möglich wäre. Sollte ich die Platte jemals versteigern, bekommst du natürlich was ab, das versteht sich von selbst. Ist aber eher unwahrscheinlich. Rio war mein Held, Mann. Den verkaufe ich nicht an das Scheißsystem.«

»Dann mach das. Verarsche dein System. Ich gehe jetzt.« Charlotte stand wutentbrannt auf. Was für ein sinnlos vergeudeter Abend. Sie hätte die Zeit weiß Gott gebrauchen können, um ein paar Stunden vorzubereiten oder wenigstens ein paar Kisten auszupacken, die immer noch in der neuen Wohnung herumstanden.

»Ganz die Alte«, kommentierte Ben. »Eiserner Wille. Darum hat Doro dich ja immer beneidet. Deine Zielstrebigkeit. Bloß nicht vom Weg abkommen und so.«

»Wie, beneidet? Wie meinst du das?« Zögernd setzte Charlotte sich wieder hin.

»Sag bloß, das weißt du nicht? Doro war immer total neidisch auf dich. Die hat dich bewundert. Du warst ihr Held, ihre große Schwester. Du warst ihr Rio Reiser, sozusagen.«

»Blödsinn.« Charlotte schüttelte den Kopf. »Doro hat mich nicht bewundert. Die fand mich immer spießig.« Ich hab Doro bewundert. Aber das behielt sie für sich.

»Nee. Nee, glaub mir. Die wäre gern so gewesen wie du. Du hast alles geschafft, was du dir vorgenommen hast. Doro hat alles abgebrochen, was sie angefangen hat.« Ben wirkte auf einmal nicht mehr ganz so betrunken.

»Aber Doro war doch die mit den großen Plänen. Sängerin wollte sie werden, und ich wette, das ist sie auch geworden!«

»Ach ja? Bist du dir da so sicher? Vielleicht ist Lady Gaga ja in Wahrheit deine Schwester?« Er grinste. »Meinst du nicht, du hättest was von ihr gehört, wenn sie wirklich so eine große Sängerkarriere hingelegt hätte?« Sein Grinsen wurde ein wenig schmaler. »Vielleicht singt sie ja in Mecklenburg-Vorpommern auf Hochzeiten.«

Charlotte nickte unwillkürlich. Natürlich hatte er recht. Daran hatte sie während der letzten elf Jahre ständig gedacht. Sie hatte Musikmagazine gekauft, nur um nach dem Namen ihrer Schwester zu suchen. Hatte sich sogar einmal in einem Musikerforum angemeldet, um ein bisschen zu spionieren. Niemand kannte Doro. Das ließ nur einen Schluss zu: Sie sang nicht mehr. Oder wenn, dann auf Hochzeiten. Konnte das wirklich sein? Die coole Doro?

»Auf Hochzeiten? Nein, das kann ich mir nicht vorstellen.«

»Oder auf Silberhochzeiten.« Ben sah sich um. Über den Rasen kam ein Mann im Anzug auf sie zugelaufen. Er schwenkte einen Umschlag.

»Hätte ich doch beinahe vergessen!«, rief er ihnen zu. »Die Abrechnung geht ja wohl über die Agentur, aber Siggi und Ilona waren ganz begeistert, die wollten Ihnen noch ein Trinkgeld zukommen lassen.«

Ben stand auf und nahm dem Mann ein wenig zu schnell den Umschlag aus der Hand. »Danke. Herzlichen Dank.«

»Äh, ja. Das wollten sie«, wiederholte der Mann etwas verdutzt. »Also, wir werden Sie auf jeden Fall weiterempfehlen, das war ein sehr gelungener Abend. Mein Bruder macht nächsten Monat Schlachtfest, der wohnt auf dem Dorf. Das ist immer eine sehr zünftige Angelegenheit. Das ginge dann aber mehr so in Richtung Volkslieder, wäre das auch was für Sie?«

»Absolut. Auf jeden Fall.« Ben nickte bei jedem Wort eifrig, und Charlotte sah schnell zur Seite. So viel Fremdschämen war kaum zu ertragen.

»Da kannst du ja dann mit Ännchen von Tharau gegen das System kämpfen«, sagte sie spöttisch, als der Mann weg war.

»Geld ist Geld«, brummte Ben. »Und überhaupt, lenk nicht ab, wieso suchst du jetzt auf einmal nach Doro? Warum nicht schon vor zig Jahren? Ich dachte, du wolltest nie wieder was von ihr wissen?«

»Das dachte ich auch. Aber die Zeiten haben sich geändert.«

»Ist es, weil ...«

»Ich fahre jetzt.« Charlotte stand brüsk auf. »Ich muss morgen früh raus.«

»Du, hör mal.« Ben sah sich betreten um. »Könntest du mich mit zurück nach Berlin nehmen? Ich weiß gar nicht, ob jetzt noch ein Zug fährt.«

»Ich denke, du wirst abgeholt?«

Ben antwortete nicht, verzog nur das Gesicht zu einem unsicheren Grinsen und fächelte sich mit dem Umschlag Luft zu.

Verdammt, das hatte Charlotte gerade noch gefehlt. Eine Stunde länger seinen alkoholduseligen Ausführungen zu lauschen, und auch noch im Auto, wo keinerlei Fluchtmöglichkeit bestand! »Kannst du dir kein Taxi rufen?«

Ben öffnete den Umschlag und zog mit langem Gesicht einen roten Schein heraus. »Zehn Euro. Diese geizigen Kapitalistenschweine. Das wird wohl kaum reichen.«

»Herrgott noch mal, dann steig halt ein. Je schneller wir zu Hause sind, umso besser.« Charlotte sehnte sich dringend nach ihrem Bett.

50

Ben wollte sich sofort im Auto eine neue Zigarette anstecken, aber ein vernichtender Blick von Charlotte ließ ihn die Schachtel seufzend wieder einstecken. »Gesund geworden bist du auch noch«, brummte er leise.

Charlotte schaltete das Radio ein. Ein Coldplay-Song. »Kommerzieller Mist.« Ben verzog verächtlich den Mund, tappte aber trotzdem mit seinen Cowboystiefeln den Takt mit. Eine Weile lang sagte niemand etwas. Stumm fuhren sie durch die Nacht, nur gelegentlich kam ihnen ein Auto entgegen. Charlotte öffnete das Fenster ein Stück, um Bens Alkoholwolke und Schweißgeruch hinaus- und etwas kühle Mailuft hereinzulassen.

»Es ist vorbei, bye-bye, Junimond ...«, sang Ben leise. »Hab ich damals täglich gehört. Als sie einfach abgezischt ist, deine liebe Schwester. Ab zum Nächsten. Und tschüs. Mit meiner signierten Platte!«

Urplötzlich hatte Charlotte einen Geistesblitz. »Wegen wem hat sie dich denn damals verlassen?«

»Weiß nicht mehr, wie der hieß. So ein totaler Spinner war das. Esoterischen Mist hat er ihr erzählt. Dass ihre Aura violett ist, weil sie nicht genug Schlaf bekommt. Oder war es nicht genug Sex? Weiß nicht mehr.«

»Echt?« Charlotte musste ein Lächeln unterdrücken. »Das kann ich mir gar nicht vorstellen. Doro, die meditiert und Tee trinkt?«

»Meditiert hat sie ja nicht. Nur Tundra-Sex gehabt.«

»Meinst du Tantra?«

»Ist doch egal. Irgend so was halt.«

»Und wie der hieß, das weißt du wirklich nicht mehr?«

»Nein, warum?«

»Na, weil der mir vielleicht sagen könnte, wo Doro abgeblieben ist. Vielleicht sind sie ja sogar noch zusammen. Und leiten ein esoterisches Zentrum im Schwarzwald oder so.« Sie grinste.

Ben grinste zurück. »Verstehe. Aber ich weiß wirklich nicht mehr, wie der hieß.« Er überlegte einen Moment lang. »Allerdings ...«

»Was?«

»Ich kenne jemanden, der es definitiv weiß. Die waren befreundet damals. Mein Kumpel Theo und der Spinner.«

»Echt? Kannst du den mal fragen?«

»Du kannst ihn gleich selber fragen.«

»Wieso?«

»Weil du mich nach Hause fährst und Theo genau neben mir wohnt.«

»Es ist fast halb zwölf.«

»Genau. Da wird Theo erst mal so richtig wach.«

Charlottes Müdigkeit war bei der Aussicht auf eine neue Spur mit einem Schlag verflogen. »Dann ruf ihn doch an, wenn er noch wach ist.«

Ben schüttelte den Kopf. »Der hat gar kein Handy. Und ans Telefon geht er nie.«

»So was gibt es noch?« Charlotte verdrehte die Augen.

»Ist doch nicht so schlimm, wir klingeln einfach. Der ist wirklich noch wach, glaub es mir.«

»Na gut.« Auf die zehn Minuten kam es nun auch nicht mehr an. »Danke, dass du mir hilfst.«

»Ich will nur meine Platte wieder. Das war meine Jugend.«

»Die hättest du auch gern wieder, stimmt's?«, rutschte es Charlotte heraus.

»Quatsch. Ich werde noch im Altersheim das System verarschen! Weiße Haare und Lederjacke. Wirst du sehen.«

»Na, sicher doch«, murmelte Charlotte. Sie hielt an einer Ampel an. »Wohin jetzt genau?«

»Greifswalder Straße.«

6

Ben wohnte im obersten Stock eines alten Berliner Hinterhauses. Charlotte schleppte sich schnaufend ein düsteres Treppenhaus hinauf und schwor sich, endlich wieder regelmäßig Sport zu machen. Als sie vor Theos Wohnungstür standen, befand sich lediglich ein Zettel daran. *Bin in der Laube!!*

»Scheiße«, sagte Ben. »Der ist nicht da. Der ist in der Laube.«

Charlotte schloss einen Moment lang entnervt die Augen. »Okay. Du fragst ihn einfach morgen, und dann rufst du mich an.«

»Das wird schlecht gehen. Wenn er in der Laube ist, bleibt er meist ein paar Tage. Oder länger. Je nach Wetter. Telefon hat er da nicht. Er will ja seine Ruhe haben. Der denkt sich neue Geschäftsideen aus. Gerade jetzt hat er sich was Geniales ausgedacht, die Idee kam ihm, als er so eine Dokumentation über Afrika gesehen hat und ...«

»Wie kannst du ihn erreichen?«, unterbrach Charlotte ungeduldig.

»Na, gar nicht. Lass mich doch mal ausreden. Da kommt man nur mit dem Auto hin. Da fährt kein Bus und keine S-Bahn.«

»Und du hast natürlich kein Auto.«

»Nee.« Ben grinste.

»Und den Fahrer gibt es natürlich auch nicht?«

54

»Schön wär's!«

»Fahrrad?«

»Hab ich verkauft.«

»Ach Mensch, verdammt noch mal. Ist das dein Ernst? Du willst jetzt wirklich, dass ich mit dir noch in diese Laube fahre? Es ist fast Mitternacht! Wo ist das überhaupt?«

»In Köpenick. Der hat da so ein Grundstück am Waldrand mit Laube. Von seiner Oma geerbt. Wenn wir Glück haben, macht er sogar heute Party dort! Das ist total idyll–«

»Zwanzig Minuten Hinfahrt.« Charlotte sah ihn eisig an. »Dann hast du fünf Minuten. In denen gehst du rein, während ich im Auto warte, fragst ihn nach dem Namen und der Adresse von diesem Typen und kommst wieder raus. Zwanzig Minuten zurück. Ich will um eins im Bett liegen, hast du verstanden? Das wird jetzt mit militärischer Präzision durchgezogen.«

»Jaja, ist ja gut«, murmelte Ben verdrossen. »Bloß keinen Stress. Bin ja auch müde. Hab den ganzen Abend gesungen, falls du das vergessen hast.«

»Wie könnte ich.«

Schweigend fuhren sie durch die Nacht, erst durch die belebten Straßen des Prenzlauer Berges, dann weiter raus nach Köpenick, durch etwas verschlafenere Straßen und schließlich in Richtung Wald und Wasser. Ben hatte es aufgegeben, im Radio nach einem Sender zu suchen, der seinen Ansprüchen genügte, und Charlotte hing ihren Gedanken nach. Dass Doro auf sie neidisch gewesen sein sollte, erschien ihr schlichtweg unmöglich. Deutlich sah sie ihre Schwester vor sich, in diesen letzten Monaten damals. Schon äußerlich waren sie beide wie Himmel und Hölle. Charlotte war so klein und zierlich, dass man sie immer für die

55

jüngere Schwester hielt – obwohl sie zwei Jahre älter als Doro war. Ihre halblangen blonden Haare hatte sie meist einfach nur zum Pferdeschwanz zusammengebunden, weil das am schnellsten ging, sie schminkte sich kaum, denn ihre Haut war klar und makellos und hell und ließ ihre großen grauen Augen dunkel schimmern. Sie bevorzugte Klamotten, die schlicht, aber von guter Qualität waren, und hatte sich noch nie in ihrem Leben die Haare gefärbt. Für die einen Kopf größere Doro hingegen konnte gar nichts schrill genug sein. Sie verschönerte ihren Körper ununterbrochen mit Piercings und Tätowierungen, trug als Teenager eine Weile lang eine Ratte namens Erika auf der Schulter spazieren und verließ nie das Haus, ohne irgendwelche Hüte oder Spangen oder Haarteile auf ihrem Kopf befestigt zu haben.

»Zieh dich doch mal ein bisschen bunter an«, meckerte Doro immer an Charlotte herum. »Ist jemand gestorben? Nein? Bist du gestorben? Auch nicht? Was sollen dann diese drögen Outfits immer? Bist doch keine Nonne.«

»Das nicht, aber Lehrerin.«

»Das verstehe ich sowieso nicht. Hast du das nicht langsam satt? Wie kann man nur so einen bekloppten Beruf wählen? Sich mit den Kindern anderer Leute herumzuärgern!«

»Das sind keine Kinder, sondern Teenager.« Und ja, Charlotte hatte ihren Beruf schon damals satt. Alles, was Doro sagte, stimmte. Aber das hätte Charlotte nie zugegeben, denn was blieb dann von ihr übrig?

»Noch schlimmer. Hormongesteuerte Zeitbomben, die ihren Pickel-Frust an dir auslassen und stundenlang ein und dasselbe Lied hören und dazu heulen. Hast du vergessen, wie wir damals waren?«

»Wenigstens habe ich mit dreiunddreißig einen Job. Im Gegensatz zu dir. Du schuldest mir übrigens immer noch das Geld für Bens Gitarre.«

»Wenn wir groß rauskommen, kriegst du alles wieder, nur keine Panik.« Und dann hatte Doro wieder dieses Lächeln abgeschossen, leicht mitleidig und ironisch, mit einem kleinen Schuss Überheblichkeit. Dieses Lächeln, bei dem Charlotte sich immer minderbemittelt, langweilig und spießig vorkam. Und ...

»Wir sind da. Jetzt den kleinen Weg hier links lang«, riss Ben sie aus ihren Gedanken.

»Du meinst, den Weg nach der Bushaltestelle?«, fragte Charlotte zurück, ohne auch nur den leisesten Versuch zu machen, ihren Sarkasmus zu unterdrücken. »Die es doch eigentlich gar nicht gibt?«

»Hier kannst du parken«, erwiderte Ben gönnerhaft, ohne auf ihre Spitze einzugehen. »Und guck – da ist Licht in der Laube. Ist doch schön hier! Hinten rauscht der Wald, der hat übelst viel Platz hier. Willst du nicht doch mitkommen?«

»Nein danke.« Charlotte sah demonstrativ auf ihre Uhr. »Fünf Minuten.« Sie zögerte kurz. »Und lass mir eine deiner Zigaretten hier.«

»Aha!« Ben schlug sich triumphierend auf die Schenkel. »Wusste ich es doch.«

»Beeil dich einfach, okay?«

»Aye, aye, Sir!« Er kicherte und stieg aus. Charlotte folgte ihm mit den Augen, wie er in seinem scheußlichen weißen Anzug mit den flatternden Hosenbeinen wie ein gigantischer Falter auf das Grundstück zustrebte, ein heller, leicht schwankender Fleck, der gelegentlich silbern aufblitzte, das mussten die Pailletten am Kragen sein.

»Mann, Mann, Mann.« Charlotte stöhnte leise, wandte den

Blick dann ab, öffnete das Fenster und zündete sich die Zigarette an. Bis morgen würde der Geruch schon verflogen sein. Von der Laube her wehte kurz ein Geräusch herüber, ein Klirren und etwas, das wie eine Männerstimme klang, gefolgt von Gelächter. Und Fetzen von Musik. Von Ben keine Spur. Die Zigarette war aufgeraucht, und er war bereits sieben Minuten verschwunden. Verdammt noch mal. Charlotte trommelte mit den Fingern auf das Lenkrad und sah der Uhr zu, wie quälend langsam fünf weitere Minuten vergingen. Sie griff nach ihrem Handy und rief Veronika an, von der sie wusste, dass sie immer spät ins Bett ging.

Sie meldete sich auch prompt. »Ist irgendwas?«

»Veronika, ich muss nur mit jemandem reden. Ich sitze hier im Auto und warte auf diesen bekloppten Ex von meiner Schwester, und der kommt ewig nicht wieder.« Kurz brachte sie Veronika über den Verlauf dieses idiotischen Abends auf Stand.

Veronika kicherte. »Das klingt doch nach einer lauschigen Feier. Und warum gehst du nicht einfach hinterher?«

»Weil ich keine Lust auf eine weitere Party habe. Ich bin todmüde.«

»Charlotte, so kenn ich dich doch gar nicht. Jetzt setz dein strenges Lehrerinnengesicht auf und hol den Typen da raus.«

»Ich hab kein strenges Lehrerinnengesicht.«

»Ich weiß ja. Du bist immer viel zu nett zu allen. Selbst zu den unverschämtesten Schülern und zu unserer überspannten Chefin und sogar zu deinem blöden Ex, der nie kapiert hat, was er an dir hatte. Jetzt sei mal ein bisschen rabiater. Auf geht's. Sonst sitzt du morgen früh noch im Auto.«

»Du hast recht. Danke für den Tritt in den Hintern. Ciao bella.« Charlotte stieg kurz entschlossen aus und knallte die

Autotür zu, suchte nach einem Gartentor, fand aber keins. Seltsamerweise war das Grundstück mit einem mindestens vier Meter hohen Maschendraht umzäunt.

»Was ist das denn Blödes?«, murmelte sie, quetschte sich schließlich durch ein Loch, blieb in den Maschen hängen und riss sich einen Faden in ihrer neuen Strickjacke auf. Sie stolperte und tastete sich blind weiter. Irgendwo rief ein Uhu, sie roch Wald und den sumpfigen Geruch von Wasser und dann auf einmal auch noch etwas anderes. Es roch irgendwie nach Zoo. Wie im Affenhaus oder ...

»Rrrrr.«

Charlotte blieb wie angewurzelt stehen. Was zum Teufel war das? In der Laube ging eine Tür auf, ein Mann rief: »Ich hol sie doch schon, Leute!« Eine Tür klappte.

»Ben?« Charlotte ging zögernd weiter und blieb wie angewurzelt stehen. Keine zwei Meter von ihr entfernt stand ein Gepard im Dunkeln und starrte sie an.

»Oh shit. Oh shit. Oh shit«, flüsterte Charlotte. Ein eiskaltes Rinnsal lief ihr den Rücken runter.

»Rrrrr«, machte das Tier erneut. Es war gar nicht so sehr groß, aber das hatte nichts zu sagen. Charlotte stand da wie erstarrt. Was machte die Raubkatze hier? Und was sollte sie, Charlotte, jetzt tun? Wegrennen? Oder nicht? Das Tier ansehen? Oder lieber keinen Augenkontakt? Der Gepard bewegte sich einen winzigen, lautlosen Schritt nach vorn, und Charlottes Herz sauste mit Lichtgeschwindigkeit hinunter zu ihren Knöcheln.

»Minki?«, rief die Männerstimme plötzlich. »Wo ist denn mein Dickerchen? Komm her, Papi will dich mal vorführen!«

Charlotte gab einen krächzenden Laut von sich, ihre Knie knickten ein und dann stand plötzlich ein Mann in einem signal-

59

roten Adidas-Trainingsanzug vor ihr, Badelatschen an den Füßen und ein Brillenglas mit Heftpflaster beklebt, etwas, das Charlotte seit mindestens zwanzig Jahren nicht mehr gesehen hatte.

»Na, eine Einbrecherin«, rief der Mann begeistert. »Und Dickerchen hat sie gestellt! So ist's recht, meine Gute!« Er trat zu dem Tier und kraulte ihm den Kopf.

Charlottes Gedanken überschlugen sich. Wann zum Teufel war ihr dieser Abend so entglitten, dass sie – von einem heruntergekommenen Anarcho-Rocker im Gary-Glitter-Look zum wiederholten Male ausgenutzt und veralbert – sich in einer verdammten Laubenkolonie in Köpenick wiederfand, von einem Gepard in Schach gehalten und der Gnade eines Mannes im roten Trainingsanzug ausgeliefert, der eindeutig nicht mehr alle Tassen im Schrank hatte?

»Ben«, stieß sie hervor. »Ich suche Ben und Theo.« Dann setzte sie noch ein flehendes »Bitte!« nach und vermied es, in Richtung des Geparden zu schauen, der jetzt seinen Kopf an dem Hosenbein des Mannes rieb.

Augenblicklich änderte sich der Gesichtsausdruck des Mannes. »Ach, dann bist du wohl die Schwester von Doro! Ja, warum kommst du denn nicht vorn zum Eingang rein wie ein normaler Mensch?«

»Ich ...«

Der Gepard knurrte.

»Na, Minki, du Dumme. Ist doch keine Einbrecherin. Aber das kannst du ja nicht wissen, meine Kleine. Da hast du aber Glück gehabt, dass ich gerade gekommen bin.« Letzteres galt offenbar Charlotte.

»Ja«, krächzte Charlotte. Konnte der Typ das verdammte Vieh nicht mal wegschaffen?

»Minki ist zwar noch ein Baby, aber sie passt auf wie ein scharfer Hund.« Der Mann lachte kollernd. »Ich bin der Theo, übrigens. Wie bist du denn überhaupt hier reingekommen?«

»Loch im Zaun.« Charlotte roch den scharfen Raubtiergeruch, der von dem Tier ausging. Ihr Herz raste immer noch.

»Echt? Na, das is nicht gut, was, Minki? Da kommt Dickerchen sonst noch auf dumme Gedanken und rennt weg. Und wie soll Papa Theo dich dann finden, hm?« Zu Charlottes Entsetzen kniete Theo sich hin und vergrub seinen Kopf im Rücken des Tieres. »Du mein kleines Stinkerchen«, erklang es dumpf aus den Tiefen des gepunkteten Felles. Theo erhob sich und versetzte dem Gepard einen kleinen Klaps. Sofort setzte der sich in Bewegung. »Ben meinte, du bist ein bisschen gestresst und willst nicht reinkommen. Aber dass du deswegen gleich durch den Zaun kriechst, konnte ich ja nicht wissen.«

Charlotte folgte ihm zögernd, wobei sie tunlichst darauf bedacht war, mindestens fünf Meter Abstand zwischen sich und das Tier zu bringen.

»Vor der Minki musst du keine Angst haben«, fuhr Theo fort. »Die ist noch ein Baby. Hab die Minki ja selbst mit der Flasche großgezogen. Guck mal, ein paar Tricks kann sie auch schon.« Theo holte einen Ball aus der Tasche und warf ihn weg. »Fass, Minki!«

Charlotte zuckte zusammen und trat instinktiv zurück. Minki raste dem Ball hinterher und schnappte ihn, noch bevor er auf dem Boden aufschlug. Dann raste sie mit zwei Sätzen zurück zu Theo, ließ den Ball ins Gras fallen und sah ihn erwartungsvoll an.

»Cool, nicht?« Theo lächelte stolz und hob den zerkauten Ball auf. »An paar mehr Sachen arbeite ich noch. Die Minki wird der Grundstein für meine Gepardenzucht. Darüber haben wir gerade geredet. So, komm rein.«

Sie hatten sich der Laube von hinten genähert und nun konnte Charlotte im Lichtschein der Hütte auch die Ausmaße des Grundstücks sehen. Es war riesig und komplett mit Maschendraht eingezäunt. Zum Eingang der Laube führte ein kleiner Weg, der mit einer weihnachtlichen Lichterkette geschmückt und durch einen weiteren Zaun vom Rest des Grundstückes getrennt war.

»Ich liebe Weihnachten«, erklärte Theo ungefragt. »Ist einfach das schönste Fest, egal, wann man es feiert, findest du nicht?«

Dieser Abend musste ihre Strafe sein, erkannte Charlotte blitzartig, als sie Theo benommen hinterhertaumelte. Die Strafe irgendeines höheren Gerichts dafür, dass sie seit fast elf Jahren nicht mehr mit ihrer Schwester geredet hatte. Deswegen erlegte Gott, oder wer auch immer, ihr eine Prüfung nach der anderen auf, stellte ihr Raubtiere und Versager und hochgradig Verrückte in den Weg, nur um zu sehen, wie sie die Situation meisterte. Was sollte es sonst sein?

Theo öffnete die Tür und schob den Gepard hinein. »So, rein mit dir, Schnuckelchen.«

Charlotte folgte ihm zögernd. In der Laube saßen drei Männer um einen kleinen Tisch herum, einer davon war Ben. Sie tranken Bier aus Dosen und stießen Laute der Bewunderung aus, als Minki ins Zimmer glitt.

»Hammer!«, rief einer. »Die ist aber groß geworden. Beißt sie auch nicht?«

»Nee. Hab sie schon gefüttert heute. Rindfleisch ist ihr Liebstes. Und du bist ja keine Kuh!« Theo lachte schallend los, die anderen fielen mit ein.

Minki sprang sofort auf die Couch, die offenbar extra für sie reserviert war und schon ziemlich zerkratzt aussah.

»Ist doch total süß, was?«, meinte Ben.

»Ich ...« Charlotte fehlten erneut die Worte, und Theo klopfte ihr beruhigend auf den Rücken. »Trink mal einen Schnaps auf den Schreck. Unsere Minki hat sie nämlich im Garten gestellt«, erklärte er den anderen und goss zwei Fingerbreit Klaren in ein kleines Glas. Er reichte es Charlotte, die es auf einen Ruck austrank und dann nach Luft schnappte.

»Noch einen?«, fragte Theo freundlich. Minki beobachtete Charlotte träge aus halbgeöffneten Augen.

»Nein, danke. Ich suche nur meine Schwester. Das ist alles, was ich will. Nur meine Schwester.« Charlotte ließ sich erschöpft auf einen frei stehenden Stuhl fallen.

»Ben hat mich schon gefragt, das war der Johannes damals«, teilte Theo ihr daraufhin endlich mit. »War ein bisschen ein Spinner, der Johannes, also, er hatte halt so seine kleinen Macken, aber wer hat die nicht, was?« Theo lachte wieder und diesmal lachte Charlotte hysterisch mit.

»Also, der hat da so angefangen, so einen Laden hatte der mit CDs mit Walgesängen und Meditationsmusik und Büchern zur Traumdeutung und Edelsteine zum Heilen und so 'n Zeug, wobei ich aber nicht weiß, ob das echte Edelsteine waren, glaub ich nicht, der hatte eigentlich nie Geld. Na, und wollte er nicht auch mit Verstorbenen in Kontakt treten?« Theo wandte sich hilfesuchend an die anderen drei Männer. Die zuckten nur mit den Schultern. Ben streichelte Minki.

»So was halt«, endete Theo lahm. »Steht deine Schwester auf so einen Kram? Dann ist sie vielleicht noch bei Johannes.«

»Johannes wer? Und wo?«, fragte Charlotte. Der Geruch nach

Raubkatze fing an, sich penetrant in dem kleinen Raum auszubreiten. Wie hielt der Typ das aus? War das überhaupt erlaubt?

»Johannes ... Scheiße, der Nachname fällt mir jetzt nicht mehr ein. Aber ich weiß, wo er ist, auch wenn wir keinen Kontakt mehr haben. Der hat jetzt einen Campingplatz in Mecklenburg, an einem See. Naturcamping am Havelberg heißt das. Ich war aber noch nicht dort. Minki war immer noch ein bisschen zu klein dafür.«

»Danke.« Charlotte wickelte sich fester in ihre Strickjacke. »Das werde ich schon finden.« Und jetzt nichts wie raus hier. »Ben? Kommst du?«

»Du, ich glaube, ich übernachte heute hier«, sagte Ben. »Wenn Minki mich mit auf die Couch lässt?« Noch bevor der letzte Heiterkeitsausbruch verebbt war, war Charlotte schon aus der Laube geflohen und stolperte mit letzter Kraft zu ihrem Auto.

»He«, rief es hinter ihr. Theo stand in seinem Garten, lang und dünn und leuchtend rot wie eine seltene, einäugige Kranichart. »Mir ist noch eingefallen – der Johannes kannte deine Schwester irgendwie von früher. Die waren zusammen in der Schule. Da müsstest du den vielleicht auch kennen?«

»Kenne keinen Johannes«, rief Charlotte zurück. »Aber danke.« Dann fiel ihr auch noch etwas ein. »Und du solltest das Loch im Zaun reparieren!«

»Haha, das sollte ich wohl, nicht dass heute Nacht noch mehr Besuch kommt, was?«

Charlotte winkte zurück, ohne sich dabei umzudrehen, und entriegelte so schnell sie konnte ihr Auto. »Total übergeschnappt. Komplett plemplem, alle miteinander«, stieß sie heraus, als sie ihren Wagen startete. Und wer zum Teufel sollte das überhaupt sein – Johannes aus ihrer Schule? Charlotte versuchte sich zu erinnern. Damals gab es nur einen Johannes. Johannes Grubner aus Charlottes Parallelklasse, der wohnte sogar in ihrer Straße und wuchs bei seiner Oma auf – einer Frau im maulwurfsbraunen Mantel, die es als ihre Pflicht ansah, der jungen Generation tagtäglich in allen erdenklichen Einzelheiten von den Nachteilen ihres künstlichen Hüftgelenks zu berichten. Kein Wunder, dass Johannes Grubner irgendwann in eine Art Wachschlaf geglitten war und abgeschaltet hatte. In der Schule schwieg er die meiste Zeit, er hatte einen Seitenscheitel, so geradlinig wie seine Lebensplanung (BWL studieren und dann irgendwas arbeiten), und so viel Humor wie eine Auster. Der hatte doch nie im Leben etwas mit Doro zu tun gehabt. Oder?

7

Charlotte warf einen Blick auf das aktuelle Angebot der Schulmensa. Hühnerfrikassee mit Reis, dazu Rote-Bete-Salat. Als ob irgendeiner der Jugendlichen ernsthaft freiwillig eine Scheibe Rote Bete in seinen Mund schieben würde. Außerdem gab es noch Jägerschnitzel, die sich vertrocknet in einem Aluminiumbehälter krümmten, und dann noch etwas, das sich Chinapfanne nannte und in einem unangenehmen Gelbton vor sich hin dampfte. Charlotte seufzte. Hinten in der Ecke saß Veronika mit einer Kollegin, der klatschsüchtigen Kuhn. Beide schaufelten lustlos das Hühnerfrikassee in sich hinein. Eigentlich hätte Charlotte Veronika gern von ihren Erlebnissen gestern Nacht berichtet, aber wenn die blöde Kuhn danebensaß, ging das natürlich nicht. Die saugte gierig erst mal alle Informationen auf wie ein Schwamm, ließ sie dann rasend schnell durch ihre innere Festplatte sausen und selektierte im Handumdrehen, was sich unter *Skandal*, unter *Interessant und bedauernswert* oder unter *Beneidenswert und daher unbedingt zu boykottieren* abspeichern ließ. Das Ergebnis wurde schneller als ein Computervirus unter den Kollegen verbreitet, von denen die meisten noch nicht mal etwas von Charlottes Trennung wussten.

Auf dem Fußboden war jemand offenbar in ein Stück Rote

Bete getreten und hatte es in einer blutigen Spur quer durch den Saal geschleift, der jetzt wie der Schauplatz eines Verbrechens wirkte. Und das war er ja auch. Täglich wurden hier Vitamine getötet und ausgemerzt, wurden unter dem Deckmäntelchen von dubiosen Sparmaßnahmen Verbrechen an den Geschmacksnerven verübt, wurden Nase und Augen immer wieder aufs Neue vergewaltigt.

»Und? Was darf's sein?«, wollte die Küchenfrau wissen.

»Ach, ich muss doch noch mal weg.« Charlotte winkte entschuldigend ab. Sie würde sich im Café gegenüber der Schule ein belegtes Brötchen oder einen Salat holen. Sie war todmüde und brauchte etwas Gesundes. Und dann würde sie sich genüsslich mit einem vegetarisch knusprigen Ciabattabrot raus in die Sonne setzen und endlich auf ihrem Handy diese dubiose Campingplatz-Website aufrufen.

Am Verkaufstresen des Cafés herrschte natürlich Hochbetrieb. Eine Schlange lärmender Schüler wartete da, die sich hin und her schoben und anstießen, und auch ein erschlaffter Kollege, der so tat, als bemerke er das alles nicht, und tief versunken sein Handy betrachtete. Charlotte stellte sich hinten an und verrenkte sich den Hals. Heute hatten sie Fladenbrot mit Krautsalat und Schnitzel, diverse Salate und leckere Quiche. Am liebsten hätte Charlotte sich einen großen Teller vollgepackt und sich in der Ecke des Cafés an einem der kleinen Tische niedergelassen und ins Wochenende gefuttert. Leider musste sie noch zwei Stunden halten. Und das am Freitagnachmittag, wenn die Schüler schon alle mehr oder weniger gedanklich im Wochenende waren. Wie Berenike und ihre Freundinnen, die vorn in der Schlange standen und sich gegenseitig übertönten.

»Du kriegst aber nur was Kleines, Beri«, rief Jessica gerade. »Du hast noch was vor dieses Wochenende. Da kannst du nicht so vollgestopft sein.«

»Oh mein Gott, ich sterbe. Kommt er dich etwa besuchen?«, schrie eine andere.

»Nee, ich fahre hin«, erklärte Berenike. »Er kann nicht weg.«

»Uuuh«, machte jemand. »Erotisches Wochenende!« Alle kreischten. »Mit ›Dschordsch‹, dem stolzen Stecher!« Das Gelächter wurde noch lauter.

Der Kollege vorn in der Reihe warf Charlotte einen vielsagenden Blick zu und zog die Augenbrauen hoch.

Charlotte lächelte kurz zurück. Das hier war doch noch gar nichts. Es gab viel Schlimmeres. Der Mann war offenbar erst seit kurzem an der Schule.

»Jetzt hört auf, Mann, der ist voll süß, ihr seid total behindert!« Berenike wurde tatsächlich rot. »Das wird total schön, aber nicht, was ihr gleich denkt.«

»Was denken wir denn?«, neckten ihre Freundinnen, aber dann waren sie schon dran und bestellten mit der Hemmungslosigkeit der Jugend Berge von Kuchen und Sandwiches. Charlotte hörte auch gar nicht mehr zu, denn ihr Blick fiel auf die Zeitungen, die neben dem Verkaufstresen auslagen. Es war die Morgenausgabe der SUPER, die Charlotte einen Moment lang völlig aus der Fassung brachte. *Sibirischer Tiger in Köpenick gesichtet!* Ein Foto zeigte einen Reporter, der gerade hinter sich auf die Straße deutete. Neben ihm lag eine grauhaarige Frau auf der Liege eines Notarztwagens, die Augen schreckensweit aufgerissen.

Raubtiere stromern frei durch unser schönes Berlin! Rentnerin Ursula G. entkommt nur mit Mühe dem Angriff einer wilden Bestie!

Charlotte hielt den Atem an. War das etwa ... Sie hielt es nicht mehr aus und ging vor an den Tresen.

»Aber nicht vordrängeln, Frau Windrich«, rief Berenike keck. Sie war extrem gut gelaunt und zeigte gerade ihrer Freundin ein Foto auf dem Handy, bei dem diese vor Aufregung anfing, hektisch mit beiden Händen zu wedeln.

»Entschuldigung. Ich will nur mal was gucken.« Charlotte schnappte sich die Zeitung und blätterte hastig auf Seite vier.

Es war morgens um 6.00 Uhr, als Ursula G. (73) sich wie immer auf den Weg zum Bäcker machte. »Ich kaufe immer Schrippen und Berliner, die mit Quittenmarmelade«, erzählt die aktive Seniorin. Doch heute tauchte plötzlich auf dem Heimweg aus dem Nichts ein wilder Sibirischer Tiger auf! »Mir ist das Herz in die Hose gerutscht. Der lief einfach an der Ampel über die Straße und hat mich hungrig angesehen mit seinen gelben Augen! Vor lauter Schreck sind mir die Berliner aus der Hand gefallen und auf die Straße gerollt. Und dann hat sich der Tiger einen der Berliner geschnappt und im Maul zu mir getragen und vor mich hingelegt. Als ob er mir zeigen wollte, was er zum Nachtisch fressen wird. Ich habe ja gar nicht gewusst, dass Tiger auch Gebäck mögen. Dann bin ich in Ohnmacht gefallen.« Zum Glück kam in diesem Moment Atze B. (42) in seinem Lkw angefahren und verscheuchte das Tier mit seinem Motorenlärm. SUPER fragt nun: Wie viele unserer älteren Mitbürger müssen noch sinnlos zerfleischt werden, ehe die Politiker da oben wach werden? Tiger gehören nicht in deutsche Wohnviertel!

»Scheiße«, murmelte Charlotte.

»Frau Windrich? Schlechtes Horoskop?« Berenike stand immer noch vor ihr und stopfte sich gerade einen Berliner in den Mund.

»Was?«, Charlotte verfolgte den Berliner mit den Augen,

Stück für Stück verschwand er in Berenikes hellrosa geschminktem Mund, rote Marmelade quoll wie Blut an der Seite heraus. Charlotte wurde übel. Es war ihre Schuld, dass die alte Frau so einen Schreck bekommen hatte. Sie hätte gestern Abend sofort die Polizei anrufen sollen! Der Appetit war ihr vergangen. Sie hielt sich die Hand vor den Mund.

»Ist Ihnen schlecht?«, Berenike hörte auf zu kauen. »Fallen die letzten zwei Stunden aus?«

Charlotte antwortete nicht, sondern stürzte aus dem Laden.

»Was hat sie denn?«, hörte sie noch eins der Mädchen, es klang wie Lisa, fragen.

»Vielleicht ist sie schwanger«, bemerkte Berenike.

»Quatsch. Die ist doch viel zu alt. Pass du lieber auf, dass du nicht schwanger wirst am Wochenende.« Das Gelächter setzte wieder ein, dann rief jemand noch halbherzig: »Brauchen Sie Hilfe, Frau Windrich?« Aber Charlotte war schon um die Ecke verschwunden.

Als Charlotte an diesem Nachmittag nach zwei letzten, schier endlosen Stunden in der Schule, nachdem sie Miriam von einer Freundin abgeholt und kurz etwas eingekauft hatte, endlich, endlich zu Hause war, schaltete sie sofort ihren Laptop ein.

»Kann ich mir von den Keksen nehmen?«, rief Miriam aus der Küche.

»Ja. Wie war es bei Oma und Opa?«, fragte Charlotte noch der Form halber.

»Okay. Oma hat gesagt, sie wünscht sich, dass Papa und du euch wieder vertragt.« Miriam erschien im Zimmer und biss von einem Keks ab. Sie setzte sich neben ihre Mutter auf die Couch.

»Ich weiß. Das sagt sie immer.«

»Das wünsche ich mir auch«, erwiderte Miriam leise. »Papa auch.«

Charlotte, die bislang fieberhaft die Nachrichten auf weitere Raubtieropfer durchsucht hatte, hielt inne. Ihr armes Kind. Das konnte doch am wenigsten für alles. »Das geht leider nicht, Schatz«, sagte sie leise und strich ihrer Tochter über den Kopf. »Ich habe es dir doch erklärt. Papa und ich ... lieben uns nicht mehr. Jedenfalls nicht so, wie man sich lieben sollte, wenn man verheiratet ist.«

»Warum denn nicht? Weil Papa ein Kasserowa ist?«

»Ein was?«

»Das hat Opa zu Oma gesagt. Dein Sohn ist eben ein Kasserowa. Was ist das?«

»Casanova«, verbesserte Charlotte mechanisch. »Das ist ein ... Oh, gut, sie haben sie gefangen!« Sie zeigte erleichtert auf den Bildschirm, auf dem die Nachrichten der letzten zwei Stunden aufflackerten.

Berliner Gepard wieder eingefangen! In den frühen Nachmittagsstunden gelang es der Polizei und einem Tierpfleger vom Berliner Zoo, den flüchtigen Gepard wieder einzufangen, als er sich in einer Blumenrabatte des Schlosses Köpenick ausruhte. Fälschlicherweise hatte man das Tier zu früherem Zeitpunkt für einen Sibirischen Tiger gehalten. Das junge Gepardenweibchen wartet jetzt im Berliner Zoo auf Abholung durch seinen Besitzer. Dieser wird sich seiner Verantwortung stellen müssen.

»Arme Minki«, rutschte es Charlotte heraus.

»Du kennst den Tiger?«, fragte Miriam erstaunt.

»Gepard. Ich ... nun, ich könnte mir vorstellen, dass das Tier Minki heißt, meinst du nicht? Ist doch ein schöner Name für einen Gepard.«

»Nee.« Miriam rümpfte die Nase. »Minki klingt dämlich. Besser wäre Feuerauge oder Blutzahn. Was ist denn nun ein Casanova?«

»Also, das ist ein Mann, der ...« Das Telefon klingelte, Charlotte nahm dankbar ab. »Hallo?«

»Charlotte, ich bin es.«

Phillip. Wenn man vom Teufel sprach. Auf Phillip hatte Charlotte momentan am allerwenigsten Lust. »Ja? Was ist?« Während sie den immer lauter werdenden Anklagen ihres Exmannes lauschte, die giftig durch das Telefon schossen, gab sie »Naturcamping am Havelberg« in die Suchmaschine des Laptops ein. So war sie wenigstens abgelenkt und kam nicht in Versuchung, das Telefon in die Mikrowelle zu legen und Phillips näselndes Gemecker in einer knackigen kleinen Explosion zum Verstummen zu bringen.

»Musste das sein? Musstest du meine Eltern in all das reinziehen? Ich habe meine Gründe, warum ich meinen Eltern nichts über mein Privatleben erzähle. Die sind über siebzig, Herrgott noch mal. Die müssen nicht mehr alles im Detail wissen, das regt sie nur auf. Meine Mutter hat hohen Blutdruck, das weißt du doch!«

»Mir kam sie ganz munter und gesund vor«, entgegnete Charlotte trotzig. Interessant, wie schnell ein eiskalter Schwiegerdrachen mit der Konstitution einer Dampflok zum kranken, schwachen Muttchen mutierte – je nachdem, auf wessen Seite man stand.

Phillip ging nicht darauf ein. »Was musstest du denn unsere dreckige Wäsche in der Öffentlichkeit waschen?«

»Deine dreckige Wäsche«, korrigierte Charlotte. Die er, so fiel ihr ein, ja in der Tat selber waschen musste. Was für ein schöner Gedanke. Sie bekam sofort bessere Laune bei der Vorstellung, wie Phillip morgens verschlafen vor seinem Schrank stand, blind ins Leere griff und sich verwirrt am Kopf kratzte, weil die Waschfee wieder nicht über Nacht erschienen war und alles fein ordentlich und sauber hineingestapelt hatte. Und wie er dann wutschnaubend ein dreckiges Hemd aus dem überquellenden Korb zog und den Rest des Tages mit getrocknetem Eigelb am Kragen herumlaufen musste.

»Ich dachte, wir hätten da eine stillschweigende Vereinbarung getroffen?«, giftete Phillip.

»Nein, haben wir nicht.« Auf dem Computer erschien das Foto eines idyllisch gelegenen Campingplatzes an einem See. Ein paar Zelte, ein paar Wohnwagen, eine Wiese, auf der ein Mann und eine Frau Yoga praktizierten – er Kopfstand, sie den nach unten schauenden Hund. Dieser unbekannte Johannes und Doro? Charlotte versuchte, das Foto näher heranzuzoomen, aber es ging nicht. Es war unmöglich festzustellen, wer die beiden waren. Sie kamen ihr jedenfalls nicht bekannt vor.

»Ich rufe doch auch nicht bei deinen Verwandten und Freunden an und mache dich schlecht!«, regte Phillip sich am anderen Ende weiter auf.

Jetzt reichte es Charlotte. »Natürlich nicht. Weil ich keine Verwandten mehr habe! Und meine Freunde würden dir sowieso nicht glauben. War's das? Ich habe zu tun. Ich habe eine anstrengende Nacht hinter mir. Ich war auf einer Silberhochzeit und hatte anschließend ein Treffen mit einem Verrückten und seinem Gepard in einer Gartenlaube. Das schlaucht, wie du dir vorstellen kannst.«

Einen Moment lang herrschte verblüfftes Schweigen, und sie war schon kurz davor aufzulegen. Aber Phillip hatte offenbar beschlossen, die letzte Bemerkung zu ignorieren, wahrscheinlich, weil er zu dem Thema Raubkatze beim besten Willen nichts beisteuern konnte und sich darüber ärgerte. Und überdies war er noch nicht fertig. »Außerdem musst du nicht meine Eltern einspannen, wenn es um meine Tochter geht. Ich bin ja auch noch da. Herrgott noch mal, ich bin ihr Vater. Wir sind doch eine Familie und gehören zusammen!«

Wahrscheinlich, so schlussfolgerte Charlotte, war heute genau so ein Tag, an dem ihm die frischen Hemden ausgegangen waren und er sich nach der Bequemlichkeit der Ehe sehnte.

»Ich sehe Miriam ohnehin viel zu selten«, beklagte er sich weiter.

»Du siehst sie öfter als früher, als du noch bei uns gewohnt hast.« Das stimmte, und er wusste es auch, denn er schwieg beleidigt.

Charlotte fiel etwas ein. »Aber da du schon einmal am Apparat bist, kannst du gern mit ihr reden. Sie wollte dir sowieso eine Frage stellen, wenn du nichts dagegen hast. Eine etwas … nun ja, schwierige Frage.«

»Natürlich nicht. Her mit der Frage. Geht nicht, gibt's nicht.« Phillip benutzte automatisch den Ton des jovialen Geschäftsmannes, für den keine Herausforderung zu groß war. Als ob Miriam ein störrischer, neureicher Kunde wäre, der ein Haus im Tudorstil mit einem Gartenzaun aus Bambus haben wollte.

»Hier.« Charlotte reichte ihrer Tochter das Telefon. »Kannst mit Papa reden und ihm deine Frage selber stellen.«

»Hallo Papa!« Miriam schmiss sich rücklings auf die Couch, das Telefon am Ohr, und sah einen Moment lang schon fast erwachsen aus. Ein wehmütiges kleines Ziehen begann in Charlottes Bauch. Kinder wurden so schnell groß. Ein Grund mehr, nach Doro zu suchen, ehe auch Miriam sich in einen simsenden, augenrollenden Teenage-Zombie verwandelte, der um nichts auf der Welt so werden wollte wie seine Mutter. Charlotte klickte auf die Kontaktseite des Campingplatzes: Inhaber Johannes Grubner stand da, und eine Telefonnummer. Es *war* Johannes Grubner! Das konnte doch nicht wahr sein. Johannes Grubner! Charlotte lachte schallend auf. Wie war das möglich? War er in ein Zeugenschutzprogramm geraten und mit einer neuen Identität ausgestattet worden?

»Mir geht es gut, Papa«, hörte sie Miriam wie aus weiter Ferne. »Was ist ein Casanova?«

Johannes Grubner ... Damals hatte er keine drei Hauseingänge weit von Charlotte und Doro gewohnt und seine ereignislosen Tage in Charlottes Parallelklasse abgesessen. Charlotte versuchte, sich sein Gesicht in Erinnerung zu rufen, aber außer dunkelfettigem Haar und einer zu langen Nase war da nichts mehr, das sie mit ihm in Verbindung brachte. Und dass er in der Grundschule als Weichei galt, das man ohne größere Anstrengung zum Heulen bringen konnte, selbst die Mädchen. *Der* verzauberte jetzt Frauen wie Doro mit Traumdeutungen und tantrischem Sex? Es war einfach nicht zu fassen. Wie hatten er und Doro sich wiedergetroffen? Auf dem Campingplatz? Charlotte entdeckte hinten auf dem Foto noch eine Ziege, die sich quer über die Wiese fraß. Doros Haustier? Charlotte schnappte kurz nach Luft. Unmöglich.

»Warum verstehe ich das noch nicht?«, quengelte Miriam auf der Couch. »Das sagst du immer!«

Charlotte konnte das Gespräch zwischen den beiden nicht mehr ertragen, hauptsächlich, weil sie es detailliert vorausgeahnt hatte. Sie ging in die Küche und wählte auf ihrem Handy die Nummer des Campingplatzes. Ein sphärisches Rauschen erklang, dann eine Stimme, die sie tatsächlich als die von Johannes Grubner wiedererkannte, wenn auch salbungsvoller und nicht mehr so ein kleinlautes Fisteln wie früher.

»Namaste«, verkündete die Stimme. »Hier ist der Naturcampingplatz am Havelberg. Ein Ort des Friedens und der Stille. Ein Ort, an dem Sie zu sich kommen und den Ballast des Alltags abwerfen können. Wir freuen uns auf Sie.« Das war alles. Was war denn das für eine blöde Ansage? Charlotte wollte sofort noch einmal anrufen, um eine Nachricht zu hinterlassen, doch dann hielt sie inne. Morgen war Samstag, und es sollten über 23 Grad werden. In zwei Stunden konnte sie dort sein und einen schönen Tag am Wasser verbringen. Besonders wenn sie relativ zeitig losfuhr. Losfuhr. Wieder mit dem Auto ... Aber was sie vorgestern geschafft hatte, würde sie auch morgen fertigbringen.

»Miriam?«, rief sie ins Wohnzimmer. »Frag mal Papa, ob du morgen früh zu ihm kommen kannst.« Sie lauschte, hörte Miriams fragende Stimme und dann eine ungute Stille.

»Er kann morgen nicht, da hat er was vor«, rief Miriam zurück. »Er muss das eher wissen, nicht so spontan. Ich kann erst am Abend zu ihm kommen.«

»Welch eine Überraschung«, murmelte Charlotte. Dann würde sie Miriam eben mitnehmen. Warum eigentlich auch nicht? Die würden ja wohl keinen tantrischen Sex auf der Wiese neben der Ziege veranstalten. Und Miriam konnte im See baden, während Charlotte sich mit Johannes unterhielt. Und vielleicht ja auch mit Doro. Was wollte sie eigentlich zu ihr sagen? Nach all den Jahren? Und nach allem, was geschehen war?

8

»Wo genau ist denn der Campingplatz?«, wollte Miriam am nächsten Morgen wissen. Sie leckte sich Nutella von den Fingern. Auf dem Kopf trug sie das Geschenk einer Freundin – einen Haarreif aus Metall, an dem große silberne Fühler befestigt waren. Bei jeder Bewegung schwangen sie zart hin und her und gaben einen kleinen Summton von sich, als wäre Miriam ein intergalaktischer Hybrid aus Kind und Insekt. Anfangs hatten die Fühler Charlotte verstört, sie hatte sich beobachtet gefühlt, und eines Abends, nach ein paar Gläsern Wein, hatte sie die Dinger sogar heimlich selbst aufgesetzt, um zu testen, ob Miriam damit irgendwelche Signale empfing.

»Unterhalb von Neustrelitz. An einem schönen See. Da kannst du baden, wenn du willst. Vielleicht ist das Wasser schon warm genug. Weißt du was? Wir holen nachher beim Bäcker noch ein paar belegte Brötchen und machen Picknick am See.«

»Ihr habt es gut.« Veronika, die zum Frühstück vorbeigekommen war, rollte mit den Augen. »Ich werde das ganze Wochenende damit verbringen, unsere Wohnung zu entmüllen.«

»Lass das doch deine Jungs machen und komm mit.« Charlotte hätte sich wirklich gefreut, diese Fahrt ins Ungewisse nicht allein antreten zu müssen.

»Um Gottes willen. Wenn ich die ausmisten lasse, schieben

sie einfach nur alles unters Bett. Oder sie finden was, das sie auf dem Flohmarkt verkaufen, und holen dafür neuen Krempel, den ich dann bei meiner Rückkehr vorfinde. Plus zehn leere Pizzaschachteln.«

»Ich könnte dir morgen beim Ausmisten helfen«, bot Charlotte an.

»Lass mal gut sein. Du willst immer allen helfen und die Welt retten. Jetzt bist du mal dran, was für dich zu tun. Ein Tag am See ist doch genau das Richtige.«

»Und ich nehme meine Luftmatratze mit!« Miriam sprang auf und rannte in den Flur, wo sich hinter einem Vorhang all die Dinge stapelten, die in Mahlsdorf ein eigenes Zimmer gehabt hatten – den Stauraum neben der Garage. Diese luxuriösen Zeiten waren vorbei, und so tummelte sich hinter dem Vorhang ein chaotisches Allerlei aus Weihnachtsengeln, Skistiefeln, Luftmatratzen, Rucksäcken, Federballschlägern, etlichen zum Teil kopflosen oder einbeinigen Barbies, die temporär in einer Fritteuse untergebracht waren und wie anklagend ihre Arme nach oben streckten, sowie einem nie benutzten Hometrainer, von dem Charlotte sich mittlerweile fragte, warum sie ihn eigentlich zurück nach Berlin geschleppt hatte. Die Vorstellung, dass sie, Charlotte, abends nach einem total anstrengenden Tag voller dösiger Teenager, einem hastig zusammengewürfelten Abendessen und einem Berg Korrekturen, bei denen sie jeden Satz erst dekodieren musste, ehe sie ihn bewerten konnte, sich noch gutgelaunt auf den Hometrainer schwang und ihre zwanzig Kilometer vor dem Fernseher runterschrubbte, war schlicht und einfach lächerlich.

»Genießt die Ruhe und Natur.« Veronika stand auf. »Und ich hoffe, der nächste Typ hat nicht so einen Dachschaden wie dieser Sänger.« Sie gluckste. »Und hüte dich vor wilden Tieren.«

»Hör bloß auf.« Charlotte rollte mit den Augen und stand ebenfalls auf. »Ich hätte dich mal sehen wollen.«

»Ich wäre schreiend weggerannt«, gab Veronika zu. »Oder wimmernd zusammengebrochen. Auf jeden Fall nicht so cool geblieben wie du.«

»Aus der Not heraus cool geblieben, aber trotzdem danke. Und schließlich sind wir beide ja so eine Art Löwenbändigerinnen von Beruf, nicht wahr?« Sie grinste und umarmte Veronika kurz.

»Wohl wahr. Ich saus dann mal los. Tschüs, Miriam!« Veronika winkte in Richtung Vorhang und ging.

»Tschüs, Veronika! Mama, warum übernachten wir nicht dort? Wir haben auch ein Zelt, das haben wir noch nie benutzt!« Miriam kam hinter dem Vorhang hervorgekrochen und hielt eine bockwurstförmige orange Rolle hoch.

»Diesmal nicht. Wir fahren nachmittags wieder zurück. Du sollst doch auch heute Abend zu Papa kommen.« Hoffentlich hatte Phillip das bis heute Abend nicht wieder vergessen, dachte Charlotte grimmig. »Aber irgendwann diesen Sommer werden wir das Zelt ausprobieren, okay?«

Miriam wirkte enttäuscht. »Okay. Warum müssen wir denn nachmittags zurück? Warum fahren wir überhaupt erst dahin?«

»Weil ...« Wie viel sollte sie Miriam erklären? Charlotte entschloss sich zur Wahrheit. Miriam war alt genug. »Weil es sein könnte, dass Doro dort ist.«

»Tante Doro?« Miriam rutschte vor Überraschung das Zelt aus den Händen. »Aber du hast doch gesagt, du weißt nicht, wo sie ist, und du willst sie nie wieder sehen, weil sie gemein zu dir war?«

»Ja, das habe ich.« Charlotte kniete sich hin, um das Zelt aufzuheben, griff aber stattdessen nach Miriams Händen. »Aber ich bin mir nicht mehr sicher, ob ich das noch will. Ich vermisse Doro. Ich will wieder mit ihr reden. Ich will ...«, Charlotte holte tief Luft, »ich will sie um Entschuldigung bitten.«

»Aber sie war doch gemein zu dir, hast du gesagt!«

»Das war sie auch. Aber ich war auch gemein zu ihr. Und ich will, dass das jetzt aufhört. Es ist sinnlos, sich zu streiten, besonders wegen ...« Sie brach ab. »Lass uns schnell alles runterschaffen. Wir wollen doch noch fix zum Bäcker.«

»Okay.« Miriam stopfte ihren iPod in ihre kleine Umhängetasche. »Das wäre so toll«, sagte sie leise. »Wenn ich eine Tante bekommen würde.«

»Das wäre es.« Charlotte lächelte und fügte in Gedanken hinzu: Wenigstens eine Tante. Wenn dein Vater sich schon nicht sonderlich für dich interessiert.

Vor dem Bäckerladen hockte die zusammengesunkene Figur eines Penners auf dem Fußweg. Beim Näherkommen stellte Charlotte erstaunt fest, dass es sich dabei um Berenike Katscheck handelte. Berenike hatte die Beine ausgestreckt, so dass alle Welt über ihre in schwarzen Stiefeln steckenden Füße steigen musste, sowie eine Reisetasche neben sich und ein belegtes Brötchen noch unangebissen in der Hand. Sie sah verheult aus.

»Berenike.« Charlotte blieb stehen. War das Mädchen etwa zu Hause rausgeflogen? Wohnte sie hier in der Gegend? »Alles in Ordnung?«

»Ja doch«, schnaubte Berenike unwirsch. Sie wischte sich mit dem Ärmel über das Gesicht.

»Nun nimm doch mal deine Gondeln hier weg!«, schnauzte

ein alter Mann, der beinahe über Berenikes Füße gestolpert wäre. »Man kommt ja kaum vorbei.«

»Krieg dich wieder ein, Alter«, schnappte Berenike zurück.

»Hey, hey«, machte Charlotte hilflos. Der alte Mann drohte mit der Faust und stapfte kopfschüttelnd weiter.

»Ist doch wahr.« Berenike zog hinter dem Rücken des Alten eine Fratze. »So ein Alzheimer-Sack. Ist ja wohl immer noch 'ne öffentliche Straße.«

»Willst du verreisen?«, fragte Miriam und betrachtete Berenike neugierig.

»Schön wär's«, antwortete Berenike. »Wenn mir meine blöde Mutter ein bisschen Geld für die Zugfahrt geben würde. Aber das macht sie nicht. Nicht mal leihen. Weil sie es angeblich niemals wiederbekommt. Na und? Ich bin ja vielleicht mal ihre Tochter oder was?«

Miriam nickte mitfühlend. Charlotte hingegen beschloss, dass das hier nicht mehr ihr Problem war. »Die Brötchen«, sagte sie rasch. »Komm, Miriam.«

»Ich warte hier.« Miriam blieb neben Berenikes Stiefeln stehen, und so begab Charlotte sich allein in den Laden. Die Schülerin regte sich weiter auf.

»Und was heißt hier ›ihr Geld wiederbekommt‹? Wer sucht mal ihr Altersheim aus, hm? Ich. Ist doch so. Da kriegt sie ja alles wieder. So rund gerechnet. Da sollte man doch echt denken, dass die sich mal 'n bisschen mehr Mühe mit mir gibt.«

»Ist deine Mutter schon so alt?«, erkundigte sich Miriam.

»Endalt. Über vierzig.«

Den Rest konnte Charlotte nicht verstehen und war auch nicht sonderlich unglücklich darüber. Berenikes Mutter hatte sicher ihre Gründe, warum sie das Mädchen nicht zu seinem

Freund fahren lassen wollte. Das nannte man Erziehung. Und überhaupt – wer wusste, wofür es gut war, besonders nach all den Andeutungen von Berenikes Freundinnen gestern im Café. Vielleicht war das Mädchen ja dann direkt mal am Montagmorgen ausgeschlafen.

»Zwei Schinkenbrötchen und zwei Käse bitte«, sagte Charlotte, als sie an der Reihe war. »Und noch zwei von diesen Nusseckchen hier.« Die Bäckersfrau verpackte nickend das Gewünschte. Charlotte verrenkte sich den Hals. Miriam redete immer noch mit Berenike, ließ sich sogar neben ihr auf der Straße nieder.

»Danke, stimmt so.« Charlotte warf einen Schein auf den kleinen Teller und riss der Bäckersfrau das Paket aus der Hand. Jetzt aber schleunigst hier weg, bevor Berenikes Jargon durch Osmose in Miriams Vokabular überging.

Kaum war sie wieder draußen, sprang Miriam aufgeregt hoch. »Mama, stell dir vor, Berenike will auch nach Neustrelitz. Genau wie wir! Da können wir sie doch mitnehmen. Dann braucht sie gar kein Fahrgeld!«

»Was?« Charlotte glaubte sich verhört zu haben.

»Also, Frau Windrich, das wäre total voll echt nett, wenn das ginge. Das würde ich total geil finden und also, Sie wären da echt meine Lieblingslehrerin.« Berenike quetschte aufgeregt ihre Tasche, das Brötchen war auf die Straße gefallen. »Sind Sie ja jetzt schon, meine ich«, fügte sie hinzu, allerdings vermied sie es, Charlotte dabei in die Augen zu sehen.

»Aber wir fahren doch gar nicht nach Neustrelitz«, brachte Charlotte schließlich heraus. Spinnst du?, funkelten ihre Augen in Richtung Miriam, aber die merkte nichts. Im Gegenteil. Sie sah ihre Mutter verwundert an. »Aber der Campingplatz ist ganz in der Nähe dort. Hast du doch vorhin selbst gesagt.«

»Ich komm auch nur ein Stück mit, das geht auch. Dann fahre ich den Rest per Anhalter.« Berenike nickte eifrig.

»Unsinn. Trampen ist viel zu gefährlich«, wehrte Charlotte ab. So weit kam es noch. Sie sah schon die Schlagzeilen. *Grausame Lehrerin setzt Schülerin in der Wildnis aus, um sich für jahrelanges Stören im Unterricht zu rächen. Schülerin konnte nur noch anhand ihres entzündeten Lippenpiercings identifiziert werden!* »Außerdem geht das nicht, Berenikes Mutter hat es ihr ausdrücklich verboten.«

»Nee, also direkt verboten hat sie es nicht«, mischte sich Berenike ein. »Die will mir nur kein Geld geben. Ansonsten ist es ihr egal, wo ich hinfahre. Und ich hab nur noch fünf Euro. Das reicht nicht.« Berenike öffnete ihre Faust, in der sich ein weichgeschwitzter Schein befand. »Ich könnte Ihnen das ja zum Fahrgeld dazugeben?«

Charlotte betrachtete den krumpeligen Geldschein, die abgeknabberten und lila lackierten Fingernägel, spürte Berenikes flehenden Blick auf sich und fühlte einen Anflug von Mitleid. Das Mädchen würde den ganzen sonnigen Samstag lang weiter neben seinem Brötchen auf der Straße sitzen und heulen und einen bedauernswerten Anblick bieten. Und irgendwas an ebendiesem Anblick rüttelte an Charlottes Herzen, das seit der Trennung von Phillip immer mehr zur zynischen Eishöhle verkümmerte, irgendwas daran war dafür verantwortlich, dass Charlotte – obwohl ein Chor kleiner Stimmen in ihrem Kopf »Tu's nicht! Tu's nicht!« kreischte – ihren Mund öffnete und den Satz »Okay, aber nur die Hinfahrt, für die Rückfahrt sorgst du oder dein Freund!« in die Welt hinausließ.

»Echt?« Berenike konnte ihr Glück nicht fassen. »Echt jetzt?«

»Aber vorher will ich deine Mutter sprechen«, erklärte Charlotte. »Die muss ja wissen, wo du bist.«

»Ach, das passt schon, die nimmt das ganz easy«, murmelte Berenike, zog aber dennoch ihr kleines rosa Handy heraus und wählte eine Nummer.

»Das ist nett von dir, Mama!«, flüsterte Miriam.

»Mum, ich fahre jetzt doch übers Wochenende weg, okay?«, brüllte Berenike in ihr Handy. Ein leises Keifen war am anderen Ende zu vernehmen. »Nein, mit meiner Lehrerin!«, schrie Berenike zurück. Dann verdrehte sie die Augen und hielt Charlotte das Handy hin. »Die will mit Ihnen reden.«

Charlotte griff danach. »Hallo, hier ist Frau Windrich.«

»Was soll das jetzt mit der Klassenfahrt?«, zeterte eine Frau am anderen Ende. »Davon ham die uns nichts gesagt. Wieso denn das jetzt auf einmal?«

»Entschuldigung, aber da haben Sie was falsch verstanden. Es handelt sich nicht um eine Klassenfahrt. Ich ...«

»Das kostet doch wieder einen Haufen Geld. Wer soll das immer bezahlen? Ich fahre doch auch nicht dauernd in den Urlaub, obwohl ich es weiß Gott mal gebrauchen könnte. Wann lernen die Gören denn endlich mal was?«

»Frau Katscheck, wir fahren nicht auf Klassenfahrt!« Unwillkürlich wurde Charlottes Stimme ebenfalls so laut wie die von Berenike. »Ich wollte Ihnen nur Bescheid sagen, dass ich Ihre Tochter im Auto mitnehmen kann, wenn Sie das erlauben.«

»Wohin denn?« Die Stimme klang misstrauisch und beleidigt, erwähnte aber wenigstens die Klassenfahrt nicht mehr, was Charlotte als kleinen Erfolg verbuchte.

»Nach Neustrelitz.«

»Was will sie denn da?«

Verdammt noch mal, hatte Berenike denn überhaupt mit ihrer Mutter geredet? Charlotte bereute bereits jetzt schon ihr großzügiges Mitfahrangebot.

»Na, sie will zu ihrem Freund, das hat sie Ihnen doch wohl gesagt. Sie hat wohl ...«, Charlotte räusperte sich verlegen, »... nicht genug Geld.«

»Ja, natürlich hat sie nicht genug Geld. Weil sie alles für Kippen und Schminke ausgibt. Aber wissen Sie was? Ich hab auch nicht genug Geld!« Am anderen Ende war tiefes Inhalieren zu hören, woraus Charlotte schloss, dass Frau Katscheck ihr Taschengeld offenbar ebenfalls für Kippen und Schminke ausgab.

»Sie soll ja auch nichts bezahlen«, erklärte Charlotte geduldig. »Ich nehme Berenike im Auto mit, ich wollte Ihnen nur Bescheid sagen.«

»Nichts bezahlen? Ja, warum rufen Sie denn dann an?«, fragte Berenikes Mutter gereizt.

Charlotte gab es auf. Sie gab Berenike das Handy zurück. »Kläre du das doch mal«, bat sie, woraufhin Berenike »Tschüs!« in das Telefon brüllte und es ausschaltete.

»Alles klar«, befand sie dann zufrieden. »Meine Mum nimmt das Leben ganz locker, habe ich Ihnen ja gleich gesagt. Null Problemo. Können wir jetzt los? Das wird geil.«

9

»Berenike?« Charlotte tippte das Mädchen leicht an, das sofort mit Beginn der Fahrt in einen komatösen Schlaf gefallen war und mit offenem Mund auf dem Beifahrersitz schnarchte. Miriam streckte sich auf der Rückbank, zufrieden betrachtete sie ihr Spiegelbild mit den Insektenfühlern im Rückspiegel. Wider Erwarten war die Fahrt völlig problemlos verlaufen. Keine Kaugummiblasen waren in unmittelbarer Nähe von Charlottes Trommelfell geplatzt, keine Rauchpausen hatten stattgefunden, kein Handy hatte nonstop gepiept, gesummt und geklingelt. Wer hätte das für möglich gehalten? »Berenike, wir sind gleich da. Hast du die Adresse?«

»Hm?« Berenike rieb sich verschlafen die Augen. »Wir sind schon da?«

»In Neustrelitz sind wir fast. Noch zehn Kilometer. Wo genau musst du hin?« Irgendwie war es ja auch rührend, wie Berenike unbedingt zu ihrem Freund wollte. Wahrscheinlich die erste Liebe. Die Sonne schien und gleich würde sich ein junges Paar voller Freude in die Arme fallen. Charlotte lächelte wehmütig. Wenn schon in Liebesdingen bei ihr selbst eine Art karge Nachkriegszeit herrschte, so konnte sie wenigstens anderen zu ihrem Glück verhelfen. Diese Fahrt war ein gutes Omen. Sie hatte eine gute Tat vollbracht, nämlich Berenike mitgenommen, und würde deswegen belohnt werden. Sie würde Doro wiederfinden und sich wieder mit ihr vertragen.

»Fresienweg«, las Berenike von einem Zettel ab.

Das machte Charlotte jetzt doch ein wenig stutzig. Wieso musste Berenike das ablesen? Kannte sie die Adresse nicht auswendig? Eine unangenehme Vorahnung breitete sich in Charlotte aus, lautlos und fies wie ein Magen-Darm-Grippe-Virus. »Welche Nummer denn? Und wo genau ist das?«, hakte sie nach.

Berenike zuckte mit den Schultern. »Keine Ahnung.«

»In Neustrelitz«, steuerte Miriam zuvorkommend von der Rückbank bei.

»Berenike, warst du schon mal dort?«, fragte Charlotte, um Beherrschung bemüht, obwohl sie die Antwort ahnte.

»Nee. George kommt sonst immer nach Berlin.«

»George heißt der?«

»Ja, wie Georg. Halt auf Englisch.«

»Ach. Er ist Engländer?«

»Nee, natürlich nicht.« Berenike schüttelte den Kopf, offenbar überrascht darüber, wie schwer von Kapee ihre Lehrerin war. »Da könnte ich doch gar nicht mit dem reden.«

Noch vier Kilometer. Noch drei, noch zwei, noch einer. Sie waren da.

»Fresienweg.« Charlotte fuhr eine nicht enden wollende Straße entlang, die von Einfamilienhäusern gesäumt war. Eine spießige Gegend. Weiße Zäune standen stramm Spalier und beschützten akkurat gezogene Beete, gestreifte Liegestühle und fast in jedem Garten einen dieser steinernen Kamine, die sich in den letzten Jahren im Großraum Deutschlands verbreitet hatten wie die Syphilis im Mittelalter. »Bist du sicher, dass er hier wohnt?«

»Hat er gesagt. Dass er im Blumenviertel wohnt, im Fresienweg«, sagte Berenike.

»Wohnt er in der Nähe von irgendwas? Seiner Schule vielleicht?«

»Also, der George geht nicht mehr in die Schule. Der arbeitet schon.« Berenike holte einen rosa Lipgloss heraus und zog sich, ohne in den Spiegel zu sehen, die Lippen nach. Dann überlegte sie kurz. »Aber an die Hausnummer kann ich mich jetzt echt nicht erinnern.«

»War die sechsstellig?« Charlotte lächelte als Hilfestellung, damit Berenike kapierte, dass das als Scherz gemeint war, aber das Mädchen sah sie genauso leer an wie im Unterricht, wenn Charlotte fragte, ob jemand wusste, wo das Subjekt war, und die Hälfte der Klasse tatsächlich zur Tür blickte, als ob das Subjekt heimlich hinausgehuscht wäre, um sich mit ein paar Prädikaten draußen im Korridor zu verlustieren. Charlotte hielt das Auto an. »Dann ruf ihn doch mal an, deinen George. Der wartet doch sicher schon.«

»Na ja.« Berenike schielte nervös unter ihrem Pony hervor. »Das sollte eigentlich eine Überraschung sein.«

Verdammt. Oh, verdammt noch mal. Charlotte schloss kurz die Augen. »Er weiß gar nicht, dass du kommst?« Das hatte sie nun von ihrer gottverdammten Gutmütigkeit. Was, wenn dieser ominöse Knabe überhaupt nicht zu Hause war?

»Na ja.« Berenike rutschte immer mehr in ihrem Sitz zusammen. »Streng genommen weiß er es nicht.«

»Streng genommen. Okay.« Charlotte holte tief Luft. »Dann ruf ihn bitte an. Irgendwann muss er ja mal erfahren, dass du hier bist, oder?«

»Hm.« Berenike kaute auf ihrer glänzenden, eben bemalten

Lippe herum. Schließlich zog sie ihr Handy so langsam und schwerfällig heraus, als ob es drei Zentner wöge, und betrachtete es unschlüssig. Dann sah sie aus dem Fenster. »Wir könnten die da fragen«, sagte sie auf einmal.

»Was? Wen?« Charlotte folgte Berenikes Blick. Aus dem Haus, vor dem sie geparkt hatten, kam eine junge Frau heraus, einen lila Minirock über dem prallen Hintern, die Haare zu einem kunstvollen wasserstoffblonden Gebilde aufgetürmt. Sie zog einen widerstrebenden Chihuahua mit rotem Schleifchen hinter sich her. »Nun komm doch endlich, Britney«, drängelte sie.

»Okay.« Charlotte ließ das halbgeöffnete Fenster auf Berenikes Seite ganz hinunter. »Wie heißt der George mit Nachnamen?«

War das denn zu fassen? Berenike musste tatsächlich einen Moment lang überlegen. »Rödiger«, gab sie endlich kund.

»Gut.« Charlotte wartete ungeduldig, bis die Frau näher kam, denn diese blieb immer wieder stehen und zog an dem Hund, schließlich hob sie ihn hoch und nahm ihn auf den Arm.

»Verzeihung«, rief Charlotte. »Ich suche einen George Rödiger. Der soll hier irgendwo wohnen, wissen Sie zufällig, wo?«

»Ja, natürlich weiß ich das«, antwortete die Frau lächelnd. »Der heißt aber nicht ›Dschordsch‹. Der heißt Georg, das ist mein Mann. Was wollen Sie denn von ihm?«

Charlotte hätte hinterher nicht mehr zu sagen vermocht, was zuerst passierte: Berenikes lauter, schockierter Aufschrei; das Jaulen des Hundes, der wieder hinunterwollte; das langsame Dahinschmelzen des Lächelns auf dem verständnislosen Mopsgesicht der jungen Frau oder Charlottes idiotische, aus der Not geborene Antwort: »Er hat sich für unsere ...«, hier geriet sie ins Stottern, »... unsere ... Organisation interessiert. Per Internet.«

89

»Was denn für eine Organisation? Georg?« Die Frau drehte sich um. Aus der Haustür trat jetzt ein Mann mit Sonnenbrille, käsiger Gesichtsfarbe und einer weißen H-&-M-Tüte in der Hand. Als er Berenike erblickte, erstarrte er mitten in der Bewegung.

»Georg? Sind die etwa von Scientology?« Die Frau verzog misstrauisch das Gesicht.

»Nein ...«, setzte Charlotte an, brachte aber nichts weiter heraus. Der Typ war mindestens dreißig! Berenike war feuerrot im Gesicht angelaufen und fixierte stumm das Handschuhfach.

»Nein?«, bohrte die Frau nach. »Welche Organisation denn dann?«

»Eine ... andere«, stotterte Charlotte, deren Kopf wie leergefegt war. Was sollte sie nur tun? Den Mann zur Rede stellen?

»Denken Sie, wir sind blöd?« Der Hund winselte verärgert, aber die Frau ignorierte ihn. »Jetzt, wo Ihnen die Promis weglaufen, versuchen Sie es bei den einfachen Leuten, oder was?«, ereiferte sie sich. Irgendwo ging eine Garagentür auf, eine Gardine schob sich zwei Häuser weiter vorn zur Seite. In wenigen Minuten würde hier ein gaffender Menschenauflauf stehen, denn aus der Frau sprudelte jetzt alles heraus, womit das Fernsehen sie in den letzten Jahren abgefüllt hatte. »Meinen Georg kriegen Sie nicht in Ihre gierigen Sektenhände, verstanden? Und das arme Kind da tut mir leid. Gehirnwäsche, mitten am helllichten Tag im Auto!« Die Frau zeigte anklagend auf Miriams Insektenfühler.

»Ihr Mann ...«, setzte Charlotte nun doch an, aber weit kam sie nicht.

»Nun sag du doch auch mal was«, unterbrach die Frau sie mit einer gereizten Handbewegung und wandte sich an Georg oder

90

Dschordsch oder wie immer dieses armselige Stück Mann nun hieß, aber dieser betrachtete nur konzentriert die Plastiktüte, als hätte er noch nie zuvor so etwas Spannendes gesehen. Der Chihuahua namens Britney wehrte sich inzwischen aufs heftigste, bis es ihm gelang, der Frau aus den Armen zu springen und auf dem Fußweg zu landen, wo er wie eine tollwütige Fledermaus mit Schleife herumtorkelte. Plötzlich ging ein Ruck durch Berenike. »Sie sehen ja nicht mal gut aus«, schrie sie die Frau an. »Wenn Sie wenigstens gut aussehen würden, aber Sie sind ja total alt. Und auch noch dick!«

»Berenike, nun lass doch.« Charlotte zupfte ihre Schülerin am Ärmel.

»Was?« Die Frau schnappte nach Luft. »Was sagt die da, Georg? Hast du das gehört?«

»Speckbarbie!«, rief Berenike.

Charlotte überlegte nicht lange, sie gab Gas und fuhr los.

»Unverschämtheit! Ich bin nicht alt, Tom Cruise ist viel älter!«, schrie die Frau ihnen hinterher. »Und viel zu klein ist er auch, sagen Sie ihm das!«

Charlotte bog quietschend um die Ecke.

»So eine Hässlette hat der zur Frau«, schimpfte Berenike vor sich hin. »Ich glaub's ja nicht.«

»Wieso denkt die Frau, wir sind eine Sekte?«, wollte Miriam wissen, als sie endlich aus der idiotischen Blumensiedlung heraus waren. Sie nahm die Fühler vom Kopf. »Was ist das denn überhaupt?«

Charlotte antwortete nicht. Sie wusste einfach nicht, was sie sagen sollte. Sie wollte doch nur ihre Schwester finden, verdammt noch mal. War das denn zu viel verlangt?

»Und wieso tu ich ihr leid? Mir geht es doch gut?« Miriam

91

ließ nicht locker. »Und was bedeutet Seintolodschie? Berenike, weißt du das?« Sie sah das größere Mädchen erwartungsvoll an, aber anstatt einer Antwort fluchte Berenike laut und schmiss ihren Lipgloss aus dem Fenster.

»Können Sie glauben, dass ich so dämlich war?«, wandte sie sich an Charlotte. »Ich kann es nicht glauben. Kann ein Mensch so blöd sein wie ich? Gibt es das wirklich?« Sie vergrub ihr Gesicht in den Händen.

Charlotte presste die Lippen aufeinander und sah stur nach vorn auf die Fahrbahn.

Der Campingplatz lag bar allen Lebens direkt an einem malerischen See. In Ufernähe war er mit Seerosen zugewuchert, über die ein schmaler Steg führte. Zwischen hohen Bäumen stand ein einsames kleines Zelt, verwittert wie ein Denkmal, weiter weg zwei Wohnwagen. Ein neuerer, mit holländischem Kennzeichen, allerdings ohne Tür, und ein archaisches Teil aus den 80er Jahren, an dessen Außenwand jemand den Slogan *Here comes trouble* gesprüht hatte. Vielleicht der Beginn eines Freiluftmuseums für Wohnwagen? Drei nicht besonders vertrauenswürdig aussehende Paddelboote waren am Steg angebunden, eine Ente quakte aufgeregt und flog dann zappelnd davon. *Naturcamping am Havelberg,* verkündete ein verblichenes Schild, das nach hinten gekippt war. Daneben hatte jemand ein weiteres, laienhaft beschriftetes Schild angebracht: *Namaste – Willkommen auf* ~~*Deutschlands*~~ *Mecklenburgs erstem Yoga-und-Esoterik-Campingplatz. Findet wieder zu euch selbst!!!*

Drei Ausrufezeichen. Ein Schild aus Pappe. Oh Gott. Das übertraf Charlottes schlimmste Erwartungen. Wie dieser Ausflug ohnehin allmählich zu einem Alptraum ausartete. Berenike hatte seit Neustrelitz unentwegt vor sich hin geschimpft, anschließend eine Weile lang wutschäumend eine SMS nach der anderen verschickt und immer wieder die grundsätzliche Frage aufgeworfen, ob wohl noch ein Mensch auf der Welt so unglaublich dumm war wie sie, Berenike? Eine Frage, die Charlotte auf keinen Fall beantworten würde.

Miriam hingegen wollte endlich ihr Picknick. Und Charlotte hoffte inzwischen so sehr, dass Doro hier zu finden war, dass es fast schmerzte. Weiter weg am Waldrand entdeckte sie zwei Personen mit langen Haaren, eine davon trug ein langes, zeltartiges Kleid. Sie pilgerten geistesabwesend durch das Gras, ab und zu blieben sie stehen und streckten ihre Hände in den Himmel. Großartig. Es gab wirklich immer mehr Verrückte auf der Welt und aus ihr noch unbekannten Gründen drängten sie gerade alle in Charlottes Leben hinein. Sie öffnete die Autotür auf der Fahrerseite, steckte den Kopf hinaus und rief: »Hallo?« Die beiden da hinten reagierten nicht. Sie verschwanden einfach im Wald.

Es roch nach Lagerfeuer, vermischt mit noch etwas anderem, etwas Süßlichem. Charlotte tippte auf Räucherstäbchen. Kein Mensch sonst war zu sehen. Kein Mensch eilte herbei, um den quer liegenden Holzbalken, der den Eingang des Campingplatzes symbolisierte, hochzuheben.

»Johannes?«, rief Charlotte. »Ist hier wer?« Da niemand antwortete, stieg sie aus, sah sich um und folgte dem Geruch, der eindeutig seinen Ursprung unten bei einer Blockhütte am Wasser hatte. Hinter ihr knallten die Autotüren, Miriam und Berenike folgten ihr.

»Hier stinkt's nach Asia-Shop.« Berenike rümpfte die Nase. Ihr Make-up war verschmiert, aber wenigstens hatte sie aufgehört zu schimpfen. »Genauso riecht das in dem Laden bei uns an der Ecke. Aber das Essen dort ist lecker. Krieg ich richtig Hunger, wenn ich daran denke.«

»Hallo?«, rief Charlotte wieder. Sie lauschte. Aus der Blockhütte erklang ein dumpfes Brummen, davor glimmerte ein einsames Räucherstäbchen in einem goldenen Halter, um die vormittägliche Sommerluft am See mit dem Geruch nach Patschuli anzureichern. Charlotte machte ein paar Schritte in Richtung Hütte. Jetzt klang das Brummen auf einmal mehr wie ein Summen. Hielten die Bienen da drin? Jetzt hörte sie ein Ächzen, in der Hütte war eindeutig jemand! Das Brummen setzte wieder ein. Es klang wie »Mmmmmmmmhhhh!« Was *machten* die da drin? Etwas Sexuelles? Charlotte sah sich zögernd nach ihrer Tochter um, dann beugte sie sich vor, kniff ein Auge zu und versuchte, etwas durch das Schlüsselloch der Blockhütte zu erkennen. Da war etwas. Ein nackter Oberschenkel, um den sich eine behaarte Hand schlang!

»Ist das hier auch so ein Laden?«, fragte Berenike. Sie stand hinter Charlotte, die gerade versuchte, mehr von dem Treiben da drin zu erhaschen, auch wenn sie sich wie ein Voyeur vorkam. Aber sie musste ja schließlich wissen, was Miriam auf keinen Fall sehen durfte.

»Vielleicht haben die auch diese in Fett gebackenen Dinger mit Füllung?« Berenike bummerte plötzlich laut an die Tür: »Bedienung! Hier ist Kundschaft!«

Jäh wurde die Tür aufgerissen, und Charlotte stürzte kopfüber in einen Raum, so heiß wie die Biosauna in der Spreewald-Therme. Sie verlor die Balance, griff panisch ins Leere und dann nach einer Schulter, berührte nackte Haut und fand sich plötzlich in einer unfreiwilligen Umarmung mit einem verschwitzten Körper wieder. Jemand hatte sie aufgefangen. Charlotte öffnete ein Auge. Schräg unter ihrem Kinn befand sich ein schweißnasser Bauch.

»Hoppla«, sagte eine Stimme.

»Verzeihung!« Charlotte schnappte nach Luft und rappelte sich hoch. Die Hitze war unerträglich.

»Hey, Mensch, ich kenne dich doch. Bist du nicht Charlotte?«, fragte die Stimme. »Charlotte Windrich?«

Sie blinzelte. Vor ihr stand Johannes Grubner. Fünfundzwanzig Jahre älter als damals, als sie ihn zum letzten Mal gesehen hatte. Beim Abiturball im mahagonifarbenen Cordanzug, mit angeklatschten Haaren, einem verlegenen Grinsen und hängenden Schultern. Jetzt hatte er lange Haare, die zu einem albernen Zopf gebunden waren, einen Ohrring, eine Yin-Yang-Tätowierung auf der Schulter und einen fusseligen Bart. Außerdem war er nackt. Nein, doch nicht ganz. Er trug ein enganliegendes Höschen, genau wie die kurzhaarige Frau, die sich mit ihm im Raum befand. Die hatte dazu noch einen Sport-BH an und so viele Piercings im Gesicht, dass sie glatt als Nadelkissen hätte durchgehen können.

»Hey, tatsächlich, das ist die Charlotte! Willkommen bei uns! Hab gar nicht gewusst, dass du kommst, warum hast du nicht angerufen?« Johannes breitete seine Arme aus, ein paar Tröpfchen segelten durch die Luft, und Charlotte wich entsetzt einen Schritt zurück. Sie musste unbedingt an die frische Luft. Rasch schob sie Berenike zur Seite, die wie festgenagelt in der Tür stand und staunte. »Machen Sie hier Wrestling?«, erkundigte sie sich, denn das, was Berenike in den Kopf kam, musste erfahrungsgemäß auch sofort durch den Mund wieder hinaus. »Haben Sie auch solche Masken? Wo man aussieht wie Hannibal Lecter?«

»Wir machen Hot Yoga«, erklärte die Frau leicht pikiert und atmete demonstrativ ein und aus.

»Hot Yoga?« Berenike sah sich um. »Nie gehört. Eine Affenhitze hier drin, voll abartig.«

»Ich hab versucht anzurufen. Es ging aber keiner ran. Ich suche eigentlich nur Doro«, wandte Charlotte sich an Johannes und wischte sich unauffällig das Gesicht am Ärmel ab. »Weißt du, wo sie ist? Ist sie hier?«

»Hier?« Johannes blinzelte überrascht. »Hier war sie schon seit Jahren nicht mehr. Seit wir uns getrennt haben, hab ich sie nicht mehr gesehen. Wie kommst du denn darauf, dass sie hier sein könnte? Und wieso auf einmal jetzt? Das ist doch alles Jahre her?«

Heiße Enttäuschung breitete sich in Charlotte aus, heißer noch als die Temperatur in dieser bizarren Hütte. Wieder eine Fehlanzeige. Es wäre ja auch zu einfach gewesen, wenn sie Doro nach elf Jahren Schweigen auf diesem behelfsmäßigen Campingplatz beim Kopfstand überrascht und sich alles in Wohlgefallen aufgelöst hätte. Viel zu einfach.

»Aber ist doch schön, dass ihr hier seid.« Johannes trocknete sich mit einem Handtuch ab. »Wir haben im Moment auch direkt mal keine Vorbuchungen.« Vage deutete er über den komplett leeren Campingplatz. »Wie lange wollt ihr bleiben? Habt ihr Zelt oder Wohnwagen? Oder wollt ihr im Freien schlafen? Heute Nacht soll ein prima Sternenhimmel zu sehen sein.«

»Wir wollen gar nicht hier schlafen. Ich hatte nur gehofft, Doro hier zu finden.« Charlotte setzte sich ins Gras, es war noch feucht vom Tau und roch nach den Sommerferien der Vergangenheit, und noch bevor sie es verhindern konnte, kamen ihr die Tränen. Sie schossen ihr einfach in die Augen. Tränen der Enttäuschung, Tränen der Wut auf Phillip, auf diesen idiotischen George und auf Scientology, Tränen der Erschöpfung vom ewigen Ein- und Auspacken der letzten Monate, etwas verspätet auch Tränen der Erleichterung, dass sie nicht von einer Raubkatze gefressen worden war, und nicht zuletzt Tränen des Schamgefühls, weil sie hier vor wildfremden Leuten und auch noch einer Schülerin im nassen Gras hockte und wie ein Kleinkind plärrte.

»Aber Frau Windrich, was ist denn?«, fragte Berenike erschrocken. Charlotte winkte hastig ab und suchte in ihrer Tasche nach einem Tempo, aber da war Berenike schon bei ihr und legte ihr den Arm um die Schulter.

»Heulen Sie ruhig«, flüsterte sie beruhigend in Charlottes Haare hinein. »Meine Mum heult auch oft, meistens wenn ein Kerl sie wieder verlassen hat. Das tut der Seele gut, sagt sie immer. Zigarettchen?« Sie klopfte ihrer Lehrerin mitfühlend auf den Rücken, woraufhin Charlotte noch lauter schluchzte und ihr Gesicht in dem nach *Playboy*-Deo und Nikotin riechenden Tuch ihrer Schülerin vergrub. In diesem Moment war sie dem Mädchen mit den viel zu schwarz geschminkten Augen, der großen Klappe und dem grässlichen Männergeschmack so dankbar, dass sie Berenike wahrscheinlich sofort adoptiert hätte, falls diese den Wunsch verspürt hätte.

»Mama, wein doch nicht.« Jetzt kam auch Miriam zu ihr und umschlang sie. »Vielleicht können wir ja trotzdem hierbleiben, auch wenn wir kein Zelt haben? Das ist doch nicht so schlimm? Da musst du doch nicht weinen.«

»Klar.« Jetzt kam auch Bewegung in Johannes, der bislang nur erstaunt Charlottes hysterischen Zusammenbruch auf der Wiese beobachtet hatte. »Hey, easy, easy. Wir können euch gern ein Zelt borgen. Du brauchst dringend Entspannung, deine Aura ist ganz violett, das merkt man. Schrecklich violett. Du Arme.« Er hielt ihr unsicher sein benutztes Handtuch hin.

»Was? Violett?«, schluchzte Charlotte. »Ich hasse Violett, das steht mir nicht.«

Johannes nickte, als ob das seine Theorie nur bestätigte. »Wenn du wieder zu dir finden willst, bist du hier goldrichtig. Hast du schlimme Träume? Kassandra kann wunderbar Träume deuten. Dann erfährst du, was dich unterschwellig bedrückt, das wirkt befreiend. Oder willst du einen Tee? Kassandra, mach ihr doch mal einen Tee.« Die Frau namens Kassandra nickte und lief los, Johannes kniete sich vor Charlotte und strich ihr über die Haare. »Hey, das geht uns allen mal im Leben so, glaub's mir. Wir denken immer, wir müssen wie geschmiert funktionieren, aber wir sind nun mal keine Rennautos. Wir brauchen auch Entspannung und Ruhe und Abstand. Und die Natur.« Er stand auf. »Sieh dich um! Atme! Finde deine Mitte! Genau das habe ich damals zu deiner Schwester gesagt, als sie das erste Mal zu mir gekommen ist. Doros Aura war auch ganz mies. Ein unentschiedenes und zielloses Ockergelb.«

»Was?« Charlotte zog die Nase hoch. »Als sie das erste Mal gekommen ist? Erzähl doch mal. Ich weiß überhaupt nichts von Doro. Ich habe sie seit fast elf Jahren nicht gesehen. Wann war sie hier?«

Johannes setzte sich neben sie ins Gras. Charlotte musterte ihn heimlich. Dieser Zopf und dieser Bart ... Er wirkte ein bisschen lächerlich und rührend zugleich. Und irgendwie befreit, in sich ruhend. War es das, was Doro an ihm gefallen hatte?

»Ja klar. Easy, easy. Ich erzähl dir alles. Vergiss du nur nicht zu atmen. Richtig tief.« Er machte es ihr vor.

»Okay«, krächzte Charlotte und bemühte sich, nicht ganz so kurzatmig zu schnaufen.

Zufrieden nickte er. »Das war 2002, wenn ich mich recht entsinne. Kurz nachdem eure Mutter gestorben ist. Doro hatte deshalb einen halben Nervenzusammenbruch.«

»Ach?«, fragte Charlotte überrascht. »Hatte sie das? Das kann ich gar nicht glauben. Sie ist nämlich nicht mal zur Beerdigung gekommen. Und weißt du, warum? Weil sie an dem Tag vorsingen musste! Um bei irgendeiner dämlichen Band die Leadsängerin zu werden. Das durfte sie ja nicht verpassen. Kannst du dir das vorstellen? Das Begräbnis der eigenen Mutter verpassen? Wegen so einem Scheiß?«

»Krass«, äußerte sich Berenike. Charlotte hatte völlig vergessen, dass ihre Schülerin immer noch neben ihr saß, direkt neben Miriam, die, so dämmerte Charlotte jetzt, das auch nicht unbedingt alles hören musste. »Miriam, Schatz, warum gehst du nicht ein bisschen baden?«, fragte Charlotte. Sie putzte sich die Nase. »Vielleicht kann dir Berenike helfen, die Luftmatratze aufzupumpen?«

Miriam stand auf. »Ach, das schaffe ich schon alleine, Mama. Ich habe die Luftpumpe mitgebracht. Und nachher essen wir das Picknick, ja?«

»Ja.« Charlotte lächelte und drückte ihre Tochter kurz an sich. Miriam war einfach ein Schatz.

»Kommst du mit ins Wasser, Berenike?«, fragte Miriam.

Berenike zündete sich eine Zigarette an. »Bin ich lebensmüde? Viel zu kalt. Und außerdem hatte ich gestern so einen Traum, vielleicht weiß die ja, was der zu bedeuten hatte?« Sie deutete mit der Zigarette auf Kassandra, die gerade mit einer dampfenden Tasse Tee wiederkam. »Ein echt perverser Traum war das. Vielleicht habe ich ja schon davon geträumt, dass George ein Idiot ist, und habe es nur nicht kapiert?« Sie winkte Kassandra zu. »Sie sind doch die mit den Träumen, stimmt's?«

Kassandra nickte, reichte Charlotte den Tee und setzte zu einer Antwort an, aber Berenike legte bereits los. »Also, im Traum saß ich in meiner Küche mit Lisa, wir wollten gerade diese total leckere Torte essen und auf einmal sagt Lisa: ›Berenike, du hast ja ganz behaarte Arme!‹ Und ich guck runter und habe total behaarte Arme, wie ein Affe, widerlich, hätte man nicht mal mit Laser weggekriegt, glaube ich. Und dann hat die Torte angefangen zu sprechen. Ich meine, das war schon eklig, ich hatte ja gerade erst ein Stück davon gekostet und dann redet dieses Ding auf einmal und sagt, dass sie die Torte von Britney Spears ist und wir sie nicht einfach so essen können und dass das ein Nachspiel haben wird. ›Lisa‹, hab ich gesagt, was machen wir denn jetzt?« Aber Lisa war gar nicht mehr da, aber das Fenster stand offen. Ich habe einen Riesenschreck bekommen und bin zum Fenster, meine Arme waren immer noch behaart wie Sau, und ich gucke raus und da läuft das Brandenburger Tor an meinem Fenster vorbei. Es hatte so kleine Beinchen, richtig niedlich eigentlich, hat aber trotzdem alles platt getreten, Spielplätze und Grünanlage und Zeugs, und dann wollte es Lisa zertreten, die stand unten und hat gekreischt, aber ich konnte ja nicht weg, ich musste ja auf die blöde Torte aufpassen, wegen Britney, und mit behaarten Armen wollte ich auch nicht unbedingt rausgehen, falls mich einer sieht, dann bin ich aufgewacht, es war der totale Alptraum, ehrlich!« Sie schüttelte sich. »Ja, so war das. Und was hat das nun zu bedeuten?«

10

»Von der Sache mit der Beerdigung hat sie mir erzählt«, sagte Johannes, der sich Gott sein Dank endlich umgezogen hatte. Er trug Leinenhosen und eine Art groben Kittel mit Gürtel, der ihn wie einen russischen Bauern zu Zeiten der Oktoberrevolution aussehen ließ. Charlotte und er hatten sich ein Stückchen weiter weg auf Liegestühle gesetzt. »Aber ich glaube, du weißt nicht alles darüber.«

»Ja, dann erzähl es mir doch«, entgegnete Charlotte ungeduldig. »Wieso ist sie damals überhaupt zu dir gekommen? Wir hatten doch nach der Schule gar keinen Kontakt mehr mit dir! Herrgott noch mal, wir hatten nicht mal *in* der Schule zu dir Kontakt! Ich kann mich nicht erinnern, dass wir jemals mit dir geredet haben.«

»Habt ihr. Ihr habt beim Mittagessen in der Schule mal gefragt: ›Stehst du hier an?‹ Da war ich total glücklich.« Er lächelte versonnen. »Ich meine, dass ihr mich nicht einfach zur Seite geschoben habt.«

»Ich habe nie jemanden zur Seite geschoben«, verteidigte sich Charlotte. »Das hätte ich mich gar nicht getraut.«

»Du nicht, aber deine kleine Schwester.«

»Ja, gut, Doro schon eher. Umso weniger kapiere ich, dass du auf einmal der einzige Mensch bist, der mir etwas zu Doros

Verbleib sagen kann. Ihr habt doch überhaupt nichts gemeinsam. Hattet«, verbesserte sie sich schnell. Wie Doro jetzt drauf war, wusste sie ja nicht. Vielleicht stand die jetzt auch auf Hot Yoga und schwitzte sich irgendwo die Seele aus dem Leib.

»Na ja, früher nicht, das stimmt schon. Früher war ich ja noch ein Herdentier.« Johannes deutete kleine Hörner an seiner Stirn an, was gemessen an seinem früheren Ich geradezu eine humoristische Höchstleistung war. »Ich saß jeden Tag an meinem Schreibtisch, war Verkaufsleiter für Büromöbel, falls es dich interessiert. Tagein, tagaus Drehstühle und Rollcontainer und solche Sachen und Mahnungen an zahlungsunwillige Kunden und immer nur die Klimaanlage im Nacken, nie einen Windhauch oder einen Sonnenstrahl, denn die Fenster ließen sich nicht öffnen. Ehrlich, ich habe nicht mal gemerkt, ob da draußen Sommer oder Winter oder Nuklearkrieg war.« Er blickte nachdenklich auf den See. »Dann hatte ich einen Unfall«, fuhr er fort. »Mit dem Auto. Und da ist es passiert: Ich konnte sehen, wie ich in dem zertrümmerten Auto lag, ich schwebte sozusagen über der Straße und sah auf mich herunter. Eine unglaubliche Erfahrung.«

Oh Gott, bitte nicht. Gleich würde er ihr von einem Licht am Ende des Tunnels erzählen, an dessen Ende Mahatma Gandhi und Lady Di standen, sich an den Händen hielten und Johannes zärtlich zuwinkten, oder von einem milchig-weißen Engel, wahrscheinlich seine Oma, die immer noch ihren braunen Mantel trug und ihn ins Jenseits ziehen wollte, um ihn auf den neuesten Stand ihres künstlichen Hüftgelenks zu bringen. Charlotte glaubte weder an Geister noch an Engel und schon gar nicht an Dämonen, auch wenn ihr gerade Letzteres an manchen Tagen in der Schule extrem schwerfiel. Aber die Vorstellung war schaurig, dass sich keine fünfzig Meter im Himmel über ihnen Scharen von geflügelten, schimmernden Leuten tummelten und sich über sie kaputtlachten, weil Charlotte ihnen eine Art Reality-TV für Verstorbene bot, vor allem die Vorstellung, dass eventuell sogar ihre eigene Mutter von da oben auf sie heruntersah und kopfschüttelnd das verkorkste Leben ihrer ältesten Tochter verfolgte. Und erniedrigend. Sie starrte daher angestrengt auf die Seerosen, um sich von Johannes' Nahtoderfahrungen abzulenken.

»Ich habe in diesem Moment verstanden, dass es viel mehr da draußen in der Welt gibt, als wir rational erklären können. Aber die meisten, denen ich davon erzählt habe, haben mich ausgelacht, so wie du jetzt, auch wenn du glaubst, ich merke es nicht.«

»Entschuldige.« Charlotte knetete ertappt ihre Finger.

»In einem Esoterikforum habe ich neue Freunde getroffen und eine ganz andere Welt entdeckt. Und habe beschlossen, mein Leben zu ändern und anderen zu helfen. Leuten, die vom Leben gebeutelt und enttäuscht waren, wie deine Schwester.«

»Doro war nicht vom Leben enttäuscht«, widersprach Charlotte. »Die konnte gar nicht genug vom Leben kriegen. Besonders von den Männern.«

»Das mag sein. Aber als ich sie getroffen habe, war das nicht der Fall.«

»Wo habt ihr euch denn getroffen?«

»Bei einem medialen Abend im Winter.«

»Einem was?«

»Ein Abend, an dem ein Medium zu Gast ist und Kontakt zwischen Verstorbenen und Lebenden herstellt.«

»Eine Séance? Wie in dem Film, wie hieß er doch gleich, wo

es dem Mädchen den Kopf um hundertachtzig Grad herumwirbelt? Und sie grünen Schleim spuckt?« Charlotte sah ihn entsetzt an.

»*Der Exorzist*. Aber so was kommt natürlich nicht in Wirklichkeit vor. Jedenfalls war Doro dort, und weißt du, warum? Weil sie mit deiner Mutter reden wollte. Sie wollte sich entschuldigen. Dafür, dass sie nicht zur Beerdigung ein paar Wochen vorher gekommen war.«

»Sie hat ... was?« Charlotte schüttelte unwillig den Kopf. Das klang völlig abstrus. Und überhaupt nicht nach Doro. »Davon hat sie mir nie erzählt. Damals haben wir doch noch miteinander geredet! Das war noch vor ...« Sie brach ab.

»Sie hat sich geschämt. Weil sie so egoistisch gewesen ist. Sie hat sich wahnsinnig geschämt.«

»Warum hat sie mir das nicht gesagt? Vor mir hat sie so getan, als ob sie das völlig kaltließe. Sie hat noch angegeben mit dieser komischen Band, bei der sie es angeblich als Leadsängerin geschafft hatte! Komischerweise wollte sie mir nie den Namen sagen. Angeblich hatten sie noch keinen.«

Johannes schüttelte den Kopf. »Sie hat es nicht geschafft. Das ist es ja gerade. Die Band war gar nicht da, als Doro zum Vorsingen auftauchte. Die haben ihren Rausch ausgeschlafen. Doro hat die Beerdigung für nichts und wieder nichts verpasst. Und hat sich so geschämt, dass sie dir das einfach nicht erzählen konnte.«

Sie schwiegen beide. Miriams Quieken wehte vom See herüber, der Tee stand neben Charlotte und war inzwischen kalt geworden, das Räucherstäbchen abgebrannt.

»Sie hat sich vor mir geschämt ... Ich dachte immer, meine Meinung war ihr egal.«

»Nein, war sie nicht.«

Schlagartig stand Charlotte wieder eine Szene vor Augen. Zehnte Klasse, letzte Stunde Deutsch. Sie hatte einen Kurzvortrag über die *Leiden des jungen Werthers* gehalten. Der Kurzvortrag war gut, sie bekam eine Eins, denn sie hatte sich richtig reingekniet und sich regelrecht in ein Fachgespräch mit der Deutschlehrerin verwickeln lassen. Und außerdem hatte ihr das Buch gefallen, Selbstmord aus Liebe – was war romantischer als das? Besonders weil Charlotte selbst unglücklich verliebt war und der angebetete Knabe damals nichts von seinem Glück ahnte. Nach dem Unterricht, als alle weg waren und Charlotte noch ganz berauscht und glücklich über ihre gute Note ihre Tasche gepackt hatte, waren auf einmal ihre beiden Erzfeindinnen neben ihrem Tisch stehen geblieben und hatten sich über sie lustig gemacht. »Bringst du dich auch bald um, Charlotte? Goethe kannst du ja leider nicht mehr heiraten, der ist tot. Hätte aber zu dir gepasst, so ein Alter.« Sie hatten gelacht, und eine der beiden hatte Charlottes Buch mit spitzen Fingern hochgehoben und mit einem Klatschen auf den Fußboden fallen lassen. »Schleimi. Immer schön den Lehrern in den Hintern kriechen, was?« In diesem Moment war Doro ins Zimmer gekommen, die damals erst vierzehn war und mit Charlotte ihre Mutter in der Stadt treffen sollte. Doro trug zu dieser Zeit Springerstiefel, hatte lila Haare, einen rotzfrechen Freund aus der Zehnten und vor niemandem Respekt.

Die beiden bemerkten sie nicht und lästerten weiter, erst über Charlottes Frisur und dann darüber, wie sie lief, äfften sie nach, wie verzweifelt sie guckte, wenn dieser ganz bestimmte Junge in ihrer Nähe auftauchte, und bekamen daher nicht mit, wie Doro nach zwei Vasen griff, die schon seit einer Woche herumstanden und schlaffe Sonnenblumenleichen in braunem, übelriechendem Wasser beherbergten. Ohne Vorwarnung kippte Doro den beiden Zicken die Vasen über den Kopf. Es stank wie die Pest. Eine Zehntelsekunde lang war alles möglich. Mord und Totschlag oder zumindest eine satte Prügelei mit ausgeschlagenen Zähnen. Aber die beiden kreischten nur wie von Sinnen und liefen heulend weg. »Und tschüs«, brüllte Doro ihnen hinterher und sah dann zu Charlotte. Und da, so erinnerte sich Charlotte jetzt, war etwas in Doros Augen gewesen – ein kurzes ängstliches Zögern, wie die große Schwester wohl reagieren würde. Als Charlotte losprustete, verwandelte es sich in Erleichterung und diebische Freude. Nein, es war Doro nie egal gewesen, was Charlotte von ihr dachte. Doro hatte sie beeindrucken wollen. Wie hatte Charlotte das nur vergessen können?

»Hat sie ...« Charlotte hustete verlegen, musste die Frage aber dennoch stellen, egal, wie albern sie ihr vorkam. »Hat unsere Mutter, ich meine, das Medium, also dieser Mensch, der ... hat sie Doro ... was ausrichten lassen?«

»Nein. Deine Mutter wollte nicht mit ihr reden.«

»Klingt ganz nach meiner Mutter.« Charlotte lächelte. »Die konnte ziemlich stur sein.«

»Vielleicht hat sie es später noch mal versucht. Ich hoffe es. Wir bleiben ja immer in Kontakt mit unseren Lieben, auch über den Tod hinaus. Wie ich und meine Oma. Wir plaudern oft mal.«

Charlotte zuckte zusammen. Wie genau musste sie sich das jetzt vorstellen?

»Vielleicht solltest du es auch mal probieren. Mit ihr in Kontakt zu treten, meine ich. Vielleicht redet sie mit dir?«

»Ich ... äh, nein.« Charlotte suchte wieder Zuflucht im angestrengten Betrachten der Seerosen. Johannes war so nett, sie wollte ihn nicht enttäuschen. Aber eher hätte sie sich freiwillig in eine mit Kakerlaken gefüllte Telefonzelle sperren lassen, als bei so etwas mitzumachen. »Und dann?«, fragte sie schnell, um dieses gefährliche Pflaster wieder zu verlassen. Sonst schlug er vielleicht noch eine Séance in seiner überheizten Holzhütte vor.

»Dann verschwand sie wieder, nur um ein halbes Jahr später auf einmal wieder aufzutauchen. Anfang Juli, das weiß ich noch, es war genauso ein schöner Sommertag wie heute. Da kam sie in meinen Laden, den hatte ich damals noch.«

»Anfang Juli?«, vergewisserte Charlotte sich.

»Ja. Ihr ging es gar nicht gut. Sie war deprimiert.«

»Welch Überraschung«, murmelte Charlotte.

»Was?«

»Nichts. Hat sie dir gesagt, warum sie deprimiert war?«

Er schüttelte den Kopf. »Ich habe mein Bestes versucht, habe ihr immer wieder gesagt, dass sie sich besser fühlen wird, wenn sie es mir verrät, dass wir uns öffnen müssen, um mehr Lichtkraft zu entwickeln, aber sie wollte nicht. Sie hat gesagt, sie sei keine Glühbirne. Obwohl wir kurz darauf ein Paar wurden. Da erzählt man sich doch alles, sollte man meinen, oder?«

»Nicht immer«, entgegnete Charlotte diplomatisch. Nie, wenn man Phillip heißt, fügte sie in Gedanken hinzu.

»Ich weiß nur, dass es etwas mit dir zu tun hatte.« Johannes sah sie erwartungsvoll an. »Was ist denn damals passiert?«

Charlotte sah Doros Gesicht vor sich an diesem schrecklichen Junitag vor fast elf Jahren. Die Haare trug ihre kleine Schwester damals blond und hochgesteckt, mit einer kleinen Locke, die aus der Reihe tanzte und in ihr Gesicht fiel. Wie ein

Engel. Jungfräulich wie eine Braut. Wenn da nicht dieses wilde Funkeln in ihren Augen gewesen wäre. Diese Sucht nach Abenteuer, nach Kicks, diese Vorstellung, dass das Leben ein Spiel sei, das nie aufhörte, ein Spiel, in dem man machen konnte, was man wollte, und in dem all jene, die das nicht in Ordnung fanden, Spielverderber waren. Doro hatte geheult an jenem Tag. *Es tut mir so wahnsinnig leid!* Doch diesmal war sie zu weit gegangen. Das hatte Doro nicht begriffen.

»Familienangelegenheit«, antwortete Charlotte knapp. Sie sah keinen Grund, ihr größtes Geheimnis mit jemandem zu teilen, der bis gestern noch gar nicht in ihrem Leben vorgekommen war.

Johannes sah enttäuscht aus. Einen kleinen boshaften Moment lang dachte Charlotte, dass er die Antwort sicher in irgendeinem Traum, Kaffeesatz oder einer Glaskugel finden konnte, wenn es ihn so brennend interessierte, aber sie schwieg, denn das war nicht fair. Er sprach so freundlich mit ihr wie schon lange niemand mehr, auch wenn er ganz eindeutig einen kleinen esoterischen Dachschaden hatte. »Du weißt ja, wie sie immer war«, fügte sie daher entschuldigend hinzu. »Ein bisschen exzentrisch.«

»Fand ich gerade toll«, gestand Johannes ihr.

»Fanden alle toll.«

»Warst du neidisch auf sie?«

»Nein, wieso?« Das war eine Lüge. Natürlich war sie damals neidisch auf ihre kleine Schwester gewesen. Charlotte hatte nur nie genug Mut gehabt, einfach so zu leben wie Doro. So kompromisslos.

»Ich frage nur, weil Doro neidisch auf dich war. Das hat sie mir selbst erzählt.« Johannes blinzelte, denn die Sonne war ein

Stück weitergewandert und schien ihnen jetzt genau ins Gesicht.

»Wie bitte?« Charlotte schüttelte den Kopf. »Unmöglich. Niemals. Sie hat alles belächelt, was ich gemacht habe.«

»Das stimmt nicht. Sie war traurig, weil sie nichts in ihrem Leben richtig geschafft hat, anders als du.«

»Jetzt wäre sie das garantiert nicht mehr«, versuchte Charlotte zu scherzen. »Ich liege in Scheidung, ich habe keinerlei Besitz mehr und eine Wohnung, die zu dunkel und zu klein ist. Ich habe einen Job, den ich nicht ausstehen kann, mit dem ich aber Geld verdienen muss, und Schülerinnen, die durch mich durchsehen, als wäre ich eine Wand, und für die ich so ersetzbar bin wie ein Radiergummi. Ich ...«

»Hey, sei nicht so negativ«, fiel er ihr ins Wort. »Du hast zwei wundervolle Töchter!«

»Zwei? Was? Ach so, nein, mir gehört nur Miriam, die Kleine. Berenike ist eine meiner Schülerinnen.«

»Eine deiner Schülerinnen. Aha. Die dich angeblich alle nicht leiden können oder die du nicht leiden kannst, oder wie war das? Ich finde aber schon, dass man ein gutes Verhältnis zu seiner Lehrerin hat, wenn man samstags mit ihr an den See fährt.«

Charlotte schwieg überrascht. So hatte sie das noch gar nicht betrachtet. Natürlich war Berenike nur mitgekommen, um diesen absurden »George« zu treffen, aber dennoch ... Sie sah zu den beiden hin. Miriam planschte selig auf ihrer Luftmatratze im Wasser, und selbst Berenike hatte ihre Jeans hochgerollt und sich mit den Füßen ins Wasser getraut. Dort stand sie wie angewachsen und beäugte misstrauisch die Wasseroberfläche. »Gibt's hier Viecher drin?«, rief sie Miriam gerade zu.

»Natürlich«, rief Miriam zurück. »Guck.« Sie deutete auf eine Libelle, die graziös und schillernd über das Wasser surrte.

»Nee, ich meine Fische. Ich hasse das, wenn du irgendwo schwimmst und so ein Fischmaul kommt aus den Tiefen des Ozeans oder woher auch immer und glibbert so an dein Bein, voll eklig. Ich kannte mal einen Typen, der hat so geküsst. So glitschig wie ein Fisch. Rico hieß der. Aber wir haben ihn alle Karpfen genannt.«

»Den hätte ich gar nicht erst geküsst«, gab Miriam ungerührt zurück.

»Na, warte es erst mal ab, wir sprechen uns in ein paar Jahren wieder.« Berenike beugte sich vor, um ihr Gesicht mit Wasser zu betupfen. »Mann, ist das heiß.«

»Der Karpfen kommt!«, schrie Miriam plötzlich, und Berenike zuckte zurück, verlor die Balance und landete mit dem Hintern zuerst im knietiefen Wasser. Nach einer Schrecksekunde fing sie hysterisch an zu lachen. »Frau Windrich«, japste sie. »Haben Sie das gesehen?«

»Ist schon auf YouTube«, rief Charlotte lachend zurück. Johannes hatte recht. Etwas Gutes hatte der Tag gebracht, vielleicht nicht unbedingt für sie, aber für Berenike – frische Luft und eine Lektion in Sachen Liebe. Und für Miriam, die sich vor Lachen gerade ausschüttete.

»Wenn du übrigens Hilfe bei der Trennungsbewältigung brauchst, dann sag es mir. Ich helfe Kassandra auch gerade dabei, mit einer Trennung fertig zu werden.« Johannes lächelte milde.

»Von wem hat sie sich denn getrennt?«

»Von mir.« Er lächelte immer noch, und da Charlotte seine humorlose Ader kannte, ging sie davon aus, dass es sich nicht um einen Witz handelte.

»Ach«, machte sie verlegen. »Na, so was.«

Johannes nickte bedächtig. »Sie schafft das. Bin ich mir sicher.«

»Wie lange war Doro eigentlich bei dir?«, kam Charlotte rasch wieder zum Thema zurück.

»Nicht lange. Es ging ihr dann auch körperlich nicht so gut«, fuhr Johannes fort. »Kopfschmerzen und Grippe und so. Und dann, nach nicht mal zwei Monaten, war sie auf einmal weg. Einfach so.«

»Warum? Wohin?«, wollte Charlotte wissen.

Johannes strich sich durch den Bart. »Wenn du das herausfindest, kriegst du von mir den Sonderpreis. Ich habe nicht die geringste Ahnung. Hatte es was mit mir zu tun? Ich weiß es nicht. Zum Glück habe ich dann Kassandra getroffen, die hat mich getröstet. Und jetzt tröste ich sie. Das Schicksal hat einen subtilen Humor, findest du nicht?«

»In der Tat.« Charlotte schielte zu Kassandra, die am Ufer des Sees auf einem Bein stand, die Hände vor der Brust gefaltet. Charlotte wurde es schon vom Zusehen schwindlig.

»Oh, sieh mal.« Johannes fischte etwas aus dem Gras und reichte es ihr. »Vierblättriges Kleeblatt. Wünsch dir was. Damit geht es in Erfüllung.«

Du glaubst doch wohl nicht an so einen Quatsch, hätte sie beinahe gesagt, konnte sich aber noch bremsen. Wer an Gespräche mit Verstorbenen glaubte, für den war ein Kleeblatt kein Thema.

»Danke. Ich wünsche mir ...«

»Nicht verraten, nicht verraten!« Er hob erschrocken die Hände. »Sonst wird das nichts.«

»Okay.« Du meine Güte. Dass sie Doro finden wollte, konnte

er sich ja wohl ohnehin denken. Sie steckte das Kleeblatt in die Tasche ihrer Strickjacke. »Und du hast keine Ahnung, wo sie dann hin ist? Wer ihr neuer Freund war, vielleicht?«

Er zuckte mit den Schultern. »Nein. Dabei habe ich alles versucht, alle Quellen angezapft, wenn du verstehst, was ich meine.«

Meinte er die verstorbene Oma? Charlotte räusperte sich laut.

»Alles, was noch von ihr kam, war eine Postkarte. Irgendwas mit großen Veränderungen in ihrem Leben. Und dass sie miterleben durfte, wie Richard einem Kälbchen auf die Welt geholfen hat. Wer immer das war. Das war alles.«

»Postkarte von woher? Hast du die noch? Und wer ist Richard?«

Johannes schwang sich, ohne sich auch nur mit den Händen abzustützen, vom Sitzen zum Stehen, und einen Moment lang musste Charlotte neidlos zugeben, dass Yoga ihn definitiv fit hielt.

»Kann sein, dass ich die noch habe. Ich werfe solche Sachen nicht weg. Die Postkarte trägt ja ein Stück von Doro in sich. Keine Ahnung, wer Richard war. Auf jeden Fall hatte er eine Kuh!«

Charlotte saß da, während Johannes zu einem der Wohnwagen lief, und versuchte, alles eben Gehörte zu verdauen. Doro hatte sich von Johannes aufpäppeln lassen, dafür sogar sein Aura-Geschwätz ertragen und war dann verschwunden. Zu Richard mit der Kuh.

»Hier.« Johannes stand wieder vor ihr und reichte ihr eine leicht vergilbte Postkarte. »Gruß aus Rügen«, stand vorn auf einem Foto der Kreidefelsen. Nach Rügen war Doro geflüchtet?

Plötzlich verspürte Charlotte wieder dieses rastlose Kribbeln in sich. Sie war ihrer Schwester wieder auf der Spur! Wohnte Doro eventuell sogar noch dort? Waren sie unter Umständen vor ein paar Monaten dort aneinander vorbeigelaufen, ohne sich zu erkennen? War Doro eine der vielen Frauen dort, die an einem Stand selbstgehämmerten Schmuck oder Sanddorn-Honig verkauften? Sie drehte die Karte um.

Johannes – nicht die feine Art, einfach abzuhauen, ich weiß. Aber ich konnte nicht anders. In meinem Leben wird es eine ziemlich große Veränderung geben und die muss ich alleine meistern. Seeluft und einsame Strände helfen mir dabei. Bitte komme mich nicht suchen. Ich danke dir für alles. D.

PS: Gestern hat Richard, bei dem ich wohne, einem Kälbchen auf die Welt geholfen. Ein Moment, der mich mit vielem in meinem Leben versöhnt hat.

Charlotte drehte die Karte in der Hand hin und her und betrachtete sie ratlos.

»Und? Kapierst du das?«, fragte Johannes.

»Nein.« Es war herzlich wenig. Damit konnte sie nichts anfangen. Die Karte brachte sie nicht weiter. Sie wusste ja nicht mal, wo genau Doro sich aufgehalten hatte. Oder? Kap Arkona stand auf dem Stempel. August 2002.

»Ist Richard ein Bauer? Ein Zoowärter? Gibt es da einen Zoo?«

»War noch nie da oben«, sagte Johannes. »Ein Tierarzt vielleicht?«

»Ein Tierarzt ...« Charlotte biss sich nachdenklich auf die Lippe. »Ein Tierarzt namens Richard auf Kap Arkona. So viele wird es da ja wohl nicht geben. Einen Versuch ist es wert.«

»Wenn er noch dort wohnt. Und ... Charlotte?« Johannes war offenbar etwas eingefallen.

»Wenn du sie findest ... Sie hat noch etwas von mir. Das hat sie einfach mitgenommen.«

»Sag jetzt nicht, deine Rio-Reiser-Platte!«

»Was?« Er blinzelte verwirrt. »Wer?«

»Vergiss es. Keine Platte? Was denn dann?«

»Ein Buch. Ein ziemlich seltenes Exemplar. *Heilkräuter und Mondphasen.*«

Charlotte wollte lieber nicht wissen, worum es darin ging. Allerdings hätte sie es schon interessiert, was um alles in der Welt Doro mit dem Ding wollte. Nachts im Mondschein Thymian pflücken? Für die große Veränderung in ihrem Leben? Oder um das Kälbchen zu füttern? Oder ging es um etwas ganz anderes? Eine Erkenntnis flackerte plötzlich in Charlottes Kopf auf. Natürlich, das steckte dahinter! »Ich glaube fast, meine Schwester hat Andenken von ihren Exfreunden gesammelt!«, sagte sie.

»Wie bitte?«

»Na ja, wie andere Leute eben Souvenirs von tollen Orten mitgehen lassen, an denen sie mal waren. Du weißt schon – den Bademantel aus dem Hilton, seltene Steine aus dem Naturschutzgebiet, die Weingläser nach der Verkostung im Elsass und so weiter.«

»Du meinst, ich war nicht mehr als ein lohnendes Ausflugsziel?« Johannes war ganz blass geworden.

»Nimm es nicht persönlich.« Charlotte streichelte ihm beruhigend den Arm. »Das Hilton verfolgt die Diebstähle seiner Gäste auch nicht. Die fühlen sich geschmeichelt!«

11   Phillips neue Wohnung befand sich ebenfalls im Prenzlauer Berg, allerdings am Wasserturm. Alles darin schrie: »Gut verdienender Mann, der gerade den lästigen Fesseln der Ehe entflohen und wieder auf dem Markt ist.« Die riesige schwarze Ledercouch und der Plasma-Fernseher mit Spielkonsole, um sich von einem anstrengenden Tag im Büro zu erholen, das Laufband in der Ecke und ein paar Hanteln auf dem Fußboden, um sich wieder marktfrisch zu trainieren, die Biographie von Hugh Hefner auf dem gläsernen Couchtisch, um vom Profi zu lernen, die Küche voller verchromter Geräte sowie ein einsames Glas mit knorpeligen Fossilien, die sich beim zweiten Hinschauen als weiße Trüffel entpuppten. Phillips Abendessen? Dann gab es noch ein Weinregal voller erlesener Tropfen, die darauf warteten, zu später Stunde und bei Schmusebubu-Musik für irgendeine Besucherin entkorkt zu werden, und nicht zuletzt gar einen Blumentopf mit einem kleinen Affenbrotbaum – ein Wink mit dem Zaunpfahl für alle Frauen, dass Phillip in der Lage war, sich um etwas Lebendiges zu kümmern. Charlotte berührte eins der dicken, fleischigen Blätter. Eine raffinierte Plastikfälschung, weiter nichts. An der sogar noch das Preisschild klebte.

»Miriam!« Phillip, der seit neuestem auch noch ein etwas lächerliches Ziegenbärtchen trug, breitete dramatisch die Arme aus, als hätte er Miriam seit dem Ende des letzten Krieges nicht mehr gesehen. Miriam rannte mit einem etwas verlegenen Gesichtsausdruck hinein und umarmte ihren Vater. Er hob sie hoch und wirbelte sie im Kreis herum. Als er sie endlich wieder absetzte, patschte sie ihm unbeholfen auf den Rücken. Sie wurde eindeutig ein bisschen zu alt für solche Sachen.

»Tja, dann«, sagte Charlotte. Sie stand im Flur herum, der so groß war, dass man darin hätte kegeln können, und in dem ein neues Bild hing. Ein abstraktes, mit roten krallenförmigen Farbklecksen und fedrigen Tupfen auf weißem Untergrund. Als ob jemand ein Huhn in Farbe gewälzt und anschließend auf der Leinwand hatte herumlaufen lassen. Garantiert war es unsäglich teuer gewesen und stammte aus dem Atelier irgendeines aufstrebenden Nachwuchskünstlers. »Bis morgen Nachmittag? Oder willst du Miriam bis zum Abend haben?«

»Ich würde meine Miriam gern jeden Tag haben«, erwiderte Phillip, ohne Charlotte dabei anzusehen.

»Ja. Heute zum Beispiel hättest du sie haben können.«

»Charlotte, ich hatte zu tun! Ich kann ja nicht immer kurzfristig als Babysitter einspringen, nur weil dir mal danach ist.«

»Okay. Okay.« Sie hob abwehrend die Hände. »Ist ja schon gut. Ich komme in Frieden.« Sie quetschte die Andeutung eines Lächelns heraus. »Und außerdem hatten wir einen tollen Tag am See. Bring sie mir einfach wieder, wann du willst.« Damit drehte sie sich um und griff nach der Türklinke.

»Charlotte, nun warte doch. Trink doch wenigstens einen Kaffee mit mir. Und an welchem See? Was bist du denn in letzter Zeit dauernd unterwegs?«

»Wir haben Tante Doro gesucht«, informierte ihn Miriam sofort. »Die war aber leider nicht dort.«

»Was?« Phillip zog eine Augenbraue hoch. »Wieso das denn auf einmal?«

»Mir war halt so«, erwiderte Charlotte und ärgerte sich sofort. Sie musste ihm schließlich nicht mehr Rede und Antwort stehen. Was sie aus ihrem Leben machte, ging ihn nichts an.

»Ist Doro nicht auf Facebook?« Er tat ganz überrascht.

»Nein. Nicht dass ich wüsste.«

»Tja, deine Schwester war schon immer in mancher Beziehung schlauer als du.« Phillip palaverte für sein Leben gern darüber, dass Facebook der Verblödung der Menschheit diente und nur von exhibitionistischen Herdentieren genutzt wurde. So wie Charlotte wahrscheinlich, auch wenn er das nicht direkt sagte.

Charlotte hingegen fand, dass er ein totaler Dinosaurier war. Sie bekam wenigstens noch mit, wofür sich die Jugend interessierte, selbst wenn das nur Fotos von kuscheligen Welpen oder Jungen mit freiem Oberkörper waren. »Danke.« Sie drehte sich auf dem Absatz um.

»Hey, komm, nun sei nicht eingeschnappt. Ich mache dir einen Latte macchiato, und dann können wir ein bisschen quatschen. Miriam, warum guckst du nicht mal in dein Zimmer, da ist eine Überraschung für dich.«

Miriam flitzte los, kurz danach hörte Charlotte sie entzückt aufschreien. »Ein iPad!« Phillip fuhrwerkte inzwischen an diversen Hebeln der hochkomplizierten Espressomaschine herum, die dabei widerwillig zischte und dampfte. Schließlich hatte er es geschafft, reichte Charlotte eine Tasse und schob sie in Richtung Ledercouch. Sie ahnte, was kommen würde. Wahrscheinlich wollte er wieder »reden«. Phillip hatte sich nämlich immer noch nicht damit abgefunden, dass sie ihr eigenes Leben lebte.

Natürlich konnte er nun alle Frauen zwischen achtzehn und achtzig auf seine Ledercouch einladen und mit Fossilien füttern, das schon, aber hatte er das nicht in gewisser Weise auch schon vorher gekonnt? Und dazu noch Zimmerservice und Rundumbetreuung durch Charlotte gehabt? Warum sollte das plötzlich vorbei sein? Das war in seinen Augen nicht fair, und er hatte in den letzten Monaten alles darangesetzt, sie wieder umzustimmen.

»So.« Phillip schnaufte zufrieden und ließ sich neben ihr auf der Couch nieder. Dann lachte er. »Fast wie in alten Zeiten, was?«

»Nur fast«, antwortete Charlotte. »Dazu müsstest du noch Formel 1 anmachen, mich fragen, wann das Abendessen endlich fertig ist, und das hier nicht so offen rumliegen lassen.« Sie deutete auf eine Zeitschrift, auf deren Titelbild eine halbnackte Frau, angeblich die »sexiest woman alive«, hinter einer Gardine hervorlugte und dabei ratlos auf ihren Zeigefinger biss.

»Hey, nun sei doch nicht immer so zynisch. Lass uns doch mal wie normale Menschen reden.« Er rückte unmerklich näher. »Hast heute Sonne abgekriegt, stimmt's?« Er sah sie prüfend an. »Steht dir gut. Deine kurzen Haare auch. Du siehst überhaupt ganz anders in letzter Zeit aus. Besser.« Plötzlich strich er eine Haarsträhne aus ihrem Gesicht, und diese Geste war so vertraut, dass Charlotte sich in diesem Moment nur noch an ihn lehnen wollte. Sie war müde vom ungewohnt vielen Autofahren, von der Sonne und der frischen Luft und gleichzeitig aufgewühlt von all den Dingen, die sie heute erfahren hatte. Eigentlich sollte sie schleunigst nach Hause düsen, um diesen Kuhbesitzer ausfindig zu machen, diesen Richard. Und doch war es so verlockend, die ganzen letzten Monate einfach auszublenden und sich an Phillip anzuschmiegen, so wie früher. Eine Familie zu sein, keine Geldsorgen zu haben und einen Mann, der sie liebte, auch wenn er gelegentlich mal einen Seitensprung brauchte, da musste sie halt ein Auge zudrücken und ...

»Bleib doch einfach auch hier heute Nacht«, flüsterte er ihr ins Ohr. Sein neues Bärtchen fuhr ihr dabei über die Wange wie ein borstiger Pinsel. »Wir können was Leckeres kochen oder vielleicht besser bestellen«, er lachte, »und dann machen wir es uns gemütlich, du und ich, wenn Miriam im Bett ist.« Sein Mund kam auf ihren zu, das Bärtchen bebte darunter wie ein Wurstzipfel, den zu verspeisen er nicht mehr geschafft hatte. Charlotte sah schnell weg, auf Phillips Ärmel, der einen Brandfleck in der Form von Indien hatte, offenbar stammte er von seinem Versuch, selbst zu bügeln, und eine Sekunde lang war sie fast gerührt. Dann summte sein Handy. Ärgerlich drehte Phillip den Kopf weg und holte das Handy aus der Hosentasche. Es summte wieder, fordernd und unnachgiebig. Er schaute darauf, verzog das Gesicht und legte es auf den Tisch. Charlotte nutzte die Gelegenheit, um sich ihm zu entziehen. Was machte sie denn eigentlich hier? War sie verrückt geworden? Sie würde sich doch wohl nicht einfach nur aus Bequemlichkeit in dieses lauwarme Gefühl sinken lassen, in diesen letzten Rest von etwas, das vor gefühlten hundert Jahren mal Lust gewesen war? Miriam stand plötzlich in der Tür. »Papa, wie geht das, dass ich Internet auf dem iPad bekomme? Kann ich dein Passwort haben?«

Eine winzige Welle Unmut glitt über Phillips Gesicht, doch sofort hatte er sich wieder im Griff. Er stand auf: »Aber klar, mein Schatz«, und folgte Miriam in ihr Zimmer.

Das Handy summte wieder. Charlotte sah sich zögernd um.

Noch vor einem halben Jahr hätte sie automatisch danach gegriffen, jetzt ging es sie nichts mehr an. Oder? Wenn Phillip von einem gemütlichen Abend zu zweit redete, dann ging sie das was an. Eine unbekannte Nummer. Sie drückte auf den grünen Knopf.

»Trüffelschweinchen?«, hauchte eine Frauenstimme. »Du, ich schaffe es doch noch, heute Abend vorbeizukommen. Musst du doch nicht alleine sein. Freust du dich? Ich komm in einer Stunde vorbei. Oder wird das jetzt nichts mehr wegen deiner Tochter?«

Charlotte presste Daumen und Zeigefinger an die Stirn. Verdammt noch mal.

»Hallo?«, gurrte die Stimme.

Charlotte schaltete das Handy aus und stand auf. »Tschüss bis morgen Abend, Miriam!«, rief sie laut.

»Hey, was ist denn, warum gehst du denn schon?« Phillip kam aus dem Kinderzimmer gerannt.

»Trüffelschweinchen hat angerufen«, sagte Charlotte. »Sie kommt nachher vorbei.« Dann ging sie und ließ die Tür hinter sich absichtlich laut ins Schloss krachen.

Ob es noch einen Menschen auf der Welt gab, der dümmer war als Berenike Katscheck? Oh ja, dachte Charlotte. Oh ja, liebe Berenike, den gibt es. Der steht jeden Tag vor deiner Klasse vorn an der Tafel.

Laut Internet gab es drei Möglichkeiten für einen Rügener Richard, der etwas mit Kühen zu tun haben konnte. Eigentlich konnte Charlotte sich die letzten beiden sparen, denn bereits der erste Vermerk im Branchenbuch war der für den Erlebnisbauernhof Bakenberg, betrieben von Richard und Dorothee Elsner.

Charlotte blickte auf die beiden Namen, bis sie vor ihren Augen verschwammen. So einfach war das also. Doro befand sich nur ein paar Autostunden von ihr entfernt da oben am Meer und streichelte tagein, tagaus Ferkel und Ziegen mit ihrem Mann. Wahrscheinlich trug sie mittlerweile genau solche Gummistiefel wie Charlotte, nur dass sie bei Doro natürlich besser aussahen. Wahrscheinlich war ihr Mann ein Ökobauer, und die beiden verkauften im Sommer Sanddorneis mit selbstgebackenen Waffeln und spazierten abends Hand in Hand über die Dünen. Ob Doro jemals an Charlotte dachte? Nun, es gab nur einen Weg, das herauszufinden. Sie wählte die Nummer und fragte sich, ob sie überhaupt etwas hören würde, weil ihr eigenes Herz lauter trommelte als eine ganze Armee von Duracell-Häschen.

»Hallo?«, piepste eine Stimme am anderen Ende. »Wer isn da?«

Charlottes Gesprächspartner war ein Kind! Ein sehr kleines, dem Klang der Stimme nach. »Hallo«, sagte sie nach einem kurzen Moment der Überraschung. »Ist deine Mama da?«

»Ja.« Das Kind schwieg und atmete schnaufend in den Hörer.

»Kannst du sie mal holen?«

»Ich weiß nicht, wo die ist.« Etwas rummste. Das Kind schrie: »Mama?«, und aus weiter Ferne schrie eine Stimme zurück: »Jetzt nicht, hab ich gesagt!«

»Oder deinen Papa?«, rief Charlotte ins Telefon, das Kind hatte den Hörer offenbar irgendwo abgelegt. Charlotte lauschte fieberhaft. Hatte sie eben Doros Stimme gehört?

Der Hörer knackte, das Kind war zurück. »Der Papa kackt gerade«, sagte es.

»Oh.« Charlotte wusste nicht, was sie darauf antworten sollte. Und nun?

»Tschüs«, sagte das Kind.

»Halt, halt, warte«, rief Charlotte. »Hol doch bitte mal die Mama, es ist wichtig. Sag ihr ... Charlotte ist am Telefon.«

Das Kind schlurfte davon, diesmal nahm es den Hörer mit. »Mama«, drängelte es. »Mama!«

»Was ist denn?«

Charlotte versuchte verzweifelt, in der Stimme die von Doro zu erkennen. Sie klang härter. Nordischer. Oder?

»Karotte ist am Telefon«, erklärte das Kind und reichte offenbar den Hörer weiter, denn nun vernahm Charlotte ein deutlich gereiztes »Ja?«.

»Hallo«, stammelte sie. »Hier ist ... Ich bin's. Charlotte. Ist das Doro?«

Die Frau lachte kurz. »Na, so hat mich ja lange keiner mehr genannt. Kennen wir uns? Wie war Ihr Name?«

Sie war es nicht. Sobald die Frau angefangen hatte zu reden, war das Charlotte klargeworden. Dennoch gab sie nicht auf. »Charlotte. Ich ... Kommen Sie ... du ... aus Berlin?«

»Nee, ich komm aus Rostock. Was ist denn nun? Wollen Sie eine Gruppe anmelden?«

»Nein. Entschuldigen Sie die Störung.« Charlotte legte schnell auf, um keine weiteren Erklärungen abgeben zu müssen. Sie atmete tief durch. Natürlich betrieb Doro keinen verdammten Erlebnisbauernhof, was für eine Schnapsidee! Wenn überhaupt was mit Tieren, dann in einer Ökokomune. Oder als Hardcore-Greenpeace-Aktivistin, die sich an Wale kettete und feindliche Harpunenjäger mit Farbbomben bewarf. Keine Erlebnisbäuerin. Eine echte Bäuerin etwa? Aufgeregt wählte Charlotte die nächste Nummer: Tierzucht GmbH Richard E. Getz. Nach endlosem Klingeln nahm endlich jemand ab. Der Mann war mindestens schon sechzig. »Ja?«, schnarrte er in einer Tonlage, die deutlich machte, dass Zeit Geld war und sechzig am Telefon verplemperte Sekunden mindestens einen Euro Verlust ausmachten.

»Richard Getz?«, fragte Charlotte vorsichtig.

»Senior. Ja. Was gibt's?«

»Sind Sie verheiratet?« Es war das Erste, was ihr einfiel.

»Warum? Wer sind Sie?«

»Ich heiße Charlotte Windrich, aus Berlin. Ich ...«

»Hören Sie – die Antwort ist Nein.«

»Sie sind nicht verheiratet?«

»Die Antwort ist: Nein, ich mache nicht mit bei *Bauer sucht Frau*. Verstanden?«

»Oh, Entschuldigung, da haben Sie etwas missverstanden, ich bin nicht vom Fernsehen.«

»Was denn dann? Versicherungen? Handyvertrag? Ich habe alles, was ich brauche. Und ich brauche keine Frau, und nun schönen guten Abend.«

»Halt!«, schrie Charlotte, denn plötzlich war ihr eine Idee gekommen. »Haben Sie einen Sohn? Haben Sie eine Kuh?«

»Gute Frau, ich habe drei Söhne und zwanzig Kühe. Mit wem davon wollen Sie denn nun genau reden?«

»Mit Richard«, piepste Charlotte. Dieses Gespräch wurde immer irrwitziger. »Gibt es einen Richard junior? Sie haben sich vorhin mit senior gemeldet.«

»Ja, den gibt es. Was ist mit dem?«

»Hat der«, Charlotte holte tief Luft, es war so erniedrigend, aber es führte kein Weg daran vorbei, »hat *der* vielleicht eine Frau?«

»Sagen Sie mal, wollen Sie mich auf den Arm nehmen?«, fragte Richard senior zurück.

»Nein, ich will nur wissen, ob seine Frau Dorothee heißt.«

»Nein. Die heißt Almut. Auf Wiederhören.«

»Danke, auf Wie-« Der Mann hatte schon längst aufgelegt.

»Okay. Okay. Ganz ruhig. Du bist der Letzte, Mr Dipl.-Vet. Richard Helm. Und wehe, du schreist mich an«, murmelte Charlotte und verfolgte dabei im Fernsehen einen leise gestellten amerikanischen Film aus den Siebzigern, in dem gerade jemand in einem Plattenladen stöberte, während das Telefon erneut in Rügen klingelte.

»Tierpraxis Helm«, meldete sich ein Mann nach dem ersten Klingeln.

Diesmal feuerte Charlotte sofort ihre Rede ab und fragte nicht lange höflich herum. »Guten Tag und entschuldigen Sie bitte die Störung. Ich suche meine Schwester, Dorothee. Sie war vor ungefähr elf Jahren mal auf Rügen bei jemandem namens Richard, der damals ein Kälbchen auf die Welt geholt ...«

»Ja, Doro, ich weiß. Das war ich mit dem Kälbchen. Was ist mit ihr?«

»Sie?« Charlotte verlor den Faden, völlig aus dem Konzept gebracht, obwohl es doch die Antwort war, die sie sich erhofft hatte. »Sie sind das?«

»Ja, das sagte ich bereits. Was ist denn?«

»Ist meine Schwester noch bei Ihnen?«

Er lachte trocken. »Gott sei Dank nicht.«

Das klang wenig ermutigend. Ganz und gar nicht ermutigend. »Entschuldigung, ich will Sie wirklich nicht nerven, aber ich suche Doro. Wissen Sie, wo sie sich jetzt aufhält?«

»Keine Ahnung.« Ein Hauch von Ungeduld mischte sich in seine Stimme.

»Sie wissen es nicht«, flüsterte Charlotte mehr zu sich selbst.

Dead End. Sie hatte natürlich gewusst, dass diese Möglichkeit bestand, sie aber bislang erfolgreich verdrängt.

»Ja, keine Ahnung. War es das? Ich wollte gerade aus dem Haus.«

Seine Stimme hätte eigentlich sympathisch klingen können, wenn er nur ein kleines bisschen zugänglicher gewesen wäre. Aber offenbar wollte er nichts dringender, als diese nervende Anruferin endlich loswerden. Weil er Angst hatte, dass sie nur einen Vorwand suchte, um ihn jeden Moment um eine Spende für vom Aussterben bedrohte Schalentiere zu bitten? Oder weil sie schlimme Erinnerungen weckte? Was um alles in der Welt hatte Doro mit dem Mann angestellt?

»Ich hatte gehofft, dass ich mich ein bisschen mit Ihnen unterhalten kann. Dass Sie mir etwas über Doro erzählen könnten. Ich habe sie fast elf Jahre lang nicht mehr gesehen.«

»Tja, tut mir leid, aber ich habe wirklich keine Zeit. Und ich habe Doro, also Ihre Schwester, ebenfalls vor elf Jahren das letzte Mal gesehen, ich weiß nicht, was sie jetzt macht.«

»Aber Sie waren doch mit ihr zusammen, oder?«, platzte Charlotte verzweifelt heraus. Es war ein Vorstoß ins Ungewisse. Ein Treffer ins Schwarze, wie sich herausstellte.

»Jaa«, sagte der Mann gedehnt. »Eine ganze unglaubliche Woche lang. Ich glaube, mal abgesehen von Sabine Wagner aus der 7b anno dazumal, war das die kürzeste Beziehung in meinem Leben. Ich wüsste nicht, was ich Ihnen erzählen könnte. Sie wissen garantiert mehr über die Frau als ich. Und nun entschuldigen Sie mich, ich muss wirklich ...«

»Moment!«, rief Charlotte hastig, denn jetzt erinnerte sie sich an etwas, weil im Fernsehen gerade ein Mann eine signierte Plattenhülle betrachtete. »Doro hat etwas von Ihnen mitgenommen, habe ich recht? Etwas Wertvolles? Etwas, woran Ihr Herz hängt. Stimmt's?«

Am anderen Ende herrschte überraschtes Schweigen. »Woher wissen Sie das?«, fragte der Mann endlich. »Ich denke, Sie haben ewig nichts mehr von ihr gehört?«

»Weil es so ein Tick von ihr ist. Sie lässt bei jedem Lover etwas mitgehen.«

»Wie reizend«, murmelte der Mann.

»Hören Sie – ich verspreche Ihnen, wenn ich Doro finde, bringe ich das Ding eigenhändig zu Ihnen zurück, was immer es ist. Aber dafür will ich mit Ihnen reden.«

»Gut. Rufen Sie morgen noch mal an.«

»Persönlich. Ich muss persönlich mit Ihnen reden. Es ist ... wichtig.« Damit sie sich ein Bild machen konnte, das war Charlotte jetzt klargeworden. Sie musste sehen, wie er wohnte. Ob Doro irgendwelche Spuren hinterlassen hatte. Sie musste alle Exfreunde von Doro finden und mit ihnen reden. Nicht nur um ihre Schwester zu finden, sondern auch um ihre Schwester endlich zu verstehen. Um dieses schiefe Bild in ihrem Kopf geradezurücken. Diese Doro-Version, die sie sich jahrelang eingeredet hatte und die offenbar gar nicht stimmte. Charlotte würde so lange suchen, bis sie Doro fand. Bei dem Mann, bei dem sie letztendlich geblieben war.

»Tja, dann müssen Sie wohl vorbeikommen. Ich kann Ihnen aber nicht versprechen, dass ich zu Hause bin.«

»Morgen?«, fragte Charlotte. Es war der einzige Tag, an dem sie Zeit hatte und an dem Miriam bei Phillip war.

»Von mir aus. Aber bei schönem Wetter bin ich am Strand.«

»Dann hoffe ich, dass es morgen regnet«, rutschte es ihr heraus.

Er lachte zum ersten Mal. »Okay.«

»Was hat sie denn von Ihnen mitgenommen?«, fragte Charlotte gespannt. Was konnte wohl so wichtig und wertvoll für diesen Mann sein, dass er es elf Jahre später immer noch zurückhaben wollte?

»Wollen Sie das wirklich wissen?«

»Ja, natürlich.«

»Ein Affenskelett.«

12

Charlotte hätte es wahrscheinlich nur betrunken oder unter Folter zugegeben, aber Tatsache war, dass sie Autofahren hasste. Sie war einfach nicht dafür geboren, sie hatte kein Talent dafür, wie andere Leute eben kein Talent zum Singen hatten. Zwang man die zum öffentlichen Singen? Natürlich nicht. Jeder akzeptierte das. Beim Autofahren hingegen schien jeder der Meinung zu sein, dass Leute, die kein Auto fuhren, einfach nur zu blöd dazu waren. Aber in Charlottes Fall war jede Autofahrt wie russisches Roulette. Besonders in Berlin, wo überall gebaut wurde und wo um sie herum entnervtes Hupen ausbrach, weil sie nicht sofort bei Grün über die Ampel schoss, wo Kamikaze-Radfahrer blindwütig vom Fußweg auf die Straße und zurück torkelten und Charlotte nicht mal dankten, dass sie ihnen gerade das Leben gerettet hatte. Oder auf der Autobahn, wenn jeder Spurwechsel die Gefahr in sich barg, dass aus dem Nichts ein Wahnsinniger mit 260 km/h von hinten angeschossen kam, mit gebleckten Zähnen und irrem Blick, weshalb Charlotte, wenn sie denn mal Autobahn fahren musste, trotzig zwischen polnischen Lkws auf der rechten Spur vorwärtskroch.

Das Gleiche passierte ihr auch irgendwo in der Pampa, wo sie sich nicht auskannte und zehn Kilometer hinter einem Heuwagen herschlich, weil die Straßen zu eng waren und sie sich nicht zu überholen traute. Weshalb sie sich auch entschieden hatte, wieder mit dem Zug auf die Insel Rügen zu fahren. Im Zug konnte man lesen und abschalten und außerdem vielleicht sogar nette Reisebekanntschaften machen. Das sollte ja vorkommen, zumindest in Filmen kam es vor. Und wenn Charlotte ehrlich war, hätte sie nichts dagegen gehabt, mal wieder eine klitzekleine Männerbekanntschaft zu machen. Jemand, der auf die Frage »Ist hier noch frei?« mit leuchtenden Augen und einem »Aber gern doch!« antwortete, jemand, der so ungefähr in ihrem Alter war, seine wichtige Arbeit am Laptop unterbrach und schließlich ganz aufgab, um mit ihr bei einem lauwarmen DB-Kaffee über das Leben zu plaudern und ...

»Is hier noch frei?«

»Hm?« Charlotte schreckte aus ihren Gedanken hoch, was die Frau im pinkfarbenen Jogginganzug mit den weißblonden und offenbar mit Elektroschock behandelten Haaren als Zustimmung auffasste.

»Kimberlie, Schantall und Raffaelo, setzt euch hier hin!«

Drei mit Taschen behängte Kinder stürmten den Gang entlang und fielen über Charlottes Vierertisch her.

»Gut«, schnaufte die Frau. »Das haben wir geschafft. Vorsicht, die Anschelik kommt auf den Tisch.«

Mit diesen Worten setzte die Frau zu Charlottes Entsetzen auch noch eine Babyschale auf dem Tisch ab. Das Baby darin kaute auf einer rosa Decke herum, die es zwischen den kleinen Fäusten hielt. Spucke rann ihm in Bächen das runde Kinn herunter. Als es Charlottes ansichtig wurde, fing es sofort an zu brüllen.

»Die hat Hunger«, sagte die Frau entschuldigend zu Char-

lotte. »Is 'n kleiner Vielfraß. Stimmt's, du Schnoddergusche?«
Sie wischte dem Baby kurz mit der rosa Decke über das Gesicht,
schob eins der Mädchen auf einen Platz auf der anderen Seite
des Ganges und ließ sich dann ächzend in ihren Sitz gegenüber
Charlotte fallen.

»Schantall, menno, das ist mein Gameboy«, schnauzte der
Junge namens Raffaelo eins der Mädchen an und riss ihm das
kleine Gerät aus der Hand. Dann quetschte er sich zum Fenster-
platz durch und stellte eine Tüte voller quietschbunter Plastik-
rasseln und Plüschtiere auf den Tisch.

Charlotte ließ ihren Blick panisch durch das Abteil gleiten.
Nichts war frei. Womit hatte sie das verdient? Das Baby greinte,
und die Frau holte es resigniert aus der Babyschale heraus. Sofort breitete sich ein Geruch nach voller Windel aus. Charlotte
atmete diskret in ihr Tuch hinein.

»Die hat eingemacht«, meldete sich Raffaelo, ohne von seinem Spielzeug aufzusehen.

»Ja, wir wissen's nun. Kann ich vielleicht erst mal auspacken
oder was?« Die Frau rollte entnervt mit den Augen und ruckelte
das Baby in enormem Tempo hoch und runter. Das Greinen
verwandelte sich in Schluckauf. Die Frau verstöpselte den Baby-
mund mit einem Nuckel, der daraufhin im Takt des Schluck-
aufs auf und ab tanzte.

»Tschuldigung«, sagte die Frau und schob die Babyschale ein
Stück näher in Charlottes Richtung. »Eine Sauenge ist das hier.
Und dafür wirft man denen noch einen Haufen Geld in den
Rachen. Fahren Sie auch bis an die Ostsee?«

»Ja.« Charlotte holte rasch ihr Handy heraus, um mit Veronika zu reden, auch wenn sie sich gestern Abend schon ewig bei
ihr über Phillip und sein Trüffelschweinchen ausgelassen hatte.

Auf gar keinen Fall wollte sie sich vier Stunden lang mit dieser Frau unterhalten.

»Urlaub?« Die Frau beugte sich interessiert vor.

Charlotte überlegte, ob sie einfach nicht mehr reagieren sollte. Für Gebärdensprache war es jetzt leider zu spät. Sie gab daher nur ein vages Geräusch von sich, das alles Mögliche bedeuten konnte, und wählte blind die letzte Nummer aus dem Speicher. Die Handynummer von Johannes, da er sein Festnetz nie benutzte. Der musste da sein, der hatte doch eh nichts zu tun außer Kopfstand.

»Die Anschelik stinkt, Mama«, sagte eins der Mädchen.

Der Zug fuhr los, bei Johannes klingelte es jetzt. Er nahm ab! »Hallo?«

»Johannes«, stieß Charlotte erleichtert hervor. »Ich wollte mich nur noch mal für gestern bedanken. Für deine Hilfe. Bin gerade im Zug auf dem Weg nach Rügen. Er ist Tierarzt, wir hatten recht.«

Ihr gegenüber schraubte sich die Frau umständlich und unter viel Hantieren wieder aus dem Sitz, Baby Anschelik im Arm, das den Nuckel ausgespuckt hatte und erneut frenetisch an der Decke kaute. »Tu ma den Krempel weg, Raffaelo«, ranzte die Frau den Jungen an und schob die Wickeltasche vor ihn auf den Tisch. Sie griff nach der Babyschale und setzte sie auf dem Fußboden ab, dann legte sie das Baby hinein.

»Tierarzt?«, fragte Johannes interessiert am anderen Ende. »Wie heißt er denn?«

»Richard Helm, wohnt in Binz. Ich hoffe, dass ich über ihn was von Doro erfahren kann.«

»Na, dann viel Spaß. Habe gestern noch mal für dich bisschen in die Zukunft geschaut. Sieht gut aus. Du wirst neue Bekanntschaften machen, halte die Augen auf. Vielleicht sogar schon im Zug?«

Die Frau rückte das Baby samt Schale in die Mitte des Ganges und wischte kurz den erneut herausgeflutschten Nuckel an ihrer Jogginghose ab. Eine Schlange genervter Leute mit Koffern hatte sich bereits im Gang gebildet, und ein junger langhaariger Mann in Lederjacke versuchte gerade, über das Baby zu steigen, aber die Frau fuhr empört herum. »Könnt ihr hier vielleicht mal warten oder was?« Sie schüttelte aufgebracht den Kopf und beugte sich quer über den Tisch, um nach der großen Wickeltasche zu greifen. »Also, echt mal«, beschwerte sie sich halblaut bei Charlotte. »Ein Haufen Assis hier um Zug!«

Nach Stunden voller Kindergeschrei und endlosem Geplapper, in denen Charlotte erfuhr, dass die Frau alle zwei Wochen die Strecke hoch an die Ostsee fuhr, um dort ihre Schwester zu besuchen, schaffte Charlotte sogar ein freundliches Nicken, als die Frau endlich ausstieg, auch wenn diese ihr zum Abschied in einer geschäftigen und lautstarken Aufbruchsorgie mehrmals ihren von der Jogginghose nur mühsam im Zaum gehaltenen Hintern vors Gesicht schob.

Wenig später stand Charlotte selbst in Binz auf dem Bahnhof – fast genau an der Stelle, an der sie vor einigen Monaten die beiden kleinen Mädchen beobachtet hatte. Wenn Charlotte es recht überlegte, hatten die beiden wohl schon damals unbewusst Erinnerungen in ihr ausgelöst, die letztendlich die Ereignisse ins Rollen gebracht hatten. Sie streckte sich ein bisschen. Bis hierhin hatte sie doch alles ganz gut gemanagt. Sie hatte in den letzten Tagen und Wochen mehr erlebt und gemeistert als in allen Jahren zuvor. Sie würde Doro finden. Vielleicht wusste dieser Richard ja doch etwas und war sich dessen nur nicht bewusst.

Charlotte sah sich um. Es war Sonntagmittag, die Sonne schien, Urlauber schlenderten mit Eis in der Hand und in Freizeitkleidung herum, und Charlotte bedauerte jetzt, dass sie Miriam nicht mitgenommen hatte. Es roch herrlich nach Ostsee – dieses spezielle Gemisch aus Meer, Sand und Kiefernwäldern. Was dieser Richard wohl für ein Typ war? Nach Ben und Johannes war Charlotte auf einiges gefasst, denn Doro hatte wahrlich einen seltsamen Geschmack in puncto Männer. Vielleicht ein in die Jahre gekommener Ökokrieger mit Dreadlocks, der nachts Labortiere befreite? Hatte der Mann nicht von einem Affenskelett geredet? Garantiert war er kein Schwiegermuttertraum im Tweedanzug, wie der Tierarzt aus *Der Doktor und das liebe Vieh.* So einer hätte Doro nicht interessiert. Der Mann musste irgendeinen Tick haben, irgendwas Extremes.

Charlotte fragte sich durch und stand schließlich vor einem ganz entzückenden weißen Reetdachhaus mit blauen Fensterrahmen.

Sie drückte auf den Klingelknopf, aber nichts war zu hören. Ging die Klingel überhaupt? Oder war der Mann gar nicht da? Frechheit. Sie hatte ihm doch gesagt, dass sie vorbeikommen würde. Wie unhöflich. Na gut, es regnete nicht. Aber er hätte ja wenigstens einen Zettel an die Tür machen können.

»Wollen Sie zum Richard? Haben Sie einen Notfall?«, fragte eine Stimme von hinten.

Charlotte drehte sich um. Ein alter Mann mit Strohhut und Pferdewagen hatte auf der Straße angehalten.

»Ich ... ja«, antwortete sie geistesgegenwärtig. »Aber er ist nicht zu Hause.«

»Wo haben Sie denn Ihr Tierchen?«

»Tierchen?«, fragte Charlotte verwirrt.

»Ihre Echse. Oder haben Sie 'ne Tarantula?« Er lachte prasselnd, es klang, als ob jemand Kieselsteine auf Wellblech schmiss. »In der Handtasche?« Noch mehr Gelächter.

»Ich verstehe nicht ganz, was Sie meinen.«

Der Mann nickte. »Sie wollen doch zum Reptilien-Richard. Am Sonntag. Dringend. Da geh ich davon aus, dass Sie ein krankes Tierchen dabeihaben.«

»Hab ich nicht, und wieso Reptilien-Richard?«

»Na ja. Exotische Tiere sind seine Spezialität, nich? Hauptsächlich Echsen und Schlangen und so was. Was Exotischeres gibt es hier in der Gegend kaum. Wenn man mal von dem Drachen absieht, den ich zu Hause habe.« Er lachte so sehr, dass ihm die Tränen kamen, eins der Pferde wieherte aus Solidarität mit und stampfte mit dem Fuß auf.

Echsen und Schlangen! Da hatte sie ihre Antwort, was wohl Richard für Absonderlichkeiten haben mochte, die Doro angezogen hatten. Reptilien ... Charlotte sah ihn schon vor sich, diesen Richard. Wahrscheinlich einer dieser Männer, die sich Schlangen um den Hals wickelten wie andere Leute einen Schal. Oder die liebevoll lebende Insekten in aufgerissene Echsenmäuler stopften und die statt eines Fernsehers vier große, mit Rotlicht bestrahlte Terrarien in ihrem morastig riechenden Wohnzimmer stehen hatten. Glaskästen, in denen sich auf den ersten Blick nur Baumstämme befanden, die sich aber mit Einbruch der Dunkelheit auf einmal in schlitzäugige Warane namens »Simon and Garfunkel« verwandelten. Widerlich. Aber für Doro durchaus vorstellbar.

»Dann schönen Tag noch!« Der Mann schnalzte mit der

Zunge, hob die Hand zum Gruß und bog in einen Weg in den Dünen ein. Charlotte sah sich zögernd um. Weiter vorn blitzte gelegentlich die Ostsee auf, Sanddorn und Ginsterbüsche säumten den Weg und über allem lagen diese frische, würzige Luft und die geradezu überhelle Sonne eines Maitages am Meer. Was nun? Das Nachbarhaus hatte ebenfalls ein Dach aus Reet, ein altes Fischerboot lag im Vorgarten, die Fensterläden waren geschlossen. Da war auch niemand zu Hause. Jetzt war es 14.00 Uhr. Um 17.00 Uhr fuhr der letzte Zug, und eigentlich hätte sie sich noch da unten ein bisschen an den Strand legen und mit den Füßen das Wasser prüfen wollen, um sich etwas von dem Urlaub zurückzuerobern, um den das Wetter sie vor ein paar Monaten so schnöde betrogen hatte. Sollte sie zurück zur Strandpromenade, sich dort in ein Café bei den herrlichen weißen Strandvillen setzen, eine Sanddornschorle trinken und einfach nur den Blick aufs weite Meer, die Seebrücke, bunte Strandkörbe und die ersten Sandburgen der Saison genießen? Oder eine Schiffsfahrt mitmachen, um die berühmten Kreidefelsen vom Meer aus zu sehen? Aber wenn der Mann doch zu Hause war, verpasste sie ihre Chance.

»Hallo?«, rief sie zaghaft. Nichts. Sie holte ihr Handy heraus und rief noch mal bei diesem Richard Helm an. Wie aus weiter Ferne hörte sie ein Telefon drinnen im Haus klingeln.

Tierpraxis Helm, die Praxis ist momentan geschlossen, im Notfall rufen Sie bitte meinen Kollegen Dr. Winzer an. Danke.

»Bitte«, murmelte Charlotte wütend. Sollte sie wirklich die Reise umsonst gemacht haben?

Sie wählte Veronikas Nummer, schon allein, um nicht dumm auf dem Weg herumzustehen.

»Mmh?«, antwortete Veronika mit vollem Mund, und Charlotte fiel ein, dass Veronikas Mann sonntags immer einen üppigen Brunch zauberte. Beneidenswert und einer der vielen Vorteile, wenn man einen ess- und kochfreudigen Mann hatte.

»Ich bin es. Du, ich stehe jetzt hier vor dieser Fischerhütte am Meer, und der Typ ist nicht da. Was mache ich denn bloß? Soll ich einen Zettel an die Tür kleben?«

»Gute Idee.« Veronika kaute und schluckte. »Hast du einen Zettel?«

»Nein.«

»Dann ist es 'ne schlechte Idee. Nur ein Butterhörnchen.« Letzteres war offenbar die Antwort auf eine Frage ihres Mannes. »Mann, der mästet mich wieder«, stöhnte sie. »Und bei Hörnchen kann ich doch immer nicht nein sagen. Gibt es irgendwas, womit du schreiben kannst?«

Charlotte sah sich um. »Ich kann ihm mit Kieselsteinen eine Nachricht legen. Wie bei Hänsel und Gretel.«

Sie lachten beide.

»Gibt es da einen Hof oder Garten?«, fragte Veronika.

Charlotte lief ein paar Schritte zur linken Hausseite. »Garten, glaube ich. Aber da ist ein großes Gartentor.« Sie lauschte. »Dahinter plätschert irgendwas. Und es ist nicht das Meer.«

»Dann geh doch rein und guck mal.«

»Es ist höher als ich und abgeschlossen.«

»Dann klettere drüber.«

»Bist du verrückt? Und hast du vergessen, was beim letzten Mal passiert ist, als ich in einen fremden Garten eingestiegen bin?«

»Die Chance, dass du noch mal eine Raubkatze triffst, ist ja wohl eher gering, oder? Nur noch bisschen Kaffee, bitte.«

»Jetzt hör doch mal auf zu futtern, Veronika. Der Typ hier

hat den Spitznamen *Reptilien-Richard*. Wer weiß, was da im Garten rumkriecht.«

»Uh. Okay. Verstehe. War auch nur ein Witz. In unserem Alter sollten wir ohnehin nicht mehr in fremde Gärten einsteigen. Außerdem würdest du wohl kaum noch über den Zaun kommen, und dann sitzt du da oben wie ein Wetterhahn, die spitzen Zaunlatten stechen dir in den Hintern, und du schreist um Hilfe und wirst von japanischen Touristen fotografiert, bis irgendeiner die Polizei ruft.« Veronika kicherte bei dieser Vorstellung leise vor sich hin.

Ein Geräusch kam aus dem Garten hinter dem Haus. Ein Klappern. Da war jemand zu Hause. Der Typ hatte nur die Klingel abgestellt und machte einfach nicht auf!

»Im Garten ist was, ich ruf dich zurück«, sagte Charlotte rasch und legte auf. Grübelnd betrachtete sie das Gartentor. Es war eigentlich gar nicht so hoch. Und sie war immer noch gut in Form, ging ab und zu joggen und sogar mindestens zweimal im Jahr zum Pilates.

»Frauen in unserem Alter können noch ganz andere Sachen«, murmelte sie. Doro wäre hier auch einfach drübergeklettert. Da war Charlotte sich sicher. Sie griff nach den zackigen Lattenenden, schwang einen Fuß auf den Türknauf und zog sich energisch hoch, als ob sie durch diesen Kletterakt ihrer Schwester näher kommen würde. Na bitte, einfacher als gedacht. Und jetzt das andere Bein oben drüberschwingen und einfach nur runterspringen. Etwas ruckte, hielt sie zurück. »Was zum ...?« Ihre Strickjacke war an diesen dämlichen Latten hängengeblieben! Charlotte baumelte am Zaun wie ein Netz Zwiebeln, suchte panisch nach etwas, um sich festzuhalten, und sah dabei nach unten. Direkt unter ihr stand eine große altmodische Zinkbadewanne, die halb mit Wasser gefüllt war. Und unter der dunklen Wasseroberfläche bewegte sich etwas. Was um alles in der Welt krabbelte da drin herum?

»Was machen Sie denn da?«, rief eine Männerstimme.

»Was?« Sie erschrak – auf dem Gartenweg stand ein Mann mit einem Eimer in der Hand. »Ich ...«

Es ratschte. Sie fiel.

13

Sie landete ungraziös mit einem Bein in der Wanne, mit dem anderen auf dem Boden, Wasser schwappte über, sie rutschte, ihr Absatz knallte an die Wanne.

Der Mann sah sie entgeistert an, dann wechselte sein Gesichtsausdruck zu Panik. »Aufpassen!«, rief er. »Die hauen ab! Nun fangen Sie die doch wieder ein, verdammt noch mal!«

Die? Charlotte sah sich benommen um, etwas kroch über ihren Fuß. Kleine Wasserschildkröten! Die zum Teil auf dem Weg gelandet waren und sofort begeistert losstürmten, um den Rest des Gartens zu erkunden. Sie waren kaum größer als Streichholzschachteln. Charlotte nahm das Bein aus dem Wasser, kniete sich hin und griff blindlings nach den winzigen zappelnden Tieren.

»Vorsicht!«, rief der Mann mit dem Eimer in der Hand und rannte los. »Kommt her, meine Kleinen«, murmelte er und sammelte in Windeseile die Schildkröten ein. Er setzte sie wieder in die Wanne. Endlich stellte er den Eimer ab. »Was zum Teufel machen Sie hier?«, fragte er noch einmal.

»Es tut mir leid ... ich habe angerufen und habe geklingelt, und Sie haben nicht aufgemacht oder die Klingel war kaputt und ... ich bin Charlotte, Doros Schwester. Es tut mir total leid, ehrlich. Ich habe nur ein Geräusch im Garten gehört und ...«

»Ach, Sie sind das. Die Klingel ist kaputt, und am Wochenende gehe ich nicht ans Telefon, wenn ich keine Bereitschaft habe. Warum haben Sie denn nicht gerufen? Geben Sie her.« Der Mann nahm ihr die kleine Schildkröte aus der Hand, die Charlotte wie ein Sandwich festhielt.

Er betrachtete das Tier von allen Seiten. »Das hier ist Marlene, macht acht. Zwei fehlen noch. Nun gucken Sie doch noch mal. Wenn die sich im Garten verlaufen, sterben sie, das sind Rotwangenschildkröten. Die brauchen Wasser.«

Charlotte rutschte auf den Knien herum und sah unter alle Büsche. Aus den Augenwinkeln musterte sie den Mann unauffällig. Das war also Richard. Sonderlich verrückt sah er nicht aus. Kein alter Ökozausel, ungefähr so alt wie sie selbst. Auch hatte er weder Dreadlocks noch einen Bart, nur ganz normale kurze dunkle Haare und eine Brille, die ihm vor Aufregung ein bisschen verrutscht war und ihn zwang, die Augen leicht zusammenzukneifen. Er hob ein weiteres kleines Krötchen hoch.

»Babette, macht neun. Einer fehlt noch. Arnie.«

»Der hier?« Charlotte griff nach der kleinen Schildkröte, die gerade unter einen Blätterhaufen kriechen wollte.

»Ah ja. Danke.« Der Ton des Mannes wurde etwas freundlicher. Er schien sie das erste Mal richtig anzusehen. »Ich bin Richard Helm. Sie sehen Ihrer Schwester gar nicht ähnlich. Sie sehen ja ganz ...«

»... normal aus, ich weiß«, beendete sie seinen Satz. So war das schließlich immer gewesen. Charlotte die Normale, die Bodenständige – Doro die Umtriebige, die Wilde. Nie hatte einer von ihnen diese Rollenverteilung in Frage gestellt. Dabei wäre Charlotte eigentlich auch ganz gern mal laut und schrill und bunt gewesen. Sie hatte es sich nur nie getraut. Und vielleicht hatte Doro es ja auch gelegentlich sattgehabt, immer laut und bunt sein zu müssen? Wer wusste das schon?

»Normal ist nicht das Schlechteste«, antwortete Richard und lächelte. Und in dem Moment trat ein so verschmitzter Ausdruck in sein Gesicht, dass Charlotte sich plötzlich genau vorstellen konnte, wie er als kleiner Junge ausgesehen haben musste, dabei hatte sie den Mann doch noch nie zuvor in ihrem Leben gesehen.

»Hey, Arnie«, sagte Richard und hob die Schildkröte auf Augenhöhe. »Du bist definitiv nicht normal, du kleines Biest.«

»Wieso Arnie?«, rutschte es Charlotte heraus.

»Schwarzenegger. Hat genau so ein kantiges Gesicht, findest du nicht? Ich darf doch du sagen? Guck.« Er reichte ihr Arnie zurück.

Vorsichtig nahm Charlotte das winzige Tier entgegen. Es sah unendlich beleidigt aus und hatte in der Tat eine gewisse Ähnlichkeit mit dem Bodybuilder. Besonders um den Mund herum. »Na?«, fragte Charlotte die Schildkröte. »Willst du auch Gouverneur werden?«

Als Antwort biss Arnie sie in den Finger.

»Au!«, schrie Charlotte und ließ ihn beinahe fallen. »Oh, Entschuldigung, ich hätte dich warnen sollen, meine Schuld! Komm her, du kleines Miststück.« Richard nahm ihr hastig das Tier ab und setzte es zu den anderen in die Wanne.

Charlotte widerstand nur schwer dem Reflex, sich den Finger in den Mund zu stecken. Der Biss von diesem kleinen Vieh tat erstaunlich weh.

»Zeig mal her.« Vorsichtig begutachtete Richard ihren Finger, sanft und behutsam drehte er ihn hin und her. Während Richard sie untersuchte, betrachtete Charlotte sein Gesicht. Er war ganz anders als die Richard-Versionen, die sie sich im Vorfeld ausgemalt hatte.

»Ist nur ein kleines Zwicken gewesen.« Zu ihrem Bedauern ließ er ihren Finger wieder los. »Der Arnie ist noch ein Baby. Genau wie die anderen.«

»Wie viele hast du denn?«

»Komm mit.« Er ging voran, und Charlotte folgte ihm hinter das Haus. Es verschlug ihr fast den Atem. Von vorn hatte das Haus wie eine kleine Fischerkate gewirkt, aber der Eindruck täuschte – es war innen hell und geräumig. Offenbar hatte Richard alle Wände entfernt und einen großen Raum geschaffen, dessen gläserne Flügeltüren offen standen und auf die Terrasse hinausgingen. Von dort hatte man einen unglaublichen Blick auf das Meer. Aber das Beste in dem Raum war das Terrarium. Es war riesig, wie etwas aus dem Meeresmuseum. Es nahm einen ganzen Raum hinter Glas ein, in dem sich noch ein paar weitere kleine Wasserschildkröten unter Lampen aalten oder träge durch das Wasser glitten. »Ich mache gerade das Terrarium sauber.«

»Wie schön«, entfuhr es ihr.

»Nicht wahr?«, sagte er stolz.

»Wie habt ihr euch kennengelernt?«, fragte Charlotte später, als sie draußen auf der Veranda saßen, Arnold Schwarzenegger in einer mit Wasser gefüllten Schale zwischen sich. Sie tranken unheimlich starken Espresso, den Richard in einem dieser altmodischen italienischen Espressokocher gebraut hatte und der besser schmeckte als alle Kaffees, die Phillip je in seinem verchromten 1000-Euro-Kaffee-Raumschiff kreiert hatte. Sie hatte sich in die Sonne gesetzt, um wieder zu trocknen, nachdem sie

142

Richard vor lauter schlechtem Gewissen so gut es ging beim Wasserwechsel des Terrariums geholfen hatte.

»Beim Mittelalterfest. Ich war dort, um nach ein paar Pferden zu sehen, die bei so einem Ritterspiel mitmachen sollten. Und da stand auf einmal Doro, also deine Schwester, und hat mich angesprochen. Sie hat total aus der Masse rausgestochen. Alle anderen liefen in ihren Wallegewändern und Feuerspucker-Outfits herum, na, du weißt schon.« Er hob Arnie hoch und streichelte ihm über den Panzer. »Und Doro war so hypermodern, so futuristisch. Als ob man sie mal kurz aus der Zukunft hergeschickt hätte, um das Mittelalter zu studieren. Oder vielmehr das, was die Leute auf diesen Festen allgemein dafür halten. Met und Grillfleisch, Dudelsack und ein Hofnarr, der nebenbei Germanistik studiert.« Er grinste.

»Und dann wart ihr eine Woche zusammen?«

»Na ja. Zusammen ...« Er zuckte mit den Schultern. »Ein launiger Abend am Lagerfeuer mit den Mittelalterfreaks und dann noch ein paar Tage, weil sie sich einfach hier einquartiert hat und ich sie nicht rausschmeißen wollte. Sie hatte so eine schlimme Grippe.«

»Doro war eigentlich immer kerngesund. Vielleicht hat sie nur so getan?«

»Damals nicht. Magen-Darm-Grippe, hat alles vollgekotzt. Entschuldigung.« Er sah sie verlegen an und ließ die Schildkröte wieder ins Wasser gleiten.

»Und dann ist sie gegangen?«

»Ich habe ihr gesagt, dass sie sich ... also dass sie bitte gehen soll.« Richard wischte sich verlegen die Hände an der Jeans ab. »Sie hat am dritten Tag einfach so einen ganzen Spielmannstrupp vom Mittelaltermarkt hier einquartiert. Fünf Leute.

Ohne mich vorher zu fragen. Ich dachte, mich trifft der Schlag. Die haben ihre Filzgewänder in meiner Badewanne eingeweicht und den ganzen Tag lang Leier gespielt und dazu gesungen. Ich habe damals auf die Hühner meiner Nachbarin aufgepasst, und die Typen wollten gerade eins schlachten, als ich dazukam.«

»Aber Doro war doch Vegetarierin?«

»Ja, sicher. Aber die anderen nicht.« Er hob hilflos beide Hände hoch.

»Du meine Güte«, sagte Charlotte.

»Ich kann dir echt nicht weiterhelfen. Ich habe absolut keine Ahnung, wo sie hin ist. An einem Tag, als ich aus der Praxis kam, waren sie auf einmal alle weg. Ehrlich gesagt war ich einfach nur erleichtert. Warum habt ihr euch denn eigentlich aus den Augen verloren?«

»Weil ...« Charlotte wandte den Blick verlegen ab und verstummte. Wo sollte sie anfangen? Und sie kannte den Mann doch kaum. Auch wenn sie das Gefühl hatte, ihm alles erzählen zu können.

»Schon gut, geht mich nichts an. Aber mein Affenskelett, das hätte ich schon gern wieder.«

»Wie konnte sie denn überhaupt mit so einem Ding auf und davon rennen? Das ist doch riesig, sperrig und schwer.« Charlotte versuchte sich ihre Schwester vorzustellen, wie sie ein Gorillaskelett zum Binzer Bahnhof schob, sie hatte doch damals nicht mal ein Auto und nie Geld für ein Taxi gehabt! Würde ein Taxi überhaupt ein Skelett transportieren?

»Es war eher klein. Von einem Kapuzineräffchen. Das war antik. Von meinem Großvater.«

»Ach so. Ich werde mein Bestes tun«, sagte Charlotte. »Aber

ich habe keine Ahnung, wo ich noch suchen soll. Ich hatte gehofft, hier irgendeinen Anhaltspunkt zu finden. Du bist sozusagen der Letzte, der sie gesehen hat.« Sie geriet leicht ins Stottern. »Also, das klang jetzt irgendwie morbid ...«

»Sie liegt nicht unter meiner Terrasse vergraben, wenn du das meinst.« Er grinste. »Facebook? Internet? Telefonbuch? Privatdetektiv?«

»Alles gemacht bis auf das Letzte. Das kann ich mir nicht leisten«, platzte sie heraus.

»Was ist denn mit Verwandten? Mit deiner Familie?«

»Meine Mutter lebt nicht mehr. Mein Vater auch nicht, aber zu dem hatten wir ohnehin keinen Kontakt, seit wir kleine Kinder waren. Ein Cousin meiner Mutter lebt noch im Allgäu, ein kauziger alter Mann, der schon vor fünfunddreißig Jahren nichts mit uns anfangen konnte, weil wir keine Briefmarken waren. Ich wüsste nicht, warum Doro ausgerechnet zu ihm fahren sollte. Und dann gibt es nur noch meine Tochter und meinen Exmann.«

Kurz war da etwas in Richards Blick. Ein gewisses Interesse? Nein, das bildete sie sich nur ein. Sie schielte auf ihre Uhr. Es war 16.20 Uhr. Eigentlich sollte sie jetzt gehen, aber plötzlich hatte sie es überhaupt nicht mehr eilig.

»Langweile ich dich?«

»Nein, überhaupt nicht.«

»Doch, ich glaube schon. Du guckst dauernd auf deine Uhr.«

»Ich will nur meinen Zug um 17.00 Uhr nicht verpassen.«

»Du kannst nicht wieder abfahren, bevor du nicht den traurigsten Fisch der Welt gesehen hast. Er sieht aus wie ein Mensch.«

Sie lachte ungläubig, folgte ihm aber in die kleine rustikale Küche. »Du liebst Meerestiere, stimmt's?«

»Ich wollt mal Meeresbiologie studieren«, antwortete er über die Schulter. »Aber das war ja in der DDR nicht so einfach. Da bin ich eben Tierarzt geworden. Hier ist er.«

An der Küchenwand hing ein großes Foto. Und da war er. Ein dickwulstiger rosa Fisch mit Knollennase, kleinen traurigen Augen und einem niedergeschlagenen Gesichtsausdruck, der Charlotte ein bisschen an Phillips Vater erinnerte.

»Ein Blobfisch«, erklärte Richard.

»Unglaublich«, sagte Charlotte. »Sieht aus wie so ein Knollennasen-Männchen von Loriot.«

»Er lebt in Australien. Er gräbt sich in den Meeresboden ein und macht eigentlich die ganze Zeit nichts anderes, als auf vorbeischwimmende Nahrung zu warten.«

»Essen auf Rädern für Fische sozusagen?«

»Genau. Und er ist vom Aussterben bedroht.«

»Ich habe noch nie was von ihm gehört.«

»Dann hat dir dieser Ausflug doch wenigstens etwas gebracht. Wenn ich dir auch nicht helfen konnte, deine Schwester zu finden.«

»Ja, das hat er«, stimmte Charlotte zu. Sie hatte während der letzten Stunden völlig vergessen, dass Phillip ihr noch Geld schuldete, dass sie endlich in die Gänge kommen musste, um sich nach einem besser bezahlten und anspruchsvolleren Job umzusehen, dass sie irgendwie ihr neues Leben mal planen sollte. Hier in diesem Haus an der See, umgeben von allerlei exotischem Wassergetier, war das alles egal, hier war sie kurz zur Ruhe gekommen. Als ob die Zeit stillstehen würde. Aber die stand eben nicht still. Sie musste wieder zurück, und zwar schleunigst, um Miriam heute Abend noch abzuholen und um irgendwann kurz vor Mitternacht noch ein Testblatt zum

Thema »Sightseeing in London« vorzubereiten, in dem, obwohl auf Englisch und über England, nichtsdestoweniger die englische Sprache so gut es ging vermieden werden musste, damit mehr als eine Schülerin das Blatt auch ausfüllen konnte. Es war jetzt 16.40 Uhr. Wie wollte sie überhaupt zum Bahnhof kommen? Sie würde rennen müssen. Richard hatte zwar sicher ein Auto, aber den konnte sie unmöglich fragen.

»Soll ich dich zum Bahnhof fahren?«, fragte er und sah sie mit seinen braunen Augen an. »Sonst schaffst du das doch gar nicht mehr.«

»Ja, gern«, antwortete ihr Mund, während ihre Hand in der Jackentasche auf einmal das bereits leicht vertrocknete Kleeblatt von gestern zwischen die Finger bekam und ihr Kopf sich plötzlich etwas ganz anderes wünschte: *Und lass uns eine Panne haben. Dann muss ich erst morgen früh zurück.*

Es klopfte. Laut und durchdringend.

Richard sah sie verwundert an, als hätte sie damit etwas zu tun. Dann öffnete er die Tür.

Charlotte musste zweimal hinschauen, um zu glauben, wer vor der Tür stand.

Johannes. Immer noch in seinem Kolchoselook.

»Was machst du denn hier?«, fragte sie fassungslos.

»Hab ich mir doch gedacht, dass du noch hier bist.« Er strahlte sie an. »Jetzt freust du dich aber, was?«

»Ihr kennt euch?« Richard sah zögernd von einem zum anderen. Charlotte konnte förmlich sehen, was ihm durch den Kopf ging. Wer dieser absurde Donkosak war, der da in seiner Tür stand und grinste. Und was er hier wollte. Und ob sie beide etwa zusammengehörten. Offenbar kam Richard zu der Schlussfolgerung, dass sie ein Paar waren, denn er sagte: »Ich wollte Ihre

Freundin gerade zum Bahnhof fahren. Ich nehme an, Sie kommen mit?«

»Ach, das ist nicht nötig, kann ich auch machen.« Johannes winkte großzügig ab.

Charlotte bemerkte, dass er seinen Status als »Freund« nicht korrigierte, und das ärgerte sie. »Johannes ist auch ein ehemaliger Freund von Doro«, erklärte sie.

»Ich verstehe.« Richard wirkte auf einmal etwas unterkühlt. »Da haben wir ja hier eine Art Ehemaligentreffen. Kommt sonst noch wer?«

»Nein. Aber Johannes hat mich auf deine Spur gebracht, sozusagen. Und er ist nicht mein ...«

»Ich bin auch gleich wieder weg«, fiel Johannes ihr ins Wort. »Aber ich dachte mir, ich gucke persönlich mal vorbei, vielleicht ist mein Buch ja hier.«

»Welches Buch denn?«, fragte Richard.

»Ich habe dir doch erzählt, dass Doro von allen ein Souvenir mitgenommen hat.« Charlotte verfluchte Doro in diesem Moment. Was für eine bescheuerte Angewohnheit! »Und bei Johannes war es so ein Buch.«

»Ein seltenes Exemplar«, korrigierte Johannes sie. »Nicht mehr lieferbar. *Heilkräuter und Mondphasen*.«

»Und das soll hier sein? Tut mir leid. Doro hat mir außer einer Badewanne voller Filzflusen nichts hinterlassen. Absolut nichts.«

»Ach.« Johannes sah auf einmal ein bisschen wie der traurigste Fisch der Welt aus, nur mit Bart.

»Ich muss wirklich los.« Charlotte schob ihn aus der Tür. Er hatte mit seinem Auftauchen alles verdorben, jetzt konnte er sie ja wenigstens noch zum Bahnhof schaffen, damit sie nicht die halbe Nacht in irgendwelchen Regionalzügen verbringen musste.

»War nett, dich kennenzulernen«, sagte sie rasch zu Richard. »Also dann ...«

»Ja, dann«, antwortete er. Sein Blick verfing sich kurz in ihrem, glitt aber gleich wieder weg. »Dann viel Erfolg. Und denk an das Affenskelett.«

»Absolut. Natürlich. Versprochen ist versprochen.« Charlotte zerbröselte dabei das Kleeblatt in ihrer Tasche. Noch zehn Minuten, bis ihr Zug fuhr, und dann würde sie diesen netten Mann nie wiedersehen. Weil sie ihm sein Affenskelett nicht bringen konnte, denn sie würde Doro nicht finden. Wie auch? Die Spur war hier zu Ende.

»Viel Erfolg«, sagte Richard noch einmal leise.

Johannes sah unsicher von einem zum anderen. Er schien zu spüren, dass etwas Unausgesprochenes in der Luft lag. »Es ist nicht Erfolg, der uns voranbringt«, erklärte er weise. »Sondern wie wir mit Misserfolgen fertig werden.«

»Meine Heimfahrt wird ein Misserfolg, wenn wir nicht sofort losfahren«, schnappte Charlotte. Und dann ging sie los, ohne sich noch einmal umzudrehen. Die Tür klappte leise, Johannes schlurfte in seinen veganen Flip-Flops hinter ihr her.

»Wo ist denn dein Auto?«, fragte sie gereizt.

»Da.«

»Das da?« Auch das noch. Er war nicht mit dem Auto hier, sondern mit dem Wohnwagen. Mit *dem* Wohnwagen, der absurden Krücke vom Campingplatz! »Was ist das eigentlich für eine Blechbüchse?«

»Ein Fiat Ducato. Funktioniert noch einwandfrei, sogar mit Nasszelle.«

»Aha.« Sie musste ja nur zum Bahnhof. Nur zum Bahnhof. So lange konnte sie zur Not auch die Luft anhalten, um den Mief aus Plastik, altem Polster, Marihuana und Moder zu ertragen. »Dann mal los, wir haben noch acht Minuten.«

»Züge haben eh immer Verspätung«, brummte Johannes. »Nur keinen Stress.«

Der Zug fuhr in dem Moment aus dem Bahnhof, als Johannes mit viel Lärm den Wohnwagen davor parkte. Das Knattern des Auspuffs kam Charlotte vor wie Hohngelächter.

»Mist«, rief sie wütend. »So ein verdammter Mist! Ich muss doch heute Abend wieder in Berlin sein, meine Tochter abholen!«

Johannes sah verwirrt dem Zug hinterher und strich sich langsam durch den Bart. »Du lebst immer viel zu sehr in der Zukunft oder Vergangenheit«, meinte er.

»Du hast gut reden. Auf dich wartet nur ein leerer Campingplatz, du hast keinerlei Verpflichtungen. Von den Entchen auf deinem See mal abgesehen, denn mit deiner Freundin ist es ja auch aus.«

Augenblicklich bereute sie, was sie gesagt hatte. Es war so ganz und gar untypisch für sie. Es war fast etwas, das Doro von sich gegeben hätte. Doch zu Charlottes Erstaunen blieb Johannes völlig gelassen.

»Du hast recht. Kassandra wartet nicht auf mich. Sie ist gestern Abend noch nach Dresden gezogen. Weil sie unsere Trennung so angeblich besser verarbeiten kann. Und weil ihr Onkel da eine Gärtnerei hat, in der sie arbeiten kann. Sie nennt sich jetzt auch wieder Katrin, so heißt sie nämlich wirklich.«

»Ach? Sag bloß.« Charlotte mimte Überraschung.

»Ja. Komisch, nicht? Verstehe einer die Frauen.« Er zuckte mit den Schultern. »Und du musst dich nicht über den Zug ärgern. Im Jetzt leben – damit meine ich zum Beispiel, dass wir uns in einem Wohnwagen befinden. Kapito?«

»Und?« Manchmal fügte sich sein seltsames Gefasel in kein ihr bekanntes Muster.

»Ein Wohnwagen kann fahren. Wir fahren nach Berlin. Ich wollte zwar eigentlich noch ein paar Tage hierbleiben, aber ich kann genauso gut mal wieder nach Berlin. Ich bin frei wie ein Vogel. Denn ich lebe im Jetzt.«

»Jaja, das gute alte Jetzt«, murmelte Charlotte. »Okay. Das wäre nett.«

»Bin immer nett.« Er startete das Ungetüm.

»Warum bist du überhaupt hier hochgefahren? Doch nicht nur wegen dem Buch?« Charlotte öffnete das Fenster. Ah, frische Luft!

Johannes antwortete nicht gleich. Stattdessen gab der Wohnwagen ein paar unheimliche, röchelnde Geräusche von sich und machte einen kleinen Hopser. Johannes murmelte irgendetwas.

»Was?«

»Ich wollte den Typen einfach mal sehen. Meinen Nachfolger. Wollte sehen, wie der drauf ist, seine Aura und so.«

»Du meinst, was an ihm besser war als an dir?«

»Anders«, korrigierte er sie. »Was an ihm anders war.«

Eine ganze Menge, dachte Charlotte. Alles.

»Ich meine – die haben doch überhaupt nicht zueinander gepasst. Der ist so … normal.«

»Normal ist nicht das Schlechteste«, antwortete Charlotte zu ihrer eigenen Überraschung. »Und außerdem waren sie nur ein paar Tage zusammen. Es war nichts. Nur ein Flirt.«

151

»Wusste ich es doch.«

»Freust du dich jetzt? Wieso ist dir das denn immer noch wichtig, nach all den Jahren?«

Er antwortete nicht und sah konzentriert auf die Fahrbahn.

»Johannes?«

»Ich ...« Er seufzte.

Auf einmal verstand Charlotte. »Du denkst immer noch an Doro. Bist du etwa immer noch in sie verknallt? Nach über elf Jahren?«

»Nach über dreißig Jahren.« Johannes sah immer noch stur geradeaus.

»Du warst schon als Junge in sie verknallt? Warum hast du nie was gesagt?«

»Das hätte ich mich nie getraut. Sie hat ja kaum gewusst, wer ich war. Darum habe ich mich ja umso mehr gefreut, als ich sie vor elf Jahren getroffen habe. So eine Frau habe ich weder vorher noch nachher getroffen. Und dann war sie so schnell wieder verschwunden. Ich will einfach nur wissen, wie es ihr jetzt geht.«

»Hey, vielleicht hat sie mittlerweile sieben Doppelkinne und zweihundert Katzen«, versuchte Charlotte ihn aufzumuntern, obwohl sie wusste, dass das extrem unwahrscheinlich war und dass eher noch Paris Hilton einen Doktortitel in Quantenphysik machen würde.

»Das glaube ich kaum. Sie war immer so hübsch. Leider habe ich kein einziges Foto von ihr von damals.«

»Ich habe welche zu Hause. Ich schenk dir eins, okay?«

Das schien Johannes ungemein zu freuen und die nächste halbe Stunde brummte er gutgelaunt irgendwelche Schamanengesänge mit, die aus der uralten Stereoanlage des Autos erklangen.

Sie wurden von allem, was Räder hatte, überholt, inklusive einer Bäuerin in Kittelschürze auf dem Moped. Aber wenigstens kamen sie voran. Charlotte hinterließ Phillip eine kurze Nachricht und fragte sich dabei, ob Trüffelschweinchen noch erschienen war und mit Phillip und Miriam Familie gespielt hatte, dann starrte sie wieder in die vorbeiziehende Natur. Die ganzen letzten Tage lang war sie von einer umtriebigen Energie angeheizt worden. Sie war sich sicher gewesen, dass am Ende all dieser Unternehmen Doro am Horizont auf sie warten würde, wie ein Lottogewinn. Dass sie sich in die Arme fallen, vertragen, vielleicht sogar über die Vergangenheit lachen würden. Stattdessen fuhr Charlotte in dieser muffigen Klapperkiste durch die Gegend, an deren Spiegel ein Pentagramm baumelte und in jeder Kurve nervend klimperte. Sie hatte absolut keine Ahnung, wo und wie sie weitersuchen sollte. Nach Richard verlor sich die Spur, so einfach war das. Und das machte Charlotte wütend, ganz besonders weil sie nun auch keinen Grund mehr hatte, Richard noch einmal anzurufen. In seinem Haus hatte nichts auf die Existenz einer Frau oder Freundin hingedeutet. Aber das hatte nichts zu sagen. Und wenn er noch nach elf Jahren die Nase voll von Doro hatte, war es eher unwahrscheinlich, dass er sich ausgerechnet in ihre Schwester verlieben würde, denn die mochte normaler aussehen, aber vielleicht lauerte hinter der vernünftigen Glasur ja nur noch größerer Wahnsinn? Vielleicht hatte er Angst, dass sie seine Schildkrötchen mit Zitrone und Knoblauch zubereiten würde? Und Charlotte wusste ja nicht mal, ob er sie wenigstens *nett* fand. Außerdem musste er annehmen, dass sie einen durchgeknallten Hippiefreund hatte, und hatte sie wahrscheinlich längst vergessen. Tränen stiegen ihr in die Augen, sie wischte sie wütend weg.

»Hey, hey. Nicht wegwischen. Lass es alles raus. Das wird schon wieder.«

»Wie denn?« Gegen ihren Willen klang ihre Stimme weinerlich. »Ich weiß nicht mehr, was ich noch tun soll. Wo ich noch suchen soll. Wahrscheinlich ist es ohnehin Zeitverschwendung, und ich sollte mich lieber um mein eigenes Leben kümmern.«

»Mir fällt schon etwas ein«, behauptete Johannes, während sie mit 50 km/h die Schnellstraße entlangtuckerten. »Schlaf doch 'ne Runde. In ein paar Stunden sind wir da.«

Es war seltsam, aber Charlotte schlief tatsächlich ein. Allerdings nur, um wenig später durch einen Knall und ein Rumpeln wieder aus dem Schlaf gerissen zu werden. Sie hing schief in ihrem Gurt. Der ganze Wohnwagen hing schief!

»Mist«, fluchte Johannes neben ihr. »Wir sind im Graben gelandet.« Er ließ den Motor röhrend aufheulen, aber der Wohnwagen rührte sich nicht. Er steckte fest, als hätte ein Riesenkind ihn beim Spielen in das Feld gerammt.

»Was sagst du da? Wieso denn das?«

»Da war irgendein Tier, ich bin ausgewichen. Ich kann doch kein Tier töten! Den Graben habe ich nicht gesehen, der war von Gras verdeckt.«

Im ersten Moment wollte Charlotte vor Wut mit den Füßen trampeln, dann fiel ihr siedend heiß etwas ein. *Sie selbst* hatte doch eine Panne herbeigewünscht. Mit dem Kleeblatt! Oder war das Zufall? Natürlich war das Zufall. Alles in ihr wehrte sich gegen solchen abergläubischen Schnickschnack. Aber komisch war es trotzdem ...

»Wo sind wir?« Sie schnallte sich vorsichtig ab und musste sich dabei mit der Hand an der Scheibe abstützen, um nicht an die Tür gedrückt zu werden.

»In der Nähe der B96. Ich wollte 'ne Abkürzung nehmen, weil da so viel Verkehr war, und jetzt ...«

Phantastisch. Einfach nur phantastisch. »Dann rufen wir den ADAC an.«

Johannes kramte umständlich sein Handy heraus und verbrachte weitere zehn Minuten damit, in den chaotischen Unterlagen im Handschuhfach nach der ADAC-Nummer zu suchen, diese zu wählen und langatmig die Tatsache durchzugeben, dass er nicht richtig wusste, wo er war. Charlotte nahm ihm das nicht mal übel. Da draußen war nichts. Gar nichts. Irgendein substanzloser Ort mit Mückeninvasion und raschelnden Feldern. Ein Licht war nirgends zu sehen.

Schließlich schaffte Johannes es aber doch, zündete sich zu Charlottes Überraschung eine Zigarette an und lehnte sich zurück.

»Gib mir auch mal eine. Und nun?«

»Na ja, wir warten. Das kann ein bisschen dauern, haben sie gesagt. Das Gute ist – wir haben ein Dach über dem Kopf. Einen Wohnwagen, mit Bett und allem Komfort. Besser als im Ritz Carlton. Wir können sogar bis morgen früh warten, wenn es sein muss. In einem behaglichen Bett.« Er deutete hinter sich, wo sich eine flache blaue Liege, so einladend wie ein Seziertisch, hinter einem nikotingelben Vorhang abzeichnete. Charlotte verschluckte sich hustend am Rauch. »Du willst hier übernachten? Das Ding ist so gemütlich wie ein viktorianisches Irrenhaus!«

»Es kommt bestimmt bald jemand«, meinte Johannes.

Er hatte die Ruhe weg, und das regte Charlotte auf. »Warum rufst du nicht ein paar deiner Freunde aus dem Jenseits an? Dass sie jemanden vorbeischicken? Ein paar gute, muskulöse Geister, die das Auto aus dem Graben stemmen?«

»Das funktioniert so nicht. Aber wenn du schon davon redest – das wollte ich dir sowieso vorschlagen. Wir könnten deine Mutter kontaktieren. Vielleicht hilft sie dir weiter, Doro zu finden.«

Das wurde ja immer besser. »Du willst jetzt hier ein Gläserrücken veranstalten? Verstehe ich das richtig? Die Gläser rutschen dir zum Fenster hinaus, denn wir hängen schief, falls du es noch nicht bemerkt hast.«

Er schüttelte den Kopf. »Gläserrücken ist ganz übel. Da lässt man nur die hängengebliebenen Seelen herein. Und dann haben wir hier so einen Dämon drin, den wir nicht mehr losbekommen. Der mir die Einrichtung zerstört.«

»Welche Einrichtung?« Charlotte gab einen sarkastischen Triller von sich. »Meinst du den schicken Plastiktisch in der Trendfarbe Gallenstein? Oder die gemütliche Sitzecke, aus der die Polsterfüllung wie Milchreis rausquillt?«

Johannes blieb stoisch ruhig. »Die Einrichtung erfüllt ihren Zweck. Materielles macht nicht unbedingt glücklich. Und ich meinte Meditation. Konzentration. Wenn du dich richtig konzentrierst, schickt sie dir vielleicht ein Zeichen.«

»Eine Ghost-Mail aus dem Himmel?« Charlotte lachte.

»Nein. Muss nicht unbedingt ein Wortlaut sein. Das kann auch ein Bild sein, ein Foto, ein Symbol. Eine Melodie. Ein Satz, der auf den ersten Blick keinen Sinn macht. Deine Mutter kann ja inzwischen reinkarniert sein und eine ganz andere Form angenommen haben.«

»Du meinst, wenn hier ein Kaninchen vorbeihoppelt und mit den Ohren wackelt, das könnte eine Nachricht meiner Mama sein? Nein, das könnte sie sogar *selbst* sein? Und ich muss es nur richtig interpretieren?«

»Wenn du dich nicht öffnest, dann wird das nie was«, wehrte sich Johannes. »Ich für meinen Teil werde jetzt meditieren, also störe mich nicht. Ich mach das für dich. Versuch es doch einfach mal. Augen schließen und atmen und deine Sorgen und Gedanken verbannen.«

»Okay. Okay, ist ja gut. Sorry.« Charlotte kicherte noch eine Weile vor sich hin, aber Johannes rührte sich tatsächlich nicht mehr. Er hatte die Augen geschlossen und atmete tief ein und aus. Gelangweilt sah Charlotte in die Nacht hinaus. Sie hätte gern Veronika angerufen, traute sich aber nicht, Johannes zu stören. Schließlich machte sie ebenfalls die Augen zu und atmete tief ein und aus. Na los, Mama, dachte sie. Schick mir ein Zeichen, wo immer du bist. Wo ist unsere Doro? Oder ist sie sogar schon bei dir? Soll ich aufhören zu suchen? Sie atmete jetzt ruhiger und merkte, wie die Anspannung von ihr wich. Draußen war alles still, irgendwo rief ein Käuzchen. Charlottes Gedanken drifteten ab, in ihre Kindheit. Sie sah sich und Doro beim Frühstück um das Nutellaglas streiten, sah ihre Mutter, wie sie eilig nach ihrer Tasche griff und jammerte, dass sie den Bus verpassen würde, sah, wie sie ihren beiden Töchtern durch die Haare wuschelte und »Vertragt euch!« rief, bevor die Wohnungstür zuklappte. »Vertragt euch ...« Dann schick mir doch ein Zeichen, Mama, dachte Charlotte in diesem Moment aufrichtig. Irgendwas. Wenn das Kleeblatt die Panne verursacht hat, kannst du mich ja vielleicht wirklich hören. Oder komm von mir aus als Hase vorbeigehoppelt. Oder als ... Sie musste kurz eingedöst sein, denn als sie das nächste Mal zum Fenster hinaussah, war der Wohnwagen auf einmal in gleißendes Licht getaucht, ohne dass sie jemanden hatte kommen hören. Charlotte rappelte sich verstört hoch. Es klopfte an die Scheibe. »Suche, so wirst du finden«, sagte ein Gelber Engel.

»Mama?«, flüsterte Charlotte ungläubig.

»Nee«, sagte der Engel. »Eberhard Klüttner, ADAC. Hat 'ne Weile gedauert, Sie zu finden, aber jetzt bin ich ja hier. Dann wollen wir mal, was?«

14

Charlotte konnte am nächsten Tag nur mühsam die Augen aufbehalten. Dabei wollte sie sich wenigstens halbwegs auf den Monolog der Direktorin Frau Machowiak konzentrieren, die alle Kollegen zu einem außerplanmäßigen Meeting anlässlich des zwanzigjährigen Bestehens der Berufsschule einberufen hatte.

»Was will sie denn bloß noch?«, flüsterte Veronika neben Charlotte. »Wir haben uns doch schon alle für allen möglichen Kram breitschlagen lassen?«

Charlotte zuckte mit den Schultern. Veronika hatte recht. Im Juli, am Ende des Schuljahres, sollte eine Festwoche stattfinden. Informationstafeln waren in Arbeit, ehemalige Schüler waren eingeladen, der Hausmeister hackte und sägte schon seit Wochen an einer kleinen Freilichtbühne herum, auf der die Machowiak schwungvolle Reden halten würde. Charlotte stierte mit glasigem Blick auf das blütenweiße Blatt vor ihr, auf dem *Festwoche* stand. Sonst nichts.

»...olleginnen und ...legen ...«, waberte es zu ihr herüber, die Machowiak wedelte bedeutsam mit den Händen und nickte immer wieder wie ein pickendes Huhn mit dem Kopf. »...leginnen und ...legen ... Integration ... Inklusion ...iebe ...leginnen und ...legen ... mehr Kultur.«

159

Eine kleine Veränderung war im Raum zu spüren, die anwesenden Lehrer wurden plötzlich wacher, argwöhnischer. Hatte die Machowiak tatsächlich eben das von allen gefürchtete »K-Wort« ausgesprochen? Was meinte die mit »mehr Kultur«?

»... denke da an kulturelle Programme. Es gibt keinen Grund, warum die Schüler an unserer Schule nicht auch mal so etwas auf die Beine stellen können. Die Gymnasien machen das ständig. Wir müssen unseren Schülern einfach mehr zutrauen. Ihnen Kultur näherbringen. Frau Windrich? Sie sind doch die Expertin fürs Literarische? Irgendwelche Ideen?«

Charlotte schreckte auf. »Literatur?«, krächzte sie verstört. Wollte die Machowiak etwa eine öffentliche Festwochen-Vorführung von: *Was will uns der Autor damit sagen?*

»Ja. Warum nicht mal eine Festzeitung? Ein Theaterstück? Musik. Gibt es denn keine Schülerband bei uns? Tanzende, musizierende, schauspielernde Schüler?«

Charlotte überlegte einen Moment lang, ob ihre Direktorin Drogen nahm und Halluzinationen hatte. Unter Umständen befand sich die Gute gerade in einem LSD-Rausch und glaubte daher, sich im Hölderlin-Gymnasium zu befinden, wo die violinespielende Elite von morgen durch die Gänge tänzelte und sich dreisprachig über die Schulvorführung von *Warten auf Godot* austauschte.

»Ich glaube eher nicht«, entgegnete Charlotte lahm. Veronika rollte mit den Augen, Sport-Hoffi stand kaugummikauend an der Wand und grinste mitleidig. Der war fein raus.

»Theaterstück wäre doch mal gut. Kann ja auch was Kurzes sein. Die Mädchen träumen doch heutzutage alle davon, Schauspielerin zu werden. Wollte ich ja auch mal, ich Dummerchen.

Ach, das waren noch Zeiten.« Die Machowiak lachte herzlich bei der Erinnerung an ihr einfältiges jugendliches Selbst.

Und warum bist du es nicht geworden?, dachte Charlotte. Dann könnte ich dich jetzt auf RTL 2 wegschalten.

»Und daher sage ich: Lassen wir sie doch schauspielern. Singen. Vortragen. Nehmen Sie sich noch die Jungsklasse mit dazu, Frau Windrich. Frau Kutzner, Sie kennen doch die Jungs sehr gut, warum machen Sie das Projekt nicht zusammen?«

Keine Drogen. Ein fleischfressender Virus, der sich genau in diesem Moment durch das Gehirn der Machowiak arbeitete. Definitiv.

Neben Charlotte zuckte Veronika zusammen und gab ein gequältes kleines Quieken von sich.

»Ich weiß, es sind nur noch zwei Monate Zeit. Aber jetzt, wo sich der Schulrat angekündigt hat, können wir nicht nur mit Bockwurst, laminierten Infoblättern und Luftballons aufwarten.«

Daher wehte also der Wind. Der Schulrat. Jetzt half nur noch die Offensive.

»Verstehe ich das jetzt richtig? Sie wollen, dass wir mit den einjährigen Bildungsgängen ein Kulturprojekt auf die Beine stellen? Ein Theaterstück? Vielleicht noch von Goethe?« Charlottes Stimme triefte vor Hohn, aber die Machowiak nickte nur noch eifriger.

»Sie sagen es«, rief sie begeistert. »Klassik! Warum nicht? Hervorragend. Gerade unseren bildungsun– ... äh«, sie verhaspelte sich etwas, »... Schülern auch mal die Klassik nahezubringen ist ein Geschenk fürs Leben. Wenn wir es nicht machen, wer denn dann?«

»YouTube?«, rief Sport-Hoffi und grinste immer breiter.

»Genau!«, rief die Machowiak triumphierend. »Immer nur über die Verdummung durch die Medien klagen, das bringt uns nicht weiter. Wir müssen da proaktiv herangehen. Ich freue mich über eure Ideen, Kolleginnen und Kollegen. Ein Theaterstück. An unserer Schule! Wissen Sie was?« Sie strahlte Charlotte an und erinnerte in diesem Moment mit ihren Putzwolle-Haaren extrem an einen dieser unerträglich gut gelaunten Clowns, vor denen Miriam vor ein paar Jahren auf Kindergeburtstagen immer heulend geflüchtet war.

»Da helfe ich sogar backstage selber mit. Ich liebe das Theater, sagte ich das schon?«

»Ach du Scheiße«, stöhnte Veronika leise, als der Raum sich leerte und die Machowiak sich schnell noch die ständig beleidigte Hauswirtschaftslehrerin krallte. »Hab ich das nur geträumt?«

»Nein, hast du nicht. Und der beste Teil kommt noch.« Charlotte zerknüllte wütend das leere weiße Blatt. »Wir müssen es den Schülern verklickern. Deren Jubelgeschrei wirst du bis an die Ostsee hören.«

Veronikas Blick hellte sich kurz auf. »Mensch, da fällt mir ein, wie war es eigentlich? Bist du über den Zaun geklettert? Hast du den Typen gefunden? War er auch so ein Spinner wie die anderen beiden?«

»Ja. Und nein – war er nicht.« Charlotte informierte Veronika im Telegrammstil über die letzte Nacht und ließ nichts aus, auch nicht, wie sympathisch Richard ihr gewesen war und wie das unverhoffte Eintreffen von Johannes dem Besuch ein abruptes Ende bereitet hatte. Sie verschwieg weder den schrammeligen Wohnwagen noch die Panne und den ADAC-Mann mit seiner Nachricht aus dem Jenseits, obwohl, Letzteres schon.

»Na ja, und nach alldem bin ich erst kurz vor elf in Berlin angekommen. Miriam musste ich über Nacht bei Phillip lassen, ich konnte sie ja nicht aus dem Bett reißen.«

»Ach herrje. Da hat er wieder Theater gemacht, oder?«

»Nein, hat er nicht. Es war ganz komisch. Nein, nicht nur komisch, es war gespenstisch. Er hat mich höflich bedauert und dann lang und breit davon erzählt, wie er und Miriam den ganzen Abend lang Fernsehen geschaut und Pizza gegessen haben und wie gemütlich es war.«

»Ist Trüffelschweinchen doch nicht erschienen?«

»Das werde ich ja heute von Miriam erfahren.«

»Du Arme.« Veronika umarmte sie kurz. »Und die ganzen Strapazen umsonst. Wo könnte deine Schwester jetzt nur sein? Irgendwo muss sie doch wohnen.«

»Muss sie das? Vielleicht ist sie ja ein ewiger Globetrotter geworden, mit Gitarre und Poncho. Würde zu ihr passen.« Charlotte lächelte etwas schief. »Jedenfalls weiß ich bald nicht mehr, wo ich Doro noch suchen soll. Und einen Grund, diesen Richard anzurufen, habe ich auch nicht mehr.«

»Aha.« Veronika lächelte zurück. Sie gingen beide die Treppe hinunter und hielten dabei ihre Unterlagen so schützend vor ihre Körper wie Vampirjäger das Kreuz, um sich die kapuzenvermummte, hampelnde und kreischende Schülerschaft vom Leib zu halten. Vor dem Sekretariat stand schon wieder die Machowiak, diesmal mit einem Mann im hellen Anzug und mit einem Kranz grauer Haare.

»Der Schulrat! Der alte Steffens.« Charlotte zog Veronika hastig zur Seite, damit sie dem Mann nicht über den Weg liefen. Auf Small Talk mit dem Langweiler hatte sie weiß Gott keine Lust. Mit ihm und seiner Frau, einer erstaunlich jungen und

163

hübschen Person, hatte Charlotte zuletzt bei einer Sportplatzeröffnung ein ausgesprochen zähes Gespräch geführt und dabei beobachten können, wie geradezu überschwänglich diese Frau zu den lahmen Witzchen ihres Gatten gelacht hatte. Offenbar liebte sie ihren Mann wirklich. Oder vielleicht hatte sie sich auch nur gerade ihre Zähne sanieren lassen und wollte sie der Welt zeigen? Egal – wie dieser trockene alte Knochen an eine so junge Frau kam, war Charlotte völlig schleierhaft.

»Du könntest dir ein exotisches Tier anschaffen«, führte Veronika das Thema weiter, nachdem sie durch einen Nebengang die Flucht ergriffen hatten. »Und dann Richards Rat suchen, weil es krank wird oder depressiv oder so.«

»Spinnen oder Schlangen? Nein, danke.«

»Gibt doch noch mehr. Nacktmulche. Leguane. Geckos.«

»Einen was? Nacktmulch? Und den Nacktmulch, was immer das ist, packe ich dann in meine Handtasche und fahre mit ihm an die Ostsee, weil er Grippe hat, damit Richard ihn sich mal ansieht? Vergiss es. Da übe ich ja noch lieber ein Theaterstück mit meinen Schülerinnen ein.«

»Das kann die Machowiak vergessen.« Veronika stieß wütend die Tür zu ihrem Klassenzimmer auf, kurz wurde ein Pulk junger Männer sichtbar, die aus dem Fenster hinaus rauchten und bei Veronikas Anblick hastig ihre Zigaretten auf den Schulhof schnipsten. Veronika, die auf den ersten Blick so wirkte, als ob sie jeden gleich mütterlich an ihre warme und vor allem substantielle Brust drücken würde (wogegen etliche der jungen aufstrebenden Metallbearbeiter sicher auch nichts einzuwenden gehabt hätten), konnte ziemlich streng und rabiat werden. »Und auch noch Klassik soll es sein. Vielleicht *Wallenstein* mit den jungen Herren hier einstudieren, oder was?«

»Na ja, aber irgendwas müssen wir uns einfallen lassen. Lass uns wenigstens was zusammen machen. Dann ist es geteiltes Leid.«

»Geteiltes Leid ist doppeltes Leid.« Veronika stöhnte und begab sich in ihr Klassenzimmer. »Jungs«, hörte Charlotte sie rufen. »Was fällt euch denn zum Stichwort Schiller ein?«

»Schiller-Apotheke?«, konnte Charlotte noch eine zaghafte Antwort vernehmen, dann fiel die Tür zu.

Sie selbst beschloss, die Sache behutsam anzugehen. Das Wort »Kulturprojekt« erst mal vermeiden, das klang so bedrohlich. Das Wort »Klassik« natürlich erst recht.

»... und so wäre es gut, wenn wir uns ein paar Gedanken machen, was wir denn da als Programm bringen könnten«, beendete sie wenig später ihre Rede, die von den montagsmüden Schülerinnen mit ungläubigem Blinzeln aufgenommen wurde. Niemand sagte etwas. Alle schienen darauf zu warten, dass sie fortfuhr und ihnen selbst einen Vorschlag unterbreitete. Wie jugendliche Blobfische, dachte Charlotte gereizt. Die sich den ganzen Tag in ihrer Bank eingruben und darauf warteten, dass Bildung vorbeischwamm, von der sie dann einen Happen aufschnappten. Oder auch nicht. Sie zwang sich, nicht an die Fische zu denken, denn dann dachte sie unweigerlich an das Haus am Meer und an Richard und daran, dass sie bei der Suche nach Doro in einer Sackgasse steckte.

»Hallo? Jemand zu Hause? Ich rede mit euch.«

»Wie jetzt?«, fragte Lisa ungläubig und drückte damit offenbar die Meinung der Allgemeinheit aus. »*Wir* sollen uns da was ausdenken? Und was machen?«

»Ja. Singen oder so. Spielt eine von euch ein Instrument?«

»Wird das eine Castingshow? Kommt da jemand vom Fernsehen?«, wollte ein Mädchen wissen.

»Nein. Warum? Spielst du ein Instrument?«, fragte Charlotte hoffnungsvoll.

»Nee. Aber bei Karaoke bin ich immer ganz gut, stimmt's?« Das Mädchen knuffte seine Nachbarin an.

»Wenn du hackedicht bist«, antwortete die, ohne die Prüfung ihrer splissigen Haarsträhnen zu unterbrechen. Einige Mädchen kicherten.

»Na ja, die Schulleitung dachte mehr an einen ... Chor. Oder ein Theaterstück.« Charlotte sprach das Wort so sanft und harmlos wie möglich aus. »Hat jemand von euch mal Theater gespielt in seiner alten Schule?«

»Ich war mal ein Hirte beim Krippenspiel.« Das schüchterne Mädchen aus der zweiten Reihe, Sandra hieß es, schob kurz seinen Haarvorhang zur Seite. »Da hatten wir kein echtes Baby, sondern so eine sprechende Babypuppe. Die hat mittendrin angefangen zu quäken: ›Willst du mit mir spielen? Willst du mit mir spielen?‹ Weil Josef aus Versehen den Knopf gedrückt hat. Das ganze Stück war im Arsch. Aber ich kann meinen Text noch«, bot sie an.

»Ich auch«, meldete sich Denise aus der letzten Reihe, die heute wesentlich fröhlicher wirkte als noch vor kurzem. »Ich war Maria.« Sie faltete ihre Hände über einem unsichtbaren, gigantischen Bauch. »Und ich bin Maria. Ich erwarte ein Kind«, rezitierte sie mit tragischem Gesicht. Die Mädchen kreischten laut auf.

»Und meins war: ›Heut ist der Heiland geboren! Heut ist der Heiland geboren!‹« Sandra verrenkte triumphierend den Kopf nach allen Seiten. Charlotte stellte sich einen Moment lang das irre zuckende Gesicht der Machowiak vor, wenn Charlotte mit ihrer Klasse bei 35 Grad im Juli vor dem Schulrat ein Krippenspiel aufführte, während die ehemaligen Schüler der berufsbildenden Schule Berlin-Mitte im Blaumann herumstanden, ihre Currywurst reinschoben und das erste Bierchen des Tages zischten. Nein, es war zu grauenhaft.

»Leute, denkt doch mal bitte ernsthaft nach«, bat sie. »Es sollte auch etwas sein, wo alle mitmachen können.«

»Ich weiß was!«, rief Berenike aufgeregt. »Wir machen einen Flashmob! Wir verteilen uns auf dem Schulhof und überall zwischen den Leuten und Punkt 13.00 Uhr gucken wir alle zum Himmel oder so.«

»Oder schmeißen uns auf den Boden, als ob wir einen epileptischen Anfall haben!«

»Oder knutschen die Person neben uns ab!«

»Iiih! Was, wenn du neben Matschek dem Stinker stehst?« Die Klasse wurde immer ausgelassener, je deutlicher wurde, dass diese Stunde in eine nette Plauderrunde ausartete.

»Oder Lisa könnte rappen!« Das kam wieder von Berenike. Sie war heute in Hochform, das konnte Charlotte nicht anders sagen. »Lisa, du machst doch sogar deine eigenen Texte.«

»Ach, tatsächlich?«, fragte Charlotte überrascht. »Das ist ja toll.«

»Na ja ...«, murmelte Lisa.

»Sag doch mal was auf«, feuerte jetzt auch ein weiteres Mädchen an. »Die ist echt gut«, wandte sie sich an Charlotte. »Total gut. Lisa wird mal berühmt.«

»Das sag ich jetzt nicht hier auf.« Lisa wand sich verlegen in ihrem Sitz.

»Ach, mach doch. Frau Windrich ist cool, da kannst du alles sagen.« Berenike nickte bekräftigend.

Charlotte, die den Rapsong eben noch hatte abschmettern wollen, hielt inne und versuchte, das seltsame Gefühl zu identifizieren, das sich in ihr ausbreitete. Stolz? Man fand sie cool? Sie war nicht mehr nur die alte Windrich mit den nervenden Hausaufgaben? »Okay«, sagte sie. »Dann lass doch mal hören.«

»Wenn's sein muss.« Lisa schraubte sich aus ihrer Bank, blies sich eine Haarsträhne aus dem Gesicht und legte los.

»Ich hab dich angerufen Alter, doch du gehst nicht ran,
ich steh vor deinem Haus und starr dein Fenster an,
du bist bei ihr, bei der Schlampe, bei der biste,
und wahrscheinlich springt sie jetzt genau mit dir in die Kiste.
Und ich denk, hey motherfucker, warum bist du bei ihr?
Warum kommst du nicht zurück, ich will dich bei mir,
Da sind ich und du,
jetzt hör mir doch mal zu,
da sind du und ich,
Mensch, ich liebe dich.
Später kommt sie raus, sieht, wie ich da stehe,
und ich könnte voll kotzen, wenn ich die Alte sehe,
meine Hoffnung krepiert, und ich fühl nur noch Wut,
und ich hau ihr eine rein und dann spritzt ihr Blut.
Und ich denk, hey motherfucker, warum bist du ...«

»Sehr schön, danke!«, brüllte Charlotte, so laut sie konnte, denn die Mädchen waren mittlerweile eines nach dem anderen aufgestanden und klatschten mit, während Lisa immer schneller und wütender zu werden schien.

»Der Hammer!«, rief jemand begeistert. »Lisa, du bist der Hammer!«

»... da sind ich und du, jetzt hör mir doch mal zu ...« Fast die halbe Klasse machte bei dem Sprechgesang mit. Charlotte hatte sie schon lange nicht mehr so begeistert erlebt, die Montagsmüdigkeit war wie weggeblasen. Und tief in sich drin musste sie zugeben, dass sie überrascht war. Sie hätte Lisa nicht mal einen Reim zugetraut, geschweige denn mehrere.

»Woohoo!« Die Klasse klatschte, denn Lisa war fertig.

»Ich staune, Lisa«, sagte Charlotte. »Was in dir für Talente schlummern. Aber leider ist das ... nicht ganz das Richtige für das Kulturprojekt. Der Schulleitung schwebt mehr was in Richtung Klassik vor.« Mist, jetzt hatte sie es doch gesagt.

Die Mädchen sahen sie leer an.

»Goethe und so weiter«, fügte sie hinzu.

»Na ja«, Berenike zuckte mit den Schultern. »Dann rappen wir halt Goethe. Ist doch egal.«

Charlotte wollte kopfschüttelnd auflachen, abwehren, aufstöhnen, die Augen heimlich verdrehen, am liebsten alles auf einmal. Aber dann flüsterte eine kleine Stimme in ihr: Und warum nicht? Warum zum Teufel nicht? Sei doch froh, dass sie sich mal für was begeistern! Und scheiß auf die Machowiak. Du suchst dir doch ohnehin bald einen neuen Job, irgendwas Ruhiges. Stell dir die ganzen Pappnasen doch mal vor – den Schulrat und alle miteinander, wenn sie zuhören müssen, wie das wertvolle Gedankengut des alten Geheimrats von Berufsschülerinnen der einjährigen Bildungsstufe in kleine Standardreimchen zerlegt und mit Kraftausdrücken garniert wird. Warum sollte man denen vom Schulamt etwas vorspielen, was gar nicht war? Und weißt du, wer eine diebische Freude daran hätte? Deine Schwester Doro! Dadurch findest du sie zwar auch nicht, aber du fühlst dich ihr näher.

»Berenike«, sagte Charlotte langsam, »das ist eine ganz phantastische Idee. Und ich weiß auch schon, was wir da nehmen. Den *Werther*.«

»Hä?«, fragte Denise. »Wen?«

Das Hochgefühl hielt den ganzen Tag lang an. Selbst der Anruf von Phillips Mutter, deren Vermittlungsversuche immer abstruser wurden und die ihren Sohn ständig bei Charlotte anpries wie ein Kamel auf dem Basar, konnte sie nicht aus der Ruhe bringen

»Wir kommen am Samstag um 15 Uhr zur Geburtstagsfeier«, kündigte Phillips Mutter an. Wie immer, ohne vorher überhaupt zu fragen, wann denn Miriams Geburtstag gefeiert werden sollte.

»Um 16 Uhr wäre besser«, erklärte Charlotte mit der Extraportion Geduld, die sie normalerweise für Kleinkinder und mental Benachteiligte bereithielt.

»Da bleibt doch kaum Zeit zum Kaffeetrinken«, entrüstete sich Phillips Mutter.

Eben. Das war ja der Sinn der Sache.

»Phillip kommt auch mit. Der vermisst dich nämlich. Und damit das Kind mal wieder eine richtige Familie um sich herum hat. Das weiß ja schon gar nicht mehr, wie das ist!«

»Hm.«

»Wenn ihr euch doch nur wieder vertragen würdet. Das ist doch albern. Der Phillip leidet so darunter.«

»Ach, er leidet?« Charlottes Geduldsfaden fing an, ein wenig zu spannen. »Was du nicht sagst.« *Und ich hau ihr eine rein, und dann spritzt ihr Blut ...* hämmerte es in ihrem Kopf. So laut, dass sie sich zwingen musste, nicht mitzusingen.

»Ja, also dann bis Samstag«, sagte Phillips Mutter hoheitsvoll und legte sichtlich gekränkt auf.

Phillip würde garantiert ein unglaublich teures, technisch ultramodernes Geschenk anschleppen. Charlotte fiel in diesem Moment ein, dass sie sich noch gar nicht richtig mit Miriams Geburtstag befasst hatte. Zwei Bücher und zwei T-Shirts und ein Bastelkasten für ein Daumenkino waren bislang alles, was sie für ihre Tochter hatte.

»Miriam?« Sie fand Miriam in ihrem Zimmer auf dem Bett, ihr Fotoalbum in der Hand, in das sie gerade etwas einklebte.

»Was hast du denn da?«

»Hat mir Papa geschenkt. Ein Bild von sich als kleiner Junge. Guck mal, wie ulkig Papa aussah.«

Charlotte warf einen Blick auf das Foto. Sie kannte es. Phillip und sie hatten vor ewigen Zeiten herzlich darüber gelacht. Er war darauf ungefähr neun Jahre alt, trug gestrickte Shorts und hatte breite Schneidezähne mit einer großen Lücke dazwischen.

»Wie Papa aussah!« Miriam kicherte. »Diese bescheuerten Shorts hat Oma ihm gestrickt, hat er gesagt. Die musste er immer anziehen. Und seine Zähne!« Sie kicherte wieder. »Da sieht er aber jetzt echt besser aus.«

»Papa hatte lange eine Spange. Die hat er auch gehasst. Aber wenigstens hat sie ihm geholfen. Da kannst du immer daran denken, du bekommst nämlich bestimmt auch bald eine.«

»Nein!« Miriam verzog das Gesicht. »Das sieht ätzend aus.«

»Na ja, nun mal nicht den Teufel an die Wand. Es gibt auch schicke Spangen. Was wünschst du dir eigentlich zum Geburtstag? Du hast mir noch gar nichts gesagt.«

»Du weißt doch, was ich will.« Miriam schmollte jetzt. »Was ich immer will und nie kriege. Ein Tier!«

»Ein Tier …« Etwas klickte in Charlottes Kopf. »Und was für eins?« Sie setzte sich neben ihre Tochter, deren Augen sich in ungläubiger Hoffnung rundeten. »Kann es vielleicht auch etwas … Exotisches sein?«

15

Die Woche verging so schnell, dass Charlotte kaum zur Besinnung kam.

Gleich am Dienstagnachmittag machte sie sich kurz entschlossen auf in den Tierladen, wo sie zwischen Säcken voller Heu und Körner, zwischen blubbernden Aquarien, hektisch wuselnden weißen Mäusen, Strickjäckchen für Bulldoggen und architektonisch atemberaubenden Kletterbäumen für Katzen schließlich fündig wurde. *Die Ecke für das exotische Tier.* Nur dass diese lediglich von einem durchfallfarbenen Leguan bewohnt wurde. Das war alles.

»Ist das alles?«, erkundigte sich Charlotte beim Ladenbesitzer. »Haben Sie keine anderen exotischen Tiere?«

»Mittwoch kommen wieder Ratten und Rennmäuse rein«, erklärte der Mann mit vollem Mund. »Und Chinchillas und Frettchen.«

»Nichts anderes?«

Der Mann grinste und wischte sich den Mund ab. »Wonach steht Ihnen denn so der Sinn?«

»Weiß ich selbst nicht so richtig. Etwas Exotisches. Das aber nicht eklig oder haarig ist oder beißt oder giftig ist oder tausend kleine Beinchen hat.«

Der Mann zog belustigt die Augenbrauen hoch. »Soll es auch

173

noch Tango tanzen und den Abwasch machen können?«, fragte er.

»Nein. Ach, ich weiß selbst nicht, was ich will. Ich versuche es noch mal woanders.« Charlotte wandte sich zum Gehen, aber der Mann hielt sie zurück.

»Momentchen.« Er schluckte den Rest seines belegten Brötchens hinunter und begab sich an seinen Computer. »Keine Panik. Hab da was Feines. Das bestelle ich Ihnen von meinem anderen Laden. Kann aber erst samstags abgeholt werden. Oder wir liefern es Ihnen ins Haus.«

»Was meinen Sie mit *es*?«, fragte Charlotte misstrauisch.

»Hier. Er tippte mit dem Zeigefinger auf den Bildschirm. »Ist doch goldig, oder?«

Charlotte blickte in zwei herzige Knopfaugen und entspannte sich. »Das ist perfekt.«

Später am Tag erfuhr sie durch Veronika von einer Online-Redaktion, die noch eine Mitarbeiterin suchte, ganz in der Nähe ihr Büro hatte und erstaunlich gut zahlte. Charlotte zögerte nicht lange und schickte eine Bewerbung ab. Was hatte sie schon zu verlieren? Lethargische Kollegen, eine geistig umnachtete Chefin und Schülerinnen, die … Einen Moment lang meldete sich ihr Gewissen. So schlecht waren die Mädchen doch gar nicht. Besonders in der letzten Zeit. Aber darauf konnte sie jetzt keine Rücksicht nehmen. Denn falls, *falls* sie Doro wider Erwarten doch wiederfand, würde sie sich wohler fühlen, wenn sie sagen könnte, dass sie in einem kreativen Redaktionsbüro arbeitete. Und nicht immer noch als Lehrerin in schlecht gelüfteten Klassenzimmern herumsaß.

Am Mittwoch meldete sich Johannes, der sich mit seinem Wohnungetüm bei der Konkurrenz, einem Campingplatz in

Charlottenburg, eingemietet hatte. Er klang nicht sonderlich erpicht darauf, auf seinen eigenen Campingplatz zurückzukehren, und wollte unbedingt demnächst bei Charlotte vorbeikommen. »Wegen des Fotos«, erklärte er.

Am Donnerstag versuchte sie, Goethes *Werther* um die Hälfte zu kürzen und in Neusprech zu übersetzen, damit ihre Schülerinnen eine vage Vorstellung davon bekamen, worum es da eigentlich ging.

Und jeden Abend, nachdem Miriam ins Bett gegangen war, starrte Charlotte auf das Telefon und suchte nach Gründen, warum sie Richard anrufen könnte. Leider fiel ihr kein einziger ein. Was sollte sie auch sagen? *Wie geht es Arnie? Ich denke darüber nach, mir einen Blobfisch anzuschaffen? Hast du doch nichts mehr von Doro im Haus? Ich rufe nur an, um dir zu sagen, dass der Verrückte im Wohnwagen nicht mein Freund war, falls dich das interessiert?* Falls es ihn interessierte ... Die Wahrscheinlichkeit war eher gering. Sonst hätte er sich doch sicher schon mal gemeldet, immerhin hatte sie ihm ihre Telefonnummer gegeben. Und wem wollte sie was vormachen? Sie war dreiundvierzig, hatte ein Kind und keinen sonderlich spannenden Job. Richard war ein alleinstehender Tierarzt, der nicht nur gut aussah, sondern auch Humor hatte und zuhören konnte. So ein Mann war ein Frauenmagnet, so selten wie ein echter faustgroßer Hühnergott. Wahrscheinlich standen bei ihm jeden Tag die Singles und die Geschiedenen, ja wahrscheinlich sogar die Verwitweten mit ihren diversen Haustieren Schlange, nur damit er Fifi und Purzel und Mohrle und wie sie alle heißen mochten mit seinen sanften Händen berührte.

Am Freitag ging sie ihre alten Fotoalben durch, um ein Foto für Johannes herauszusuchen. Doro und sie in luftigen Sommerkleidchen, mit einem fremden Kaninchen im Arm, mit Ostereierkörbchen, unterm Tannenbaum, beim Laternelaufen, später mit genervtem Gesichtsausdruck bei Sonntagswanderungen, eine Weile lang mit Harald im Hintergrund, dem besserwisserischen Freund ihrer Mutter, den sie fast drei Jahre lang hatten ertragen müssen, ehe ihre Mutter endlich Vernunft angenommen und Harald hinauskomplimentiert hatte. Dann folgten ein paar Bilder von Doro mit wechselnden Haarfarben und ein paar Partyfotos, auf denen Leute mit jungen Gesichtern zu später Stunde in die Kamera blinzelten oder dösig grinsten, meist mit einem Bier in der Hand. Und ein letztes Foto gab es, auf dem sie beide Mitte zwanzig waren, ein paar Jahre vor dem großen Krach. Sie saßen dort in einem italienischen Restaurant unter Efeuranken und lachten in die Kamera, jede vor sich eine Portion Tiramisu. Das Bild war nicht eingeklebt, und Charlotte konnte sich beim besten Willen nicht mehr daran erinnern, wo das aufgenommen worden war, wahrscheinlich gab es das Restaurant ohnehin nicht mehr. Wie Doro jetzt wohl aussah? Immer noch so schräg? Was sie wohl machte? Sie musste doch irgendwo stecken. Ein Mensch hinterließ immer Spuren, Charlotte musste sie nur richtig deuten.

Und prompt hatte sie in dieser Nacht einen ausgesprochen wirren Traum, in dem sie an einem Aussichtspunkt an einer Steilküste neben einem krummen Baum stand und auf ein fremdes Meer blickte, das voller kleiner Schildkröten war. Aus dessen Tiefen erschien auf einmal der ADAC-Mann wie Neptun persönlich und rief mit donnernder Stimme: »Suche, und du wirst finden!« Charlotte erwachte schweißgebadet. Was wohl Katrin alias Kassandra dazu gesagt hätte?

Am Samstag rannte Miriam bei jedem Klingeln an die Tür, um das angekündigte Überraschungstier entgegenzunehmen, aber beim ersten Mal war es der Briefträger mit einem Päckchen für die Nachbarin und beim zweiten Mal waren es Phillips Eltern, die eine Platte mit Gebäck balancierten. Hinter ihnen stand Phillip und hinter Phillip ein gigantisches rosa Paket. Er musste es die Treppe hochgewuchtet haben, denn er wischte sich erschöpft mit dem Ärmel über das Gesicht.

»Na, hallo!«, grüßte Charlotte die drei Relikte aus ihrem früheren Leben. »Herein mit euch. Bringen wir ...« Es hinter uns, hätte sie beinahe gesagt. »Bringt eure Geschenke ins Wohnzimmer.«

Philipps Mutter trippelte vorsichtig herein und stieß beinahe gegen den Hometrainer, den Charlotte diese Woche aus seinem Verlies befreit hatte. Wenn er erst einmal im Weg stand, würde sie ihn vielleicht doch benutzen.

»Huch, wie eng«, bemerkte Phillips Mutter. »Da hattet ihr es in Mahlsdorf aber wesentlich geräumiger.« Sie schüttelte traurig den Kopf.

Charlotte krallte ihre Finger in den Fahrradsattel. Ruhig bleiben. Die Verhandlungen im Nahostkonflikt waren nichts gegen das, was ihr an diesem Nachmittag bevorstand.

Phillips Geschenk entpuppte sich als Drumset. »Hardware, Becken, Drumhocker, Stimmschraube, Stimmschlüssel – alles dabei«, erklärte er stolz und ignorierte Charlottes Bist-du-denn-von-allen-guten-Geistern-verlassen-Blick.

»Und von der Omi was fürs Sparschwein«, ergänzte seine Mutter und drückte Miriam ein paar Scheine in die Hand. »Das Kind hat es nicht einfach im Moment.«

»Mir geht es prima, Oma«, erwiderte Miriam erstaunt. »Aber

trotzdem danke. Und nachher kommt meine Überraschung, ich bekomme ein Tier!«

Phillips Mutter rümpfte unmerklich die vor einigen Jahren diskret operierte Nase. »Ei, wie hübsch. Einen Goldfisch?«

»Ich weiß es noch nicht. Das ist ja gerade die Überraschung.«

»Kaffee?«, fragte Charlotte laut und steuerte die Gesellschaft in Richtung Wohnzimmer, damit sie den Flur nicht so verstopften und ihn noch kleiner erscheinen ließen. Dann ging sie in die Küche und atmete tief durch.

»Ich helfe dir.« Phillip wich ihr in der Küche nicht von der Seite, reichte ihr Kaffeetassen aus dem Küchenschrank, als ob Charlotte zu klein dafür wäre, füllte mit großem Gedöns die Kaffeemaschine und fragte dann eilfertig: »Geht es dir gut?«

»Ja, es geht mir gut«, antwortete Charlotte.

»Wie heißt euer Haustier?«

»Es hat noch keinen Namen.«

»Magst du Kaffee oder Tee?«

»Kaffee. Phillip, was soll das werden? Deutschkurs Lektion eins?«

Er hob entschuldigend die Hände. »Ich will nur, dass es dir gutgeht. Ich verstehe immer noch nicht, warum du neulich einfach weggerannt bist.«

»Trüffelschweinchen«, sagte Charlotte nur.

Phillip winkte ab. »Die hat doch nichts zu bedeuten. Außerdem sind du und ich ja leider im Moment nicht mehr zusammen. Insofern kannst du mir keine Vorwürfe machen.«

»Aber wenn ich neulich geblieben wäre, wären wir das dann jetzt? Wieder zusammen?«

»Ich wünschte es mir.« Er sah sie mit seinem berühmten Verführerblick an, bei dem sie früher immer weiche Knie bekom-

178

men hatte. Jetzt fiel ihr zum ersten Mal auf, dass Philipp in diesem Moment aussah wie jemand, der Verdauungsprobleme hatte.

»Ich nicht.«

Sofort verzog er beleidigt das Gesicht. »Du hast jemanden kennengelernt, stimmt's? Du bist die ganze letzte Zeit schon so komisch. So anders.«

»Und wenn?«, versetzte Charlotte. Ja, sie hatte jemanden kennengelernt. Jemanden, der kleine Schildkröten liebte und sich um den traurigsten Fisch der Welt sorgte und der so ganz anders war als die ständig unter Strom stehenden Leute in Berlin. Und der sie wahrscheinlich schon längst wieder vergessen hatte.

»Das kann dir doch egal sein.«

»Ich muss ja wohl wissen, was für Typen hier rumlaufen. Schon wegen Miriam.«

»Hier laufen keine Typen herum.« Charlotte schnappte das Tablett mit den Tassen und ging schnell ins Wohnzimmer, bevor sie es noch an die Wand warf. Dort versuchte Phillips Vater das Drumset aufzubauen und war offenbar bereits am Hocker gescheitert.

»Wie soll denn das nur gehen?«, fragte er gerade und kratzte sich am Kopf.

»Du machst das schon.« Phillips Mutter stand am Fenster und sah hinunter auf die Straße. »Jetzt bekommt ihr auch noch Zigeuner ins Viertel«, bemerkte sie spitz. »Bald sitzt an jeder Ecke ein rumänischer Bettler. Dann kannst du Miriam nicht mehr allein rauslassen.«

»Wieso das denn? Das hier ist die Pappelallee und nicht Chicago.«

»Dort. Guck.« Phillips Mutter zeigte anklagend auf etwas unten auf der Straße. »Die fangen schon an, die Gegend zu vermüllen.«

Charlotte blinzelte ungläubig. Dort unten stand der Wohnwagen. *Der* Wohnwagen. Von Johannes. Was machte der hier, wieso parkte der in ihrer Straße, wollte der sie etwa bes- ... Es klingelte.

»Mein Tier«, rief Miriam begeistert und rannte los, um aufzumachen. »Ach, du bist es«, sagte sie kurz darauf. »Mama, der Johannes vom Campingplatz ist hier. Das ist aber schön, dass Johannes zu meinem Geburtstag kommt.«

»Johannes. Na, so was.« Mehr brachte Charlotte im Moment nicht heraus. Sein Aufzug war einzigartig. Er trug Pluderhosen wie ein persischer Sultan, ein Hemd, das offenbar aus Hanf oder Disteln gewebt worden war, ein kleines lila Käppi auf dem Kopf und eine in den Bart geflochtene Perlenschnur. Er sah aus wie Al-Kaidas schwule Fraktion. »Happy Birthday, Miriam«, rief er und hielt einen Karton hoch.

Phillips Mutter verfiel in eine Art Schnappatmung und wurde ganz blass, genau wie Phillip, der in diesem Moment mit der Kaffeekanne in der Hand aus der Küche kam.

»Oh, Kaffeetrinken«, sagte Johannes gutgelaunt. »Da komme ich ja gerade richtig.«

»Und Sie sind?«, fragte Phillip, ganz als ob er noch der Herr des Hauses wäre.

»Johannes«, stellte Charlotte ihn rasch vor. »Ein alter Schulfreund. Wir haben uns neulich wiedergetroffen.«

»Wiedergetroffen.« Phillips Mundwinkel zuckten spöttisch. »Aha.«

»Ich bekomme ein Tier zum Geburtstag«, verkündete Miriam aufgeregt. »Es wird gleich geliefert. Aber ich weiß noch nicht, was es ist. Ich sterbe gleich vor Aufregung, echt. Was meinst du, was es sein wird, Johannes? Und du, Papa?« Sie sah von einem zum anderen.

»Ein räudiger Straßenköter vielleicht?«, antwortete Phillip, ohne den Blick von Johannes zu lassen.

Aus dem Wohnzimmer ertönte ein Klirren und ein Fluchen.

»So ein Scheißding«, rief Phillips Vater. »Wie soll denn das nur zusammenpassen?«

»Oh, ihr bastelt was?«, fragte Johannes neugierig. »Das mach ich auch gern.«

»Was ist in dem Karton?«, fragte Miriam.

»Mach ihn einfach mal auf.« Johannes drückte Miriam den Karton in die Hand und begab sich ohne Eile ins Wohnzimmer.

»Also, wir wollten eigentlich im Familienkreis Kaffee trinken.« Phillips Mutter sah ihm pikiert hinterher.

»Genau. Und deshalb kann der Johannes gern bleiben.« Charlottes Augen verengten sich ein bisschen. Sie würde sich nicht länger von diesen Leuten herumkommandieren lassen. Nie mehr. Jahrelang hatte sie keinen Mucks von sich gegeben, um des lieben Familienfriedens willen, aber das war jetzt vorbei.

»Dein neuer Lover?«, zischte Phillip neben ihr. »Stehst du jetzt auf so was?«

»Auf was?«, zischte Charlotte zurück.

»Auf diesen Aladin-Öko-Look?«

»Johannes, was ist das denn?« Miriam hielt ratlos einen Wust aus getrockneten Zweigen hoch, den sie aus dem Karton befreit hatte.

»War der im Wald Reisig sammeln, oder was?«, murmelte Phillip.

»Die Rose von Jericho«, rief Johannes aus dem Wohnzimmer.

»Wenn du Wasser daraufgießt, wird sie wieder grün und lebendig. Ein kleines Naturwunder.«

»Wie hübsch«, sagte Charlotte laut und ließ Phillip einfach stehen.

Im Wohnzimmer saß Phillips Mutter regungslos auf der Couch, während ihr Mann mit Johannes auf dem Boden herumkroch und Schrauben aufsammelte.

»Also, nimm es mir nicht übel, Phillip«, sagte Phillips Vater, »aber das ist ein selten blödes Geschenk.«

»Wir haben es doch gleich«, sagte Johannes fröhlich. »Geben Sie mir mal die Stange dort.«

»Jetzt lasst mich doch mal ran.« Phillip schüttelte entnervt den Kopf und ließ sich neben Johannes auf dem Teppich nieder. »Ihr hättet ja auch mal warten können. Für einen Architekten ist das ein Klacks.«

»Wir sind eh fast fertig«, versetzte Phillips Vater.

Phillip riss ihm ohne eine Antwort den Schraubenzieher aus der Hand.

»Was man im Zorn anpackt, wird nie gut, mein Freund.« Johannes legte Phillip die Hand auf den Arm.

Die Verachtung in Phillips Augen verwandelte sich in schiere Panik, weil ihm dieser falsche Perser mit dem Perlenbart jetzt auch noch den Arm tätschelte. Er rutschte vorsichtig weg. Charlotte grinste und schenkte ihrer Exschwiegermutter, ohne zu fragen, die Tasse voll. Miriam ignorierte das Drumset und legte den getrockneten Grasbatzen in eine Schüssel, goss Wasser darauf und stellte sie auf den Tisch. Phillips Mutter zuckte zurück. »Puh«, stieß sie aus. »Wie ekelerregend. Ist das Dung?«

Es klingelte erneut, und Miriam sprintete zur Tür. »Mein Tier, Mama«, quietschte sie. »Mein Tier ist hier.«

Charlotte sprang auf und folgte ihr.

Im Flur stand der Kurier vom Tierladen und hielt eine kleine Kiste in der Hand, neben sich auf dem Boden einen großen Holzkasten mit Gitterdach und kleiner Treppe darin.

»Was ist es, Mama?«, fragte Miriam atemlos.

Der Kurier öffnete die kleine Kiste, griff behutsam hinein und holte ein mausgroßes Tier mit großen Augen und Ohren heraus, das sich ängstlich in seine Hand kuschelte. »Ein Kurzschwanzopossum«, sagte er. »Ein Mädchen übrigens, neun Wochen alt.«

»Ist die süß!«, rief Miriam hingerissen. »Oh, ist die süß!« Sie streckte ihre Hand aus und nahm das Opossum entgegen. »Ich werde dich Annabella nennen«, flüsterte sie zärtlich.

Der Kurier zwinkerte Charlotte zu, nahm sein Trinkgeld entgegen und lächelte daraufhin noch breiter und verschwand mit einem kurzen Tippen an einen imaginären Hut.

Miriam stand selig im Flur und streichelte das winzige Tier, während Charlotte schnell in die Küche ging, um die Packung mit den wild darin herumkriechenden Heimchen zu holen, die man ihr im Tierladen als Futter empfohlen hatte. Sie klaubte eins heraus und hielt es am Bein fest. Gott, was waren Heimchen ekelhaft. Wie eine Kreuzung zwischen Wespe und Büroklammer. Nie im Leben hätte sie sich noch vor einigen Wochen träumen lassen, so ein Ding anzufassen.

»Was ist es denn, Schätzchen?«, rief Phillips Mutter aus dem Wohnzimmer.

»Au, Scheißding, verdammtes!«, brüllte Phillips Vater. Ein ohrenbetäubendes Krachen ertönte, Miriam schreckte zusammen und rief plötzlich: »Annabella! Annabella, bleib hier!«

Alles, was Charlotte sah, war ein winziger brauner Schatten, der in Richtung Wohnzimmer flitzte.

»Mist«, fluchte sie, dann ertönte auch schon ein gellender Schrei.

»Eine Ratte!«, kreischte Phillips Mutter wie von Sinnen. »Eine Ratte ist auf dem Tisch!«

»Das ist doch Annabella, Oma«, verteidigte sich Miriam. Charlotte stürzte ins Wohnzimmer, wo sich Phillips Vater unter einem Haufen Metall hervorrappelte, Phillip sich fluchend auf den Daumen biss, Johannes danebenstand und geduldig eine Trommel hielt, wo die Rose von Jericho mittlerweile auf dem Teppich lag wie eine feuchte Perücke, weil Phillips Mutter die Schüssel vor Entsetzen vom Tisch gefegt hatte. Nun saß sie mit weit aufgerissenen Augen auf der Couchlehne, Charlotte wunderte sich, wie schnell sie dort hochgeklettert war. Von dem Opossum war nirgends etwas zu sehen.

»Annabella?«, rief Miriam kläglich.

Das Telefon klingelte, aber Charlotte ignorierte es. »Annabella«, rief sie ebenfalls und schnalzte mit der Zunge. »Fresserchen!« Sie bückte sich, um unter die Couch zu sehen, und stellte die Dose mit den Heimchen neben Phillips Mutter auf der Couch ab.

»Sind das etwa Kakerlaken?«, presste Phillips Mutter heraus. »Iiih. Was ist das?« Sie versuchte, vorsichtig von der Lehne zu klettern, rutschte ab und stieß dabei die Dose um. Die Heimchen stürzten sofort in die Freiheit, die ihrer Meinung nach offenbar unter dem Rock von Phillips Mutter zu finden war.

»Also, mir reicht es jetzt! Eckbert, kommst du?« Phillips Mutter stakste mit hochgerafftem Rock durch das Wohnzimmer, als ob sie ein Minenfeld durchquerte, zwei Heimchen folgten ihr interessiert.

Das Telefon klingelte immer weiter, dann ging der Anrufbeantworter an. »Hey, Charlotte. Hier ist Richard. Der Richard aus Rügen.«

Charlotte richtete sich ungläubig auf. Richard rief sie an? Sie ließ das Heimchen fallen, das sofort unter der Couch in Deckung ging, und hechtete zum Telefon, wobei sie auch noch das letzte aufrecht stehende Teil des Drumsets umstieß. Polternd ging es zu Boden. Phillips Vater und Phillip schrien sich an, nur Johannes ging in die Knie, um die Einzelteile wieder aufzuheben.

»Ja?«, keuchte Charlotte atemlos ins Telefon. »Ja, Richard? Ich bin es.«

»Charlotte, gut, dass du da bist.«

»Ja.«

»Mach mal den Fernseher an.«

»Was?«, fragte Charlotte verdutzt. Damit hatte sie am allerwenigsten gerechnet.

»Mach schnell. Auf MDR. Da läuft das Küchenduell.«

»Was? Was ist das?«, stotterte Charlotte. »Ich gucke nicht so oft Fernsehen.«

»Mach einfach an.«

»Tschuldigung.« Charlotte stieg über die herumrollenden Metallstangen am Boden und arbeitete sich zum Fernseher vor. Wo war die blöde Fernbedienung? Ach, da. Sie schaltete den Fernseher an, es lief gerade ein Western. »Die Rothäute sind im Anmarsch«, sagte ein Mann mit schiefem Lederhut und spuckte auf den Boden. »Das wird Smitherson noch bereuen.«

»Wieso musst du denn jetzt so einen Scheiß im Fernsehen gucken?«, rief Phillip fassungslos. »Spinnst du? Hilf doch mal lieber hier mit.« Draußen im Flur knallte die Wohnungstür zu.

Charlotte bemühte sich nicht mal um eine Ausrede oder

185

Antwort, sondern schaltete schnell um auf den MDR, wo gerade ein korpulenter Mann mit Robben-Schnauzbart Äpfel klein-schnitt. Ein anderer Mann in weißer Kochkluft stand daneben und fragte: »Und was kochen Sie heute für uns, Viktor?«

»Kartoffelsalat mit Rauke und Parmesan«, antwortete der Schnauzbärtige. »Und dazu Schweinebraten mit Apfel-Apriko-sen-Pistazien-Füllung.«

Ein genussvolles Raunen ging durch das Publikum.

»Hast du es?«, fragte Richard.

»Ja, ein Mann, der bei einer Kochshow mitmacht. Was ist mit dem?«, fragte Charlotte. Was sollte das?

»Okay. Siehst du, was er anhat?«

»Ein schwarzes Kapuzenshirt, ja. Mit irgendwas draufge-schrieben. Bisschen alt ist er dafür, wenn du mich fragst.«

»Okay. Was da draufsteht, ist: *Vegetarians are just lousy hunters.*

»Vegetarier sind nur miese Jäger«, übersetzte Charlotte auto-matisch. »Ja und?«

»Und neben dem Spruch ist das Bild eines kichernden Wild-schweins, siehst du das?«

»Ja doch.«

»Das ist Doros Kapuzenshirt. Ich hab ihr das geschenkt. Das hab ich ihr damals auf dem Markt anfertigen lassen. Man konnte Sweatshirts mit eigenen Sprüchen und Bildern bedru-cken lassen, und ich hab ihr das machen lassen, weil ich sie da-mit geneckt habe, dass sie Vegetarierin ist.«

Charlotte betrachtete sprachlos den Mann auf dem Bild-schirm, der verzweifelt versuchte, die immer wieder heraus-quellende Füllung zurück in den Braten zu stopfen. Wieso hatte der Doros Kapuzenshirt an? Wieso passte dem das? Wer *war* das? »Aber der Typ da ist kein Vegetarier, der kocht gerade

Schweinebraten. Und woher soll er das haben? Wieso passt dem das?«

»Es ist Größe XL. Das weiß ich noch genau, es war die einzige Größe in Schwarz, die sie damals hatten. Es war ja auch nur als Gag gedacht, nicht richtig zum Anziehen. Aber auf jeden Fall ist das ihres. Woher er das hat – keine Ahnung. Aber er kann sie ja nach mir getroffen haben.«

»... und jetzt reibe ich noch Meersalz in die Haut, damit das Ganze schön knusprig wird«, erklärte gerade der Schnauzbärtige. »Das wird kross und lecker.« Er hob die rechte Handfläche, um dem Moderator einen High Five zu geben, traf aber nur das Mikro. Es quietschte laut, ein paar Leute lachten. »Kross und lecker«, wiederholte der Mann tapfer.

»Das kann nicht sein«, flüsterte Charlotte. »Was soll Doro denn mit *dem* zu tun gehabt haben? Vielleicht hat er das Sweatshirt ja aus dem Secondhandladen. Oder aus der Altkleidersammlung. Vielleicht hat er es irgendwo gefunden und mitgenommen. Vielleicht hat seine Freundin es irgendwo gefunden und mitgenommen, und er hat es sich heute Morgen nur schnell übergeworfen. Es gibt tausend Gründe, warum er das haben könnte.«

»Glaube ich nicht. Der Mann tritt gerade im Fernsehen auf. Da schmeißt man sich nicht schnell morgens was über. Es gibt einen Grund, warum er gerade das angezogen hat. Vielleicht ist Doro seine Frau? Vielleicht guckt sie jetzt gerade zu, wie er kocht? Vielleicht sitzt sie ja im Publikum? Keine Ahnung. Aber ich dachte, du freust dich?« Richard klang ein bisschen enttäuscht.

»Ja, ich freue mich total!«, sagte Charlotte hastig. »Total. Ich bin nur so ... überrascht.« Sie scannte das Publikum im Fernsehen, das mehrheitlich aus drallen Frauen mit wild gesträhnten Kurzhaarfrisuren bestand, abgesehen von dem einen oder anderen Ehemann, der wahrscheinlich nur mitgekommen war, weil es was zu probieren gab. Sollte eine davon etwa Doro sein? Die Kamera schwenkte leider wieder weg.

»Mama, Annabella ist unter der Rose.«

»Was ist das denn für ein Lärm bei euch?«, fragte Richard.

»Meine Tochter hat Geburtstag.« Aus den Augenwinkeln beobachtete sie Miriam, die gerade versuchte, die Rose von Jericho einzufangen, welche wie ein Vogelnest auf Beinen durch das Wohnzimmer preschte. »Sie hat ein Kurzschwanzopossum bekommen.« Es war schneller heraus, als Charlotte beabsichtigt hatte. Aber nun war es gesagt. Er konnte mit dieser Information anfangen, was er wollte.

»Ach ja?«, sagte Richard. »Habt ihr das Tier schon beim Tierarzt untersuchen lassen? Ob alles in Ordnung ist?«

»Es ist ja gerade erst hier eingetroffen.« Draußen knallte erneut die Wohnungstür. Phillip war ebenfalls weg.

»Na, weißt du, wenn du willst, kann ich ja mal vorbeikommen. Ich bin am Sonntag in Berlin, weil, also ...« Er murmelte etwas. »Ich könnte es mir mal ansehen, wenn ihr wollt.«

»Sie. Es ist ein Mädchen«, antwortete Charlotte. Miriam hatte endlich Annabella gefangen und streichelte selig das kleine Tier. »Sie heißt Annabella.«

»Annabella.«

Charlotte hätte schwören können, dass Richard sich das Lachen verkniff. »Lachst du?«

»Aber nein. Das ist klasse. Wie sollte ein Opossum denn sonst heißen?«

Plötzlich war die Welt wieder in Ordnung. Richard hatte sich gemeldet und würde am Sonntag zu ihnen kommen. Sie würde ihn tatsächlich wiedersehen!

»Fertig«, sagte eine Stimme hinter ihr. Sie fuhr herum. Johannes. Er hatte das Drumset komplett aufgebaut.

16

»Danke, dass du fährst.« Charlotte lehnte sich entspannt im Auto zurück. »Gestern war ich noch fest entschlossen, selbst zu fahren, aber als ich heute Morgen dieses Mistwetter gesehen habe ... Ich fahre echt nicht gern Autobahn, schon gar nicht im Platzregen.« Sie verstummte. Der Regen hatte längst schon wieder aufgehört.

Aber Veronika tat, als hätte sie das schöne Wetter nicht bemerkt. Eine wahre Freundin. »Weiß ich doch. Kein Thema. Hätten wir schon früher mal machen sollen. Weiberabend in Dresden.« Veronika sah in den Rückspiegel, um dann geschickt die Spur zu wechseln. »Außerdem will mein Markus von diesem Viktor alle Rezepte haben. Am liebsten wäre Markus ja noch mitgekommen. Sonst noch was?« Sie rollte mit den Augen, dabei wussten sie beide, dass Veronikas gemütlicher und stets gutgelaunter Mann so hinderlich wie ein 100-Euro-Schein gewesen wäre.

»Ich will die Rezepte auch.« Charlotte grinste. Die Identität dieses Viktor herauszufinden hatte keine zehn Sekunden gedauert. Der Mann wollte gefunden werden, und er war überall. Nachdem Charlotte sich die Kochshow einen Tag später noch einmal in Ruhe im Internet angesehen und die Namen der Kandidaten erfahren hatte, war der Rest ein Kinderspiel gewesen.

190

Viktor Kosslowski wohnte in Dresden und verbrachte sein Leben entweder am Kochtopf oder im Internet, wo er die Ergebnisse seiner kulinarischen Experimente zur Schau stellte. Er betrieb einen Blog namens *Kossis Köstlichkeiten*, er hatte eine Fanpage auf Facebook, er tummelte sich in allen Foren, die irgendetwas mit Kochen zu tun hatten, und stritt sich dort bis aufs virtuelle Blut mit anderen Leuten darüber, wie man Hummerschwänze am elegantesten aufknackte, wie lange ein Soufflé backen musste, damit es die perfekte Konsistenz hatte und nicht wie Spachtelmasse klebte, und wie man die hohe Kunst des Roastbeefs perfektionierte. Sein Benutzername im Internet war *Kitchendevil*.

»Wenn Doro mit dem verheiratet ist, dann ziehe ich bei den beiden ein«, sagte Charlotte. »Ich meine – der Mann trocknet seine eigenen Tomaten in der Sonne, stellt sein eigenes Konfekt her und backt seinen eigenen Weihnachtsstollen! Gibt es so etwas wirklich?«

»Klar.« Veronika fuhr mit schlafwandlerischer Sicherheit auf die A4. »Wahrscheinlich baut er auch seinen eigenen Kaffee in einem Gewächshaus an, braut sein eigenes Pilsner und presst sein eigenes Olivenöl. Würde Markus auch, wenn ich ihn ließe. Aber der muss erst mal bisschen abspecken, der ist zu schwer.«

»Jetzt lass den Armen doch essen. Du willst schließlich nur mit ihm ins Bett und nicht auf dem Spielplatz mit ihm wippen.«

Sie glucksten beide.

»Und fahr schneller«, sagte Charlotte. »Wir wollen doch pünktlich zum Kaffeetrinken dort sein.«

»Hoffentlich ist dieser Viktor, Kossi, wie auch immer, auch da. Es ist Freitag, vielleicht ist er ja übers Wochenende weggefahren.« Veronika gab Gas.

»Glaube ich nicht. Er hat auf seinem Blog ein asiatisches Menü angekündigt, das er dieses Wochenende kochen will. Da wird er ja sicher zu Hause sein.«

»Warum hast du ihn denn nicht angerufen?«

»Weil ich nicht wollte, dass er mich gleich am Telefon abschmettert wie dieser Bauer aus Rügen. Es klingt ja auch ziemlich irre. *Entschuldigen Sie bitte, aber ich habe im Fernsehen gesehen, dass sie das Sweatshirt meiner Schwester anhaben. Wie sind Sie eigentlich darangekommen?* Da denkt er doch, ich bin eine Stalkerin, und legt gleich wieder auf. Nein, persönlich ist besser. Ich habe auch Fotos von Doro mit. Aber vielleicht brauche ich sie ja gar nicht. Vielleicht ...« Charlotte brach ab.

»Vielleicht wohnt sie dort?« Veronika sprach aus, was Charlotte dachte.

»Hm.« Nichts im Blog hatte auf Doros Existenz im Leben dieses Mannes hingedeutet. Aber er war verheiratet, das wusste Charlotte. Eins seiner Rezepte war nämlich eine »Schokoladentorte für die beste Ehefrau der Welt«. Und sie hatten Kinder, auch noch einen ganzen Haufen, wie es schien. Auf *Kossis Köstlichkeiten* gab es eine eigene Kategorie für Kinderrezepte. Käpt'n-Blaubeer-Pfannkuchen, Goldmarie-Spaghetti und Ähnliches. Aber war Doro diese beste Ehefrau? Es passte vorn und hinten nicht. Genau wie Charlotte sich ihre Schwester nicht auf einem Bauernhof hatte vorstellen können, gelang es ihr auch jetzt nicht, sich Doro an einem großen Holztisch in der Küche vorzustellen, umgeben von einer Kinderschar, die Berge von Pfannkuchen verschlang. Und vor allem nicht, wenn die Pfannkuchen von diesem schnauzbärtigen Viktor mit einem ungeschickten High Five und einem »Kross und lecker« serviert wurden. Es schien völlig unmöglich. Oder doch nicht?

»Wer passt eigentlich auf die Ratte auf?«, fragte Veronika und bog links ab.

»Miriam hat sie mit zu ihrer Freundin genommen. Und es ist ein Opossum.«

»Komm. Ist auch nur 'ne glorifizierte Ratte.« Veronika winkte ab. Sie hatten die Autobahn verlassen und fuhren durch die Dresdner Außenbezirke. »Ich borge sie mir mal, wenn meine Schwiegereltern zu Besuch kommen.«

»Ich gebe dir noch ein paar Heimchen dazu. Die feiern wahrscheinlich gerade Sexorgien in meinem Wohnzimmer. Bald laufen ganze Großfamilien da herum.« Gelegentlich war in den letzten Tagen noch ein verirrtes Heimchen durch das Wohnzimmer gewandert, und Charlotte hoffte inständig, dass die Biester sich nicht in ihrer Wohnung vermehren würden.

»Gönn ihnen ihr Liebesglück. Immerhin haben sie den Schwiegerdrachen in die Flucht getrieben.«

Das stimmte allerdings. Phillips Eltern hatten sich seit dem chaotischen Geburtstag in die selbstgewählte Verbannung zurückgezogen, was Charlotte mit Triumph erfüllte. Phillip war beleidigt abgezischt, als klar wurde, dass Johannes nicht so schnell wieder verschwinden würde. Johannes selbst war erst am Vortag schweren Herzens mit diversen Strafzetteln wegen Falschparkens und Fotos von Doro wieder abgereist und hatte seitdem täglich angerufen, um Neuigkeiten zu erfahren.

»Okay. Ich glaube, da vorn ist es.« Veronika bog in eine Straße mit aufwendig restaurierten Jugendstilhäusern ein. »Wow. An Geld mangelt es denen auf jeden Fall nicht.«

Charlotte sah stumm aus dem Fenster. Stuckfassaden, hohe Eingangstüren, große Etagenwohnungen, garantiert mit Parkett. Sollte ihre Schwester tatsächlich hinter diesen edlen Mauern wohnen? War sie doch eine erfolgreiche Sängerin geworden? Charlotte verfolgte die Charts schon ewig nicht mehr, es war also durchaus möglich. In diesem Moment wäre Charlotte am liebsten wieder umgekehrt. In ihre heimchenverseuchte Altbauwohnung mit tröpfelndem Wasserhahn und quietschenden Dielen.

Veronika quetschte sich in die letzte Parklücke zwischen einen Smart und einen Audi. »Was denn? Keinen Hunger?«, fragte sie, als Charlotte keine Anstalten machte aufzustehen.

»Doch.«

»Und wenn er uns nichts Gescheites serviert, dann holen wir das heute Abend nach.« Veronika knallte die Fahrertür zu. »Es gibt nämlich was zu feiern. Robert von der Online-Redaktion hat mir gesteckt, dass sie dich wahrscheinlich haben wollen.«

»Im Ernst?« Charlotte konnte es nicht fassen.

»Im Ernst. Und da machen wir einen drauf. Ein bisschen wenigstens. Wir wollen ja nicht, dass du am Sonntag wie ein Zombie aussiehst. Wenn der Landarzt einrückt, um die Ratte zu untersuchen.«

»Mensch, du! Das ist ein Opossum, wie oft denn noch!« Charlotte musste lachen.

»Na ja, was auch immer. Hauptsache, du ziehst am Sonntag das hier wieder an.« Veronika tippte anerkennend auf Charlottes neue Bluse. »So bunt kenne ich dich ja gar nicht. Das steht dir gut.«

Charlotte war heute Morgen selbst ganz überrascht gewesen, wie gut sie in Bunt aussah. Ganz und gar nicht wie eine debile Puszta-Magd, wie Phillip die Trägerinnen solcher Blusen immer nannte. Und mit Veronika an ihrer Seite konnte nichts schiefgehen. Auch wenn hinter dieser Protzfassade Doro lebte. Und sie vielleicht gar nicht sehen wollte ...

Familie Kosslowski stand auf dem Schild an der Tür. Es war stümperhaft aus Ton geknetet, gebrannt und bemalt – eins dieser Produkte, bei denen der Hersteller komplett falsche Erwartungen beim Käufer hervorrief, indem er Fotos von elegant geformten Figürchen oder strahlenden Kleinkindern mit niedlichen Anhängern auf der Packung abbildete, und wo das Endprodukt nach langwierigem Gefummel und einer versauten Küche in Wahrheit eben doch nur einer zertretenen Blutwurst ähnelte. Ein Plakat mit dem Foto frischer Küchenkräuter hing im Treppenhaus, daneben konnte man eine Galerie krakeliger Kinderzeichnungen bewundern, darunter standen dreckige Gummistiefel und zwei mit Sand gefüllte Eimerchen. Eins der Krakelbilder zeigte sechs Männchen mit psychedelischen Spiralaugen, die sich an den Händen hielten und über dem Boden schwebten. Das dickste Männchen von allen hatte wilde braune Kraushaare, einen blauen Rock und Arme, so lang und breit wie Stahlträger. *Mama,* stand darunter. War das etwa Doro? Hinter der Tür konnte man Kinderstimmen hören, sie sangen: »Hey, Pippi Langstrumpf, falleri, fallera, faller hopsasa!«

Veronika zog die Augenbrauen hoch. »Villa Kunterbunt?«, flüsterte sie.

Charlotte zuckte unsicher mit den Schultern und drückte auf die Klingel. Jetzt oder nie. Sie hatte das ja nun schon ein paarmal hinter sich, aber immer noch zitterten ihr ein bisschen die Knie bei dem Gedanken, plötzlich ihrer Schwester gegenüberzustehen. Die Tür ging auf. Es war nicht Doro. Es war der Mann aus dem Fernsehen, diesmal trug er eine weiße Schürze mit dem Aufdruck *Chefkoch.*

»Ja, bitte?«, fragte er.

»Sie sind doch Viktor Kosslowski? Der mit dem Koch-Blog?«, fragte Charlotte. Ihre Stimme klang auf einmal ganz belegt.

»Fans?«, fragte der Mann zurück. Ein breites Grinsen breitete sich in seinem Gesicht aus. »Fans! Ich wusste es. Was hat den Ausschlag gegeben? War es die Rote Grütze mit Preiselbeeren von letzter Woche? Oder die Kastanienmousse?«

Ein kleines Mädchen mit Zöpfen erschien hinter ihm. Sie war nur mit Strumpfhosen bekleidet und hielt etwas in der Hand, das wie eine dicke Albinomöhre aussah. Charlotte suchte sofort in den Zügen des Kindes nach Doro, fand aber keinerlei Ähnlichkeit. Das Mädchen steckte die Möhre in den Mund, biss darauf und fing an zu brüllen.

»Henni, das sollst du doch nicht essen. Das ist ein Daikon-Rettich, verdammt noch mal.«

»Ja, wir sind schon so was wie Fans«, erklärte Charlotte über das Gebrüll hinweg, »aber uns geht es um etwas anderes.«

»Haben Sie Kinder?«, fragte der Mann entnervt und versuchte, dem Kind den Rettich aus den Fingern zu winden. »Ich sag's Ihnen, manchmal, da könnte ich hier glatt ... Nein! Das ist Papis Rettich! Lass los!«

»Das ist Retti! Das ist mein Retti!«, schrie das Kind.

»Es geht um Ihren Pullover«, sagte Veronika laut, genau in dem Moment, in dem Charlotte »Es geht um Ihre Frau« rief.

»Um den Pullover meiner Frau?«, fragte der Mann verständnislos. Er hatte sich den Rettich zurückerobert, das Mädchen warf sich zeternd auf den Boden. »Was wollen Sie denn mit Julianes Pullover?«

Juliane. Nicht Doro. Charlotte fühlte sich erleichtert und dennoch irgendwie leer. Wieder ein Schuss in den Ofen.

»Genau genommen geht es um das Sweatshirt, das Sie im Fernsehen anhatten«, erklärte Veronika schnell.

Das breite Lächeln des Mannes schrumpfte ein wenig und machte einem Hauch von Misstrauen Platz. Charlotte nahm es ihm nicht einmal übel. Es kam schließlich nicht alle Tage vor, dass zwei Frauen am helllichten Tag an der eigenen Wohnungstür klingelten und nach einem Kleidungsstück fragten, das man vor kurzem angehabt hatte. Das konnte alles Mögliche bedeuten. Kaufhausdetektive, die einen Diebstahl verfolgten. Kripo und Spurensicherung, die nach Blutflecken suchten. Verrückte Fetischisten, die alles, was schwarz war, berühren mussten. Militante Anti-made-in-China-Gruppierungen. Feministinnen, die eine Rechnung mit Männern in Kapuzenpullovern offen hatten.

»Was ist damit?«, fragte er vorsichtig.

Charlotte wühlte in ihrer Handtasche nach einem Bild von Doro. »Hat diese Frau Ihnen das geschenkt?« Sie hielt eins der letzten Doro-Bilder hoch und kam sich nun wirklich vor wie eine Kriminalkommissarin.

»Ja. Warum? Denken Sie, ich hab das Ding geklaut, oder was? Es ist nur ein ganz normales Kapuzenshirt, die gibt's beim Aldi für 5,99, wenn Sie Glück haben, und außerdem ist es uralt, ich verstehe nicht, warum ...«

»Ja?«, wiederholte Charlotte glücklich. »Haben Sie gerade ja gesagt?«

»Ja, ich habe ja gesagt«, wiederholte der Mann ein bisschen lauter und deutlicher und sah beschwörend zu Veronika, vielleicht in der Hoffnung, dass diese sich als Charlottes Betreuerin entpuppen und Charlotte mit beruhigenden Worten wieder die Treppe hinunterführen würde. Doch Veronika lächelte nur aufmunternd.

Dankbar schüttelte Charlotte ihm seine großen Hände, die immer noch den Rettich umklammerten. Sie konnte einfach nicht anders. »Danke! Wann? Wann war das? Das war meine Schwester. Doro ist meine Schwester, ich suche sie. Wissen Sie, wo sie ist?«

»Langsam, langsam.« Der Mann schob sie vorsichtig weg und gab den Rettich geistesabwesend wieder dem Mädchen zurück. Das schleifte ihn glücklich über den Boden und verschwand im Inneren der Wohnung. »Jetzt noch mal von vorn, wer sind Sie genau?«

Charlotte erzählte ungeduldig zum gefühlten hundertsten Mal ihre Geschichte, der Mann nickte ab und zu bedächtig und sagte, als sie fertig war: »Die Charlotte sind Sie also. Von der hat sie viel erzählt, die Doro.«

»Ach ja?«, stieß Charlotte ungläubig hervor. »Hat sie das wirklich?« Doro hatte von ihr erzählt. Sie hatte ihre Schwester nicht totgeschwiegen, wie Charlotte das die letzten elf Jahre lang getan hatte.

Der Mann schien einen Moment lang zu überlegen. Dann hellte sich sein Gesicht wieder auf. Ihm war wohl etwas eingefallen. »Jetzt kommen Sie, ach was: ihr, kommt ihr doch erst mal rein, Mensch. Ich bin der Viktor. Ihr kommt mir ehrlich gesagt gerade wie gerufen. Wir können gleich über alles reden, ihr müsst mir nur mal kurz helfen, wäre das okay? Wollt ihr was essen?« Er wirkte wie verwandelt. »Ihr könnt alles kosten, das passt prima. Kommt rein. Oder habt ihr keinen Hunger?

»Also, so ein bisschen könnte ich schon ...«, murmelte Veronika. Sie knuffte Charlotte von hinten in den Rücken.

»Also, ehe ich mich schlagen lasse ...«, murmelte auch Charlotte. Aus den Augenwinkeln sah sie Veronika grinsen. Sie hatten beide extra seit dem Frühstück nichts mehr zu sich genommen.

»Na dann. Ich bin ja froh, wenn hier mal jemand zu Besuch kommt, der größer als einen Meter ist.«

Charlotte lief hinter ihm durch den Flur und nahm kurz ein Familienfoto hoch, um es zu betrachten. Darauf waren Viktor, eine mollige Frau mit wilden Locken und vier kleine Kinder zu sehen, zwei davon offenbar Zwillinge.

»Finger weg!«, blaffte Viktor.

Charlotte hätte beinahe das Bild fallen gelassen, aber er meinte gar nicht sie. Er meinte einen winzigen kleinen Jungen in Windelhose, der auf den Küchentisch geklettert war und dort Erdbeeren aus einem Korb holte und auf den Boden warf.

»Wow!«, sagte Veronika. »Tolle Küche.«

Charlotte blieb die Luft weg. Die Küche war ein Traum aus Chrom und Holz und poliertem Stein. Dennoch wirkte sie nicht kalt, wie das bei Designerküchen meist der Fall war, sondern voller Leben, was wahrscheinlich hauptsächlich an den vier herumwuselnden Kindern in verschiedenen Stadien des Angezogenseins lag. Viktor begab sich zu der frei stehenden Kochinsel, die als Arbeitsplatz und gleichzeitig Essplatz diente. Dort standen ein aufgeklappter Laptop und verschiedene Teller und Schüsseln mit diversen Zutaten. »Ich versuche schon die ganze Zeit, ein Video aufzunehmen«, erklärte er. »Diese Dumpfbacken beim Fernsehen haben mich nicht in die nächste Runde aufsteigen lassen. Haben diese Zicke mit ihrem Lachs genommen. Lachs mit Orangen, wie einfallslos. Das hat schon meine Oma gekocht! Aber denen zeige ich es. Kossi wird ein Sternekoch der Superklasse. Wie Gordon. Gordon Ramsay, kennt ihr den? Der immer alle so anschreit? Der hätte der Zicke den Lachs mit Orangen vor die Füße geschmissen, das sage ich euch.« Er regte sich immer mehr auf.

»Ich esse gar nicht so gern Lachs«, sagte Charlotte rasch, damit er sich wieder beruhigte.

»Genau«, rief er glücklich. »Völlig überbewertet, das Zeug.«

Charlotte nickte. Veronika berührte interessiert eine Mandelmühle. »Antik«, hauchte sie zu Charlotte.

»Gordon ist mein Vorbild. Wo der ist, da will ich hin. Und wenn ich es nicht bei der Show geschafft habe, dann werde ich eben im Alleingang berühmt. Ich stelle jede Woche ein Video von mir ins Internet und lasse die Leute da draußen selbst entscheiden. Wenn mir eine Million Leute folgen, wird das Fernsehen schon noch an meiner Tür winseln. Und dann sage ich: ›Fuck off, Fernsehen.‹ Sagt Gordon auch immer, da haben wir noch etwas gemeinsam. So, und jetzt zum Video. Ella, die Brille gehört nicht in den Mixer. Timmy, Radieschen aus den Ohren! Henni, der Rettich ist keine Puppe, zieh ihm das Kleid wieder aus. Ida, Finger aus dem Fleischwolf!«

»Es geht mich ja nichts an«, sagte Veronika, »aber warum machen Sie das ausgerechnet heute, wenn Sie mal freihaben mit den Kindern?«

»Freihaben?« Viktor brach in polterndes Gelächter aus. »Ich habe *nie* frei. Ich hab den Erziehungsurlaub übernommen, damit Juliane sich auf ihre Karriere konzentrieren kann. Sie ist Investmentbanker.« Er hackte eine Möhre in kleine Stückchen. »Und ich bin Hausmann und pass auf unsere vier Kinder auf. Henni und Ida, die Zwillinge, dann Ella, unsere Große, und Timmy, unser Kleinster.« Er sah sich um, stutzte und zählte die Kinder. »Ach doch, sind noch alle da. Aber Hausmann bin ich nicht mehr lange. Dann habe ich meine eigene Show im Fernsehen. Oder im Internet. Was ja bald dasselbe sein wird.« Er quetschte zwei Zitronen aus, als ob es die Köpfe der Intendanten beim Fernsehen wären.

»Meine Schwester ...«, setzte Charlotte an, aber Viktor winkte ab. »Gleich, Leute, gleich. Die Chance kommt nicht so schnell wieder. Ihr müsst nur die Kinder in Schach halten, damit ich endlich diese letzte Szene für heute filmen kann.« Er schnappte das Kind in Windelhosen und hob es hoch. »Gibst du mir mal im Austausch das Basilikum?«, fragte er und reichte Charlotte den kleinen Jungen über den Tresen.

Charlotte griff wie ferngesteuert nach den Kräutern, gab sie Viktor und nahm dafür das Kind entgegen. Viktor stellte das Kräutertöpfchen neben sich und klickte etwas auf dem Computer an. »Und Action.« Sein Gesicht glättete sich, wurde einschmeichelnd und geschäftsmäßig. »Hallo, meine zahlreichen Zuschauer, hier kocht er wieder, euer Kossi. Und was gibt es heute? Frühlingsröllchen mit Knusperente und Basilikum. Lecker und kross!« Er lachte.

»Papa«, quengelte eins der Kinder, Henni in der Strumpfhose. »Papa, guck mal, was ich habe.«

Charlotte und Veronika bildeten eine menschliche Barriere, um die Kinder nicht vorbeizulassen, und beobachteten dabei fasziniert, wie Viktor in rasanter Geschwindigkeit schnitt und rollte und mischte. »Ich hab hier schon die Füllung für die Röllchen vorbereitet, eine leckere Mischung aus Ente, Zitronengras, Mango, frischem Koriander und Basilikum und ...«

»... Popel!«, rief Henni. »Popel, Papa, guck!«

Viktor zuckte leicht zusammen, lächelte aber munter weiter. »... und dann rolle ich das Ganze so zusammen, ganz flott geht das. Und nun noch die Sauce.«

Die Kinder drängelten und schoben wie wutgeladene Demonstranten, um zu ihrem Vater zu kommen. Gleich würden sie anfangen zu heulen.

»Das Reispapier muss dünn sein, dann wird es knuspriger und ...«

»Ich will auch in das Video«, rief das Mädchen namens Ella.

»Ich will auch was sagen! Ich hab ...« Sie durchbrach erfolgreich die Barriere, rannte zu ihrem Vater und schob ihr Gesicht vor die Webkamera. »Ich hab nämlich Läuse! Seit gestern!«

Viktor ließ entnervt die Schultern sinken. »Ich geb's auf«, stöhnte er. »Ich mach das am Sonntag, wenn Juliane Kinderdienst hat.« Er band sich die Schürze ab, knüllte sie zusammen und wusch sich die Hände. »Also. Was war mit dem Pullover?«

Etwas später saßen sie einigermaßen ruhig vor einem Haufen delikatester Frühlingsröllchen, während die Kinder vor dem hellen Auge des Fernsehers dahindämmerten.

»Doro hab ich vor, wartet mal, sechs Jahren getroffen. Vor Juliane natürlich. Ich habe da so einen Kurs mitgemacht – ayurvedische Küche. Den hat Doro gegeben.«

»Was?«, fragte Charlotte perplex. »Doro hat Kochen unterrichtet? Sie war also keine Sängerin?«

»Sängerin? Nee.« Viktor schüttelte so amüsiert den Kopf, als hätte Charlotte sich danach erkundigt, ob Doro in jener Zeit sonntags auf Wildschweinjagd ging.

Keine Sängerin. »Und vor sechs Jahren – wo war sie denn in den vier Jahren davor? Die letzte Spur, die ich habe, liegt beinahe elf Jahre zurück.«

»Na, in Indien natürlich«, erwiderte Viktor erstaunt. »Deswegen auch das ayurvedische Kochen. Was übrigens nicht so mein

Fall ist, ehrlich gesagt. Fleisch ist doch die Würze des Lebens, seien wir doch mal ehrlich. So ein knuspriger Schweinebraten ...« Er schloss genießerisch die Augen. »Oder ein saftiges Steak ... Immer nur Kardamombrühe und Linsen machen auf Dauer nicht glücklich.«

»Doro«, erinnerte Charlotte ihn rasch, bevor er wieder abschweifte.

»Ja, wir haben uns bei Bockshornkleesuppe kennengelernt, sozusagen. Wir waren ein paar Monate zusammen, haben viel gekocht und so, aber das Richtige war es dann doch nicht. Doro war so ruhelos. Die wollte sich nicht fest binden. Hatte irgendwelche Schuldgefühle, was weiß ich.«

Das Mädchen namens Ella kam ins Zimmer. »Die Henni nervt«, sagte sie. »Die macht mir alles nach.«

»So sind kleine Schwestern eben«, erwiderte Viktor. »Nimm es als Kompliment.«

»Was?« Das Kind kaute verständnislos auf seiner Lippe.

»Als ... also, sieh mal – es ist doch schön, wenn Henni so sein will wie du.«

»Nein, ist es nicht«, widersprach die Kleine.

Genau, dachte Charlotte unwillkürlich. Es nervt einen. Man kann nichts alleine machen, weil immer so eine halbe Portion hinter einem herdackelt. Und wenn man dann mal nein sagt, dann heulen sie und petzen und schmollen.

Henni erschien ebenfalls und streckte ihre Arme aus.

»Henni, jetzt lass mal die Ella einfach in Ruhe, okay?«, sagte Viktor zu ihr.

Die Unterlippe des kleinen Mädchens fing an zu zittern. »Aber ich liebe die Ella«, sagte es. »So sehr.«

»Ach Gottchen«, machte Veronika gerührt. Sie hatte drei

pubertäre Jungs zu Hause, die momentan nur wie Neandertaler miteinander kommunizierten. Mit Grunzen und Fäusten.

Und plötzlich sah Charlotte Doro in diesem kleinen Kind. In den verrutschten Strumpfhosen, mit der Rotznase und den ausgestreckten Ärmchen. *Aber ich liebe dich so sehr, Charlotte. Deshalb will ich so sein wie du!* Sie hatte immer geglaubt, Doro wollte sie ärgern. Nerven. Aber vielleicht war das ja gar nicht der Fall gewesen?

»Was hat Doro denn über mich so erzählt?«, fragte Charlotte, um einen gleichgültigen Ton bemüht. Sie schielte nervös zu Veronika. Sie hatte ihrer Freundin noch nicht erklärt, warum sie keinen Kontakt mehr mit Doro hatte. Es war irgendwie nie der richtige Zeitpunkt gewesen. Nein, das stimmte nicht. Charlotte wollte erst ihre Schwester finden, selbst mit ihr reden. Erst dann würde sie mit anderen Leuten darüber sprechen. Vielleicht.

»Sie hat mir erzählt, dass du als Lehrerin arbeitest. Oder gearbeitet hast? An einer Berufsschule oder so? Und dass sie das niemals könnte, vor allem heutzutage nicht, wo die Jugendlichen immer frecher und abgebrühter werden. Aber dass du die Geduld dafür hast. Das fand sie toll.«

Charlotte wusste vor Überraschung nicht, was sie sagen sollte. Daher schwieg sie beschämt. Doro musste sich ganz schön verändert haben, wenn sie so etwas geäußert hatte. Und es entsprach auch nicht der Wahrheit, leider. Erstens waren die Jugendlichen heute nicht frecher als in den Jahren zuvor, sie waren einfach orientierungsloser. Überfordert von der sich rasend verändernden Gesellschaft. Und dadurch anstrengender. Und sie, Charlotte, brachte auch beileibe keine Geduld mehr auf. Sie würde heute Abend mit Veronika das positive Feedback der

Agentur feiern und kündigen, sobald sie den neuen Job sicher hatte, so sah es nämlich in Wahrheit aus. Und noch etwas wurde ihr klar – sie arbeitete erst seit sieben Jahren an der Berufsschule. Hatte dort angefangen, als der Streit mit ihrer Schwester schon über drei Jahre zurücklag. Das bedeutete, dass Doro sich nach ihr erkundigt hatte. Dass sie immer noch aus der Ferne verfolgte, was ihre große Schwester so machte, und dabei selbst im Hintergrund blieb ...

»Na ja, und das Kapuzenshirt hat sie mir damals dagelassen«, fuhr Viktor fort, als Charlotte immer noch nichts sagte. »Damit es mir Glück bringt, wenn ich mal ein berühmter Koch werde. Das wollte ich ja damals schon, aber als ich dann Juliane kennengelernt habe, kamen die Kinder dazwischen. Seitdem ziehe ich das Sweatshirt immer an, wenn es drauf ankommt, und bislang hat es mir auch stets Glück gebracht. Außer am letzten Samstag. Ich verstehe das gar nicht.«

»Und dann?«, bohrte Charlotte nach. Veronika zog die kleine Henni auf ihren Schoß und fütterte sie mit Frühlingsröllchen.

»Na ja, dann war irgendwann Schluss, es ging halt einfach auseinander, wie es manchmal eben so ist. Wir haben uns ja nicht mal gestritten oder so. Obwohl ich ganz schön wütend war, als sie dann weg war. Sie hat nämlich ...«

»... etwas mitgenommen?«, unterbrach Charlotte ihn atemlos.

»Ja! Woher weißt du das?«, fragte er verblüfft.

»Ich weiß es einfach.«

»Meine Butterform. Aus Holland war die. Ein ganz edles Stück. Und ich verstehe überhaupt nicht, warum. Doro hat ja damals nicht mal Butter gegessen. Was sollte das? Das hat mich echt geärgert.«

»Das ist so ein kompliziertes kleines Hobby von ihr«, murmelte Charlotte und mied Veronikas fragenden Blick. »Aber wenn ich meine Schwester finde, bekommst du die Form zurück, ich verspreche es dir.« Wenn das so weiterging, würde sie mit einem Frachttransporter bei Doro vorfahren müssen, um all die obskuren Gegenstände wieder einzufordern.

»Und was ist dann passiert?«, erkundigte sich Veronika interessiert.

»Keine Ahnung. Sie ist einfach mit Adrian weg.«

Adrian. Charlotte atmete auf. Wenigstens hatte sie einen weiteren Namen. »Adrian war also ihr neuer Freund.«

»Nee.« Viktor schüttelte den Kopf. »Da hast du jetzt was falsch verstanden. Oder habe ich das noch gar nicht erwähnt? Immer tausend Kinder um einen herum, da kann man schon mal eins vergessen. Aber Adrian, das war nicht ihr neuer Lover. Das war ihr Sohn.«

17

»Ihr was?« Charlotte rutschte ein Frühlingsröllchen aus der Hand und flutschte auf den Teppich. »Was sagst du
da?«

»Ihr Kind. Kleiner Junge. Was guckst du da so erstaunt?«

»Ich ...« Charlotte wusste selbst nicht, wie sie ihre Gefühle
einordnen sollte. Überraschung natürlich. Fast so etwas wie
Schock. Aber auch Freude. Doro hatte tatsächlich ein Kind bekommen. Wer hätte das für möglich gehalten? Ausgerechnet
Doro, die nichts als ein genervtes Augenrollen für die Mutter-
tiere des Prenzlauer Bergs übriggehabt hatte, die mit ihren Kin-
derwagen, dem ganzen Baby-Klimbim und ihrer laktoseintole-
ranten Brut die Wege versperrten und die Cafés bevölkerten.

»Wie alt war er denn, dieser ... wie hast du gesagt – Adrian?«
Viktor runzelte die Stirn. »Pff, mal überlegen. Der war damals so drei, glaube ich. So ein kleiner Kerl halt, der noch kaum
reden konnte. Nicht wie unser Timmy. Das ist ein Plappermäul-
chen. Was hat er denn nur neulich so Lustiges gesagt? Ach,
Mensch, es liegt mir auf der Zunge ...«

»Drei Jahre«, flüsterte Charlotte wie zu sich selbst. Dann war
der Junge jetzt neun. Ein Jahr jünger als Miriam. Sie hatte einen
Cousin! Charlotte stellte sich das Gesicht ihrer Tochter vor,
wenn sie ihr diese Neuigkeit überbrachte. Miriam würde jubeln.

Innerhalb einer Woche war sie überraschend zu einem Tier und einem Cousin gekommen! Plötzlich sehnte Charlotte sich unheimlich nach ihrer kleinen Tochter. Nach deren unbändiger Freude, wenn ihr etwas Gutes widerfuhr, nach ihrem herrlichen Kinderhumor und ihrer Verträumtheit. Aber Charlotte war hier noch nicht fertig. »Wie sah er denn aus, der Kleine? Hast du vielleicht ein Foto? Und wer ist der Vater? Kennst du den?«

»Nee. Woher denn. Den Adrian hat sie doch aus Indien mitgebracht. Glaube ich. Der hatte ja so dunkle Haare, und Doro war blond.«

»Na, ich bin auch blond, und meine Tochter hat dunkle Haare«, rutschte es Charlotte heraus. »Und was heißt das – mitgebracht? Wie ein Souvenir? Sie hat ihn gekauft wie einen Sari? Adoptiert? Im Dschungel gefunden wie Mogli? Wie meinst du das?«

Viktor räusperte sich verlegen. »Also nein, sie war schon seine Mutter, ich meine … ja, Mensch, das sagt man doch so, oder nicht?«

»Der Sohn eines Maharadschas?«, warf Veronika ein. Es klang nicht halb so ironisch, wie Charlotte erwartet hätte.

»Und ich habe kein Foto. Ich kann mich auch nur noch undeutlich erinnern, der war selten mit dabei. Sie hat ihn oft bei ihrer Freundin gelassen. Damals habe ich mir nichts dabei gedacht, aber jetzt, wo ich selbst Kinder habe … Ehrlich, ich könnte das nicht, die immer irgendwo lassen. Sosehr mir diese vier Würmer manchmal auf die Nerven gehen, aber die sind doch herrlich.« Er zog die Stirn kraus. »Wenn mir nur wieder einfiele, was der Timmy neulich gesagt hat.«

Charlotte musste sich fast zwingen, Viktor nicht dauernd ins

Wort zu fallen, wenn er von seiner Kinderschar berichtete.

»Eine Freundin, sagst du?«

»Jetzt weiß ich es wieder!«, rief Viktor glücklich. »Das hat der Timmy gesagt, in der Straßenbahn neulich. Da saß uns so eine Frau gegenüber, aufgedonnert bis sonst wohin und so ein Vorbau, wenn ihr wisst, was ich meine.« Er deutete zwei Wasserbälle vor seiner Brust an. »Und einen Riesenausschnitt. Und da sagt doch unser Timmy ganz laut: ›Papa, warum hat die Frau ihren Popo vorn und nicht hinten?‹« Viktor schlug sich begeistert auf die Schenkel. »Die hat vielleicht blöd geguckt!«

Veronika lachte auf, Charlotte gab ein kurzes kleines Grunzen von sich, das man mit viel gutem Willen als Lachen hätte verstehen können. »Und wer war nun diese Freundin?«, drängte sie.

»Susanne Doppel hieß die damals. Dann hat sie zum zweiten Mal geheiratet. Jetzt heißt sie Susanne Doppel-Kiefer.« Ihm fiel etwas ein. »Die könntet ihr vielleicht mal fragen. Ich hab nichts mit der zu tun, aber sie sitzt neuerdings im Stadtrat für die Grünen, das weiß jeder. Vielleicht hat sie ja noch Kontakt zu Doro, fragt sie doch mal. Aber nicht morgen. Da heiratet die Dame nämlich zum dritten Mal. Auf dem Fußballplatz. Habt ihr schon mal so was Albernes gehört? Ihr Neuer ist Profifußballer. Der mit den roten Haaren. Bruch heißt der, den kennt ihr doch sicher?«

Veronika und Charlotte schüttelten die Köpfe.

Viktor kicherte. »Bislang hat sie immer den Namen ihres Exmanns behalten, aber wenn sie den neuen Namen auch noch annimmt, dann heißt die Dame Doppel-Kiefer-Bruch. Na, mir soll's egal sein. Und danach fahren sie auf Hochzeitsreise, stand in der Zeitung. Da wird was anderes trainiert!« Er lachte albern über seinen eigenen Witz. »Also, ruft sie doch in ein paar Wochen mal an. Die kann euch vielleicht weiterhelfen.«

»So lange will ich nicht warten«, erklärte Charlotte Veronika entschlossen, als sie nach einem Abendessen im Sushi-Restaurant an der Hotelbar noch einen Absacker nahmen. »Ich kann nicht drei Wochen wie auf Kohlen sitzen, bis diese Frau Kieferbruch wieder aus Nicaragua zurück ist, oder wo auch immer Grüne-Politiker ihre Hochzeitsreise verbringen. Wir gehen da morgen hin.«

»Bist du verrückt? Auf den Fußballplatz? Wir sind doch gar nicht eingeladen!«

»Meinst du, das merkt einer?« Charlotte prustete verächtlich. »Die ist Politikerin. Da werden massenhaft Leute herumscharwenzeln, und sei es nur, um mit auf ein Foto zu kommen. Wir sagen einfach, wir sind Großcousinen aus Gütersloh. Oder von der ESB-Partei.« Sie hob ihr Glas, um mit Veronika anzustoßen.

»Was soll das für 'ne Partei sein? Extremes-Sauf-Bündnis?« Veronika klimperte mit ihrem Weinglas an Charlottes.

»ESB – Exmänner sind Blödmänner!«

»Charlotte, ich erkenne dich echt nicht wieder.« Veronika schüttelte amüsiert den Kopf. »Du krempelst wirklich dein ganzes Leben um, was? Man könnte ja fast annehmen, du bist froh darüber, dass du Phillip mit dieser Rosi erwischt hast.«

»Bin ich auch. Ich fühle mich, als ob ich aus einem jahrzehntelangen Koma aufgewacht bin. Und ich habe vor allem begriffen, dass meine miese Ehe nicht nur Phillips Schuld war. Es war auch meine, denn ich habe alles zugelassen. Und für diese Erkenntnis bin ich ihm dankbar, ob du es glaubst oder nicht. Ich hab mir nie genug zugetraut. Und genau deshalb stellen wir uns morgen mit den anderen Hochzeitsgästen auf die Tribüne. Beim Anpfiff.« Sie kippte ihren Wein hinunter. »Ich will das jetzt wissen. Ich will das klären zwischen mir und Doro.«

»Was war denn nun eigentlich der Auslöser für die Funkstille? Du hast es mir immer noch nicht erzählt.«

Das stimmte. Und es gab eigentlich keinen Grund, warum sie sich Veronika nicht anvertrauen sollte. Veronika war ihr in den letzten sieben Jahren zu einer guten Freundin geworden, denn geteilter Stress mit realitätsfremden Direktorinnen, bürokratischen Mühlen und drögen Schülern war halber Stress. Und doch ... Seit jenem Tag vor elf Jahren hatte Charlotte das Gefühl, niemandem mehr voll und ganz vertrauen zu können. Und so schleppte sie ihr Geheimnis allein mit sich herum. Denn wenn es erst einmal da draußen in der Welt war, dann konnte sie es nicht mehr einfangen ... »Ich erzähle es dir irgendwann. Wirklich. Wenn ich meine Schwester gefunden habe. Dann wird vielleicht alles anders. Entweder habe ich wieder eine Schwester oder ich habe sie für immer verloren. Dann muss ich damit leben. Dann wirst du meine Wahlschwester.« Sie lächelte.

»Die Wahlverwandtschaften. Wie bei Goethe.« Veronika prostete ihr zu. »Apropos, hast du mit deinen Damen denn schon *Maria Stuart* oder einen anderen schicken Klassiker eingeübt?«

Charlotte schlug sich an die Stirn. »Das habe ich dir noch gar nicht erzählt. Wir haben einen Plan. Einen erstklassigen Plan! Und du machst mit deinen Jungs mit, denn ich nehme alles auf meine Kappe. Wenn das mit der Agentur klappt, bin ich sowieso nicht mehr lange da.«

»Du machst mir Angst. Was habt ihr vor?«

»*Die Leiden des jungen Werthers.*« Charlotte räusperte sich.

»Wie bitte? Wie kannst du mir das antun? Die lesen den *Werther* vor? Oder hast du etwa ein Theaterstück daraus gemacht? Mit dem einjährigen Hauswirtschaftskurs?«

»Lass mich ausreden. Wir spielen ihn nicht. Wir rappen ihn.«

»Was?« Veronika verschluckte sich und schnappte nach Luft.

»Wirklich. Willst du mal das Ergebnis der letzten Woche hören? Wir mussten ja erst mal herausklamüsern, dass Werther gern in der Natur ist und sich deshalb aufs Land zurückzieht, wo er sich verliebt. Das war gar nicht so einfach. Aber sie waren alle voll dabei, es war unglaublich. Also ...« Charlotte sah sich kurz um, ob sie auch keiner der wichtigtuerischen Geschäftsmänner an den Nebentischen beobachtete, und legte los:

»Werther war 'n krasser Typ, doch er wurde nicht sehr alt,
denn er hat sich eine Kugel mitten ins Gehirn geknallt.
Er ist gerne rumgewandert und hat Bäume angestarrt,
denn die haben ihn nicht zugetextet oder angemacht.
Werther fand in seinem Kopf seine eigene Welt,
und da ging es nicht um Streetgangs oder Drogen oder Geld.
Er war happy, er war gut drauf, er hat alles kapiert,
doch dann traf er diese Tussi, und sein Herz ist explodiert.«

Charlotte verstummte. »Weiter sind wir noch nicht gekommen.«

Veronika ließ langsam ihre Serviette sinken und starrte sie an. »Oh. Mein. Gott.«

Aus dem Absacker waren dann doch noch mehrere geworden, so dass Veronika und Charlotte am nächsten Tag verschliefen und erst auf dem Fußballplatz eintrafen, als die Zeremonie schon in vollem Gange war.

»Jetzt guck dir das an«, sagte Veronika beeindruckt.

Das Brautpaar – sie in Cremefarben, er in Schwarz – stand mitten auf dem Feld im Anstoßkreis, vor ihm ein verlegen aussehender Standesbeamter, den man offenbar extra in eine Schiedsrichteruniform gezwungen hatte. Freunde und Verwandte lärmten auf der Tribüne und klatschten gerade wie verrückt.

»Dann erkläre ich euch hiermit zu Mann und Frau«, rief der falsche Schiedsrichter, blies in seine Trillerpfeife und hob die Arme. Ein Tumult brach los, der sich erst beruhigte, als jemand »Marmor, Stein und Eisen bricht« anstimmte. Von irgendwoher flogen unzählige Fußbälle auf das Feld, einer traf die Braut beinahe am Kopf, doch die merkte nichts, denn sie küsste ihren dritten Ehemann voller Inbrunst.

»Wie genau machen wir das jetzt?«, brüllte Veronika über unzählige Fußballtröten hinweg in Charlottes Richtung. »Einfach unters Volk mischen?«

Charlotte nickte. Zu ihrer eigenen Überraschung ließ sie sich von der Hochzeits-Fußballstimmung anstecken, obwohl sie am Morgen noch mit Veronika darüber gelästert hatte.

Die Leute wirkten alle so ... ausgelassen. Ihre Hochzeit mit Phillip war eine sachliche, fast nüchterne Angelegenheit gewesen – so romantisch wie ein Trip zu Ikea, ohne jeglichen Firlefanz und außerdem noch überschattet vom Krach mit Doro zwei Wochen vorher. Niemand hatte vor Rührung geweint, niemand hatte sich zu fortgeschrittener Stunde in die Kunstpalmen übergeben, niemand hatte auf dem Tisch getanzt, niemand seine Unterwäsche in der Besenkammer vergessen. Damals fand Charlotte das geschmackvoll. Angemessen. Genau richtig. Jetzt war sie sich da nicht mehr so sicher, denn der Anblick des glücklichen Paares dort auf dem Feld, vor dem Trauben aus Fußball-Luftballons aufstiegen, der hatte etwas. Wenn ich je noch einmal heiraten sollte, dachte Charlotte rebellisch, dann auf gar keinen Fall im Standesamt. Sondern an irgendeinem verrückten Ort, an dem ich noch nie war. Und nicht in einem blöden Kostümchen, sondern in einem extravaganten Outfit, bei dem den Leuten die Spucke wegbleibt. Sie folgte Veronika, die sich munter den Weg durch die Menge bahnte.

»Habe noch nie eine Hochzeit im Stadion erlebt. Du?«, fragte sie Veronika, als sie sich unter die Gratulanten mischten.

»Nee«, sagte Veronika. »Ist schon witzig. Nur ein bisschen laut.«

»Ach, das ist noch gar nichts«, sagte eine Frau, die neben ihnen stand. »Bei Susannes allererster Hochzeit mussten wir alle hoch auf eine Alm wandern. Im Regen, zehn Kilometer, bei vier Grad. Ich bin bald gestorben. Die zweite fand unter Wasser statt. Da standen wir alle bei brütender Hitze am Strand herum und mussten warten, bis der Unterwasserfotograf da draußen im Meer endlich ein Foto geschossen hatte, auf dem Susanne nicht wie eine Wasserleiche aussah. Und bis vor kurzem stand noch eine Hochzeit im Heißluftballon oder in einem stillgelegten Kernkraftwerk zur Debatte. Da lobe ich mir doch ein schlichtes Fußballfeld.«

»Großer Gott«, sagte Veronika. »Warum gehen Sie denn immer wieder zu diesen Hochzeiten?«

»Weil ich Susannes Mutter bin«, entgegnete die Frau. »Aber ich beschwere mich nicht. Susannes Freundin Elise hat letzte Woche im Doppelsarg geheiratet. Da bin ich noch mal gut weggekommen, sozusagen. Auch wenn wir alle nachher gegeneinander antreten müssen.« Mit diesen Worten verschwand die Frau und drängte sich weiter in Richtung Tribüne, von wo eine Schar Kellner in Fußballtrikots mit vollen Tabletts im Anmarsch war.

»Was hat die eben gesagt?«, fragte Veronika nervös. »Antreten? Doch nicht etwa ...«

Jemand schob sie weiter, sie standen nun direkt vor dem Brautpaar.

»Beim Fremdgehen gibt's die rote Karte, Alter«, rief gerade ein junger Mann und schlug dem Bräutigam im Weggehen kräftig auf die Schulter. Die Leute ringsherum lachten.

Charlotte quetschte nervös ihre Handtasche. Das war jetzt doch ein bisschen peinlich. Was, wenn diese Susanne sie sofort vom Platz stellen ließ? Doch diese Sorge war völlig unbegründet. Susanne hatte mehr als nur ein Gläschen Sekt intus und strahlte jeden an, der sich ihr näherte.

»Herzlichen Glückwunsch«, begann Charlotte, während sie überlegte, wie sie weiter verfahren sollte. »Und Ihnen natürlich auch«, wandte sie sich an den grinsenden Fußballer.

»Ist er nicht süß?«, quietschte Susanne. »Hab ich doch endlich den Richtigen gefunden! Prösterchen!« Sie nahm einem vorbeieilenden Kellner ein Glas vom Tablett und genehmigte sich einen großen Schluck.

»Ich bin die Schwester von Doro«, platzte Charlotte heraus, einfach weil ihr kein eleganterer Einstieg einfiel. »Doro, damals hieß sie vermutlich noch Windrich. Ich suche sie und habe gerade erfahren, dass Sie vor ein paar Jahren immer mal auf ihren Sohn aufgepasst haben?«

»Adrian«, sagte Susanne wie aus der Pistole geschossen. Sie schwenkte ihr Glas hoch in der Luft. »Huhu, Jochen!« Offenbar hatte sie jemanden in der Menge entdeckt. »Mein Ex«, sagte sie erklärend. »Der erste. Wir reden neuerdings wieder miteinander.«

»Wie schön«, sagte Charlotte schnell. Der Blick der betüdelten Braut huschte unruhig hin und her. Hörte sie ihr überhaupt zu? »Wissen Sie vielleicht, wo ich Doro und Adrian finden könnte?«

»Ach. Sind die beiden hier?« Susanne Doppelkieferbruch blinzelte überrascht und nahm einen weiteren Schluck.

»Nein, die sind nicht hier. Ich suche sie.« Charlotte hätte der Frau am liebsten das Glas aus der Hand gerissen, damit sie sich wenigstens noch eine einzige Minute lang konzentrierte. »Haben Sie eine Ahnung, wo Doro vor sechs Jahren hingezogen ist?«

»Nach Potsdam«, antwortete Susanne prompt. Offenbar war sie doch noch nicht ganz hinüber. »Sie war in Potsdam bei ihrem neuen Freund, das weiß ich noch. Mit dem war sie noch mal hier. Der Herr Dichter.« Sie lachte schallend.

»Wissen Sie zufällig noch, wie dieser Freund hieß?«

»Nein, tut mir leid. Das ist schon ewig her. Da war ich ja noch mit meinem Ex zusammen!« Sie winkte dem Mann in der Menge so heftig zu, dass ihr Sektglas überschwappte. »Oh, mein Schampus.« Sie trank flink den Rest, damit kein kostbarer Tropfen verlorenging. »Aber das Witzige ist – ich hab den neulich gesehen, diesen Typen.«

»Wo?«, fragte Charlotte perplex.

»In Sanssouci! Die Welt ist doch ein Dorf. Wolfi und ich haben uns den Park angesehen, weil wir noch überlegt haben, ob wir da heiraten. War uns dann aber zu spießig.« Charlotte brauchte eine Sekunde, um zu begreifen, dass mit Wolfi der junge Fußballer gemeint war.

»Und der Typ war dort im Garten. Als Gärtner, meine ich.
Dieser Freund von Doro. Hat da Beete geharkt. Ich hab ihn
gleich erkannt.«

»Hat er was von ihr erzählt?«

»Ich hab doch nicht mit dem geredet. Wegen dem sind wir ja
keine Freundinnen mehr. Der sah ganz schön runtergekommen
aus. Als ob er ein kleines Problem hat.«

»Was für ein Problem?« Charlotte begriff nicht, was Susanne
damit andeuten wollte,

»Gluck, gluck.« Frau Doppelkieferbruch vollführte ein panto-
mimisches Schnapstrinken und zwinkerte komplizenhaft.
»Alki. Da hab ich einen Blick für.« Sie betrachtete stirnrunzelnd
ihr leeres Glas und machte dann ein paar unsichere, angetrun-
kene Schritte, weil erneut Trillerpfeifen schrillten. »Wolfi!«, rief
sie und zog ihren frischgebackenen Mann mit sich. »Unser
Spiel!«

Charlotte sah den beiden nach, wie sie in ihr neues Leben zu
zweit stolperten und dabei die Fußbälle aus dem Weg kickten.
»Danke«, rief sie, aber niemand hörte es.

Sanssouci. Lebte Doro also mit ihrem Sohn in Potsdam?

»Veronika?« Charlotte sah sich um. Ihre Freundin nahm gerade
von einem Mann etwas hilflos ein rosa Fußballtrikot entgegen.
Der Mann schrieb etwas auf einen Notizblock.

»Ah, Charlotte«, rief Veronika erleichtert. »Da bist du ja. Ich
glaube, wir sollten jetzt ...«

»Abwehr, Mittelfeld oder Stürmer?«, fragte der Mann Charlotte und zückte seinen Notizblock.

»Wir sind im Team Braut«, erklärte Veronika und funkelte
Charlotte warnend an. »Männer gegen Frauen. In einer halben
Stunde geht es los. Ich muss ins Tor, wenn sich keine andere

findet.« Sie warf Charlotte einen flehenden Blick zu. »Abhauen?«, formte ihr Mund.

Charlotte nickte diskret. Aber so was von. Und am besten gleich sofort. Unauffällig natürlich. »Mich können Sie für's Elfmeterschießen aufschreiben«, informierte sie daher großzügig den Mann. »Dann gewinnen wir.« Sie zwinkerte Veronika zu. »Wenn es drauf ankommt, haben Frauen doch immer die besseren Nerven.«

18

»Das ist also Annabella«, sagte Richard und griff behutsam nach dem kleinen Tier. »Was für ein schöner Name.«

»Hab ich mir ausgedacht«, erklärte Miriam eifrig. »Sie isst am liebsten Äpfel. Das da ist ihre Höhle.« Sie zeigte auf das kleine Holzhäuschen, das mit Küchenpapier ausgepolstert war.

»Ja, die Annabella sieht auch ...« Richard stutzte. Er hielt das Tier hoch und sah auf seinen Bauch. »Hattest du noch einen anderen Namen in petto?«, fragte er vorsichtig.

»Nein.« Miriam schüttelte den Kopf. »Sie kann nur Annabella heißen. Nicht anders. Warum?«

»Nur so.« Richard räusperte sich. »Sie ist jedenfalls kerngesund, und du machst das alles ganz prima.« Er stand auf. Damit war offiziell der Zweck seines Besuches erfüllt, aber Charlotte wollte ihn auf keinen Fall gleich wieder gehen lassen.

»Kaffee?«, fragte sie hoffnungsvoll. »Ich habe auch ein paar Neuigkeiten über Doro erfahren. Vielleicht bekommst du ja doch noch dein Skelett zurück.« Charlotte hatte sich sogar dazu hinreißen lassen, am Sonntagmorgen noch einen Kuchen zu backen, obwohl ihr alles weh tat von dem Fußballspiel am Tag zuvor. Sie hatten mit dem Team Braut verloren, denn ihr Fluchtversuch war zu spät gekommen. Hoffentlich merkte Richard nicht, dass sie hinkte. Die Schwiegermutter der Braut hatte sie aus Versehen unter Schlachtgebrüll umgerannt.

Charlotte betrachtete den Kuchen. Mit den Kreationen von Viktor Kosslowski konnte er natürlich nicht mithalten, er war nicht richtig aufgegangen und irgendwie auf einer Seite höher als auf der anderen, aber er schmeckte hoffentlich trotzdem.

»Ja, ich nehme gern einen Kaffee. Und lass mal hören.« Richard folgte ihr in die Küche und sah sich um. »Gemütlich hast du es hier. Und mitten in der Stadt, beneidenswert.«

»Du willst mir doch nicht ernsthaft erzählen, dass du gern hier wohnen möchtest. Alles, was ich von meinem Fenster aus sehe, ist der Hinterhof mit den Mülltonnen oder das Fenster von den Leuten gegenüber, die dauernd rauchen und streiten. Du blickst zu Hause aufs Meer!«

»Ja, natürlich. Aber manchmal fehlt mir schon die Großstadt. Die Cafés, Kinos, Restaurants. Und die Menschen. Aber zum Glück fahre ich oft nach Berlin.«

»Ach ja? Einfach so?«

»Ich ...«, er räusperte sich, »besuche da jemanden.«

»Ach so. Wie schön.« Verdammter Mist. Gegen Charlottes Willen klang ihre Stimme ganz gekünstelt vor Enttäuschung. Aber was hatte sie denn geglaubt? Dass so ein attraktiver, netter Mann wie Richard weder verheiratet noch liiert *und* außerdem kein Serienmörder war?

»Ich besuche meine Großtante Irmi«, erklärte Richard. Charlotte war sich sicher, ein winziges Lächeln über sein Gesicht huschen zu sehen. Es war noch ein bisschen gebräunter als beim letzten Mal. »Die ist jetzt zweiundneunzig und haut immer mal aus dem Pflegeheim ab und läuft dann im Nachthemd durch die Straßen und sucht überall Hans Albers.«

»Den von der Reeperbahn nachts um halb eins?« Charlotte stellte den Kuchen vor Richard hin. Er war jetzt so platt wie der Teller, auf dem er lag, als hätte ihn jemand aus dem Fenster geworfen und dann mit einem Schneepflug überfahren.

Richard betrachtete den Teller überrascht, als habe er eine seltene Quallenart vor sich, sagte aber nichts und nahm sich ein Stück. »Lecker«, erklärte er mit vollem Mund. »Und ja, genau den. Und dann rufen die mich an, weil ich der Einzige bin, auf den sie hört. Meine Mutter hat es aufgegeben. Tante Irmi beschimpft sie immer und hat Angst, dass meine Mutter sie ins Pflegeheim bringen will. Dabei ist sie ja längst schon dort.«

»Warum hört sie auf dich?«

»Weil ...« Er wurde ein wenig rot. »Weil sie denkt, ich bin Hans Albers. Ich weiß auch nicht, warum.« Er rührte schnell in seinem Kaffee. »Hast du zufällig Zucker?«

»Oh, klar, habe ich total ... Entschuldige ...« Charlotte stand auf und öffnete die Schranktür. Die Zuckerdose fiel ihr gleich entgegen, weil sie sie nach Miriams Geburtstag entnervt zurück in den Schrank gepfeffert hatte. Mit lautem Knall zersprang die Dose auf dem Fußboden.

»Oh, Mist.« Charlotte kniete sich zeitgleich mit Richard hin, um die Scherben aufzuheben. Sein Gesicht war dem ihren einen Moment lang so nah, dass sie seine Lachfältchen zählen und die goldenen Sprenkel in seinen Augen hinter der Brille sehen konnte, die schon wieder ein bisschen verrutscht war. Aus einem Impuls heraus rückte Charlotte ihm die Brille gerade und berührte dabei eine Sekunde lang Richards Schläfe mit dem Zeigefinger. Ertappt wich sie zurück. »Deine Brille ist ein bisschen zu locker«, sagte sie verlegen.

»Ich weiß«, erwiderte Richard leise. »Ich müsste sie mal zum

Optiker bringen. Aber dann könntest du sie ja nicht mehr geraderücken.« Er rutschte ein unmerkliches Stück vor, so dass sich ihre Knie berührten und Charlotte die Wärme seiner Haut durch den Stoff seiner Hose fühlen konnte. Charlotte schob sich ebenfalls ein Stück näher an ihn heran, auch wenn sich nun Zuckerkrümel und Porzellanscherben in ihr Knie bohrten. Sie wünschte sich in diesem Moment nichts sehnlicher, als dass Richards Wange wie zufällig ihre streifte und vielleicht auch seine Lippen und ...«

»Frau Windrich?«

»Was?« Charlotte schreckte hoch. Sie hatte völlig vergessen, wo sie war, hatte sich komplett in der Erinnerung an den gestrigen Sonntag verloren, während ihre Schülerinnen über der Aufgabe brüteten, wie das Leben zu Werthers Zeiten ausgesehen hatte. Fünfundzwanzig Augenpaare sahen sie erwartungsvoll an.

»Was habt ihr herausgefunden?«, fragte sie rasch und blätterte in ihren Unterlagen, als ob sie die ganze Zeit über ein Problem nachgedacht hatte, das darin formuliert war.

»Also, das war 1771, das mit dem Werther«, begann Denise und verstummte sofort wieder. Das war wenigstens ein Anfang. Allerdings stand das ja auch im Buch.

»Die hatten keinen Strom«, bot Jessica an. »Keine Duschen, kein Klo und so was.«

»Natürlich hatten die damals ein Klo«, widersprach Lisa. »Halt nur ohne Wasser.«

»Oder 'nen Nachttopf«, sagte jemand, woraufhin ein lautes »Iiiih!« durch den Raum wehte.

»Voll eklig.« Berenike schüttelte sich. »Wenn du im Krankenhaus bist, musst du auch auf so ein Ding. Und die Schwestern müssen es wegtragen. Und überhaupt, da teilst du dir mit mehreren Leuten das Zimmer, und dann sitzt du da in deinem Bett und musst vor den ganzen Leuten auf den Topf und kannst nicht und sollst aber, und dir ploppen bald die Augen raus und ...«

»Was noch?«, fragte Charlotte laut. Auf gar keinen Fall würde sie wieder eine völlig nebensächliche Diskussion zulassen. Sie hatten nicht mehr viel Zeit. Um den *Werther* in Ansätzen zu verstehen, mussten die Mädchen wenigstens wissen, was das 18. Jahrhundert eigentlich war. Für die meisten war es einfach nur »früher«. Irgendein Zeitpunkt zwischen Ritterrüstungen und den Schlaghosen der siebziger Jahre.

»Kein Fernsehen«, trumpfte Lisa. »Kein Computer oder Handy.«

Mitleidiges Stöhnen. »Oh Gott«, sagte jemand. »Wie beim Stromausfall. Todlangweilig.«

»Bei Stromausfall werden aber die meisten Kinder gezeugt«, warf Denise ein. Alle kicherten.

»Was haben die denn da nur die ganze Zeit gemacht?«, erkundigte sich Sandra, das schüchterne Mädchen aus der zweiten Reihe.

Alle zuckten mit den Schultern und sahen ratlos zu Charlotte.

»Briefe geschrieben«, half Charlotte ihnen auf die Sprünge. »Ausgeritten. Musiziert. Meistens natürlich nur der Adel. Die anderen mussten arbeiten.«

»Also war Werther adlig. Denn der hat ja Briefe geschrieben. Diese hier«, schlussfolgerte Berenike triumphierend und hielt das kleine Buch hoch, selbst überrascht über diesen Geistesblitz.

»Nein, das war er ja gerade nicht«, wandte Charlotte ein. »Er war ein Bürgerlicher. Ihr erinnert euch? Die Stelle, wo Werther eine Party verlassen muss, weil sich die Adligen aufregen, dass ein Bürgerlicher eingeladen ist?«

»Wie du neulich«, sagte Lisa zu Denise. »Du hast auch rumgenölt, dass Mara zu deiner Party gekommen ist, und dann hast du sie rausgeschmissen.«

»Hallo?«, wehrte sich Denise. »Weil die blöde Kuh mir vielleicht mal meinen Typen ausgespannt hat? Soll ich da etwa noch nett zu der sein? Außerdem ist die nicht adlig, die ist prollig.«

»Ist das nicht fast dasselbe, adlig und bürgerlich? Ich verstehe das alles nicht. Die sahen doch alle gleich aus mit ihren komischen Perücken und Strumpfhosen früher.« Sandra lehnte sich verwirrt zurück. Und plötzlich begriff Charlotte. Die Mädchen hatten wirklich absolut keine Ahnung. Woher auch? Die deutsche Klassik war nicht unbedingt Topthema bei Facebook. Aufklärung war heutzutage etwas für Dr. Sommer und Sturm und Drang waren höchstens noch Namen für Pferde oder Pitbulls. So sah es doch aus. Und sofort reifte eine Idee in ihrem Kopf. Warum nicht das Angenehme mit dem Nützlichen verbinden? Sie selbst konnte es kaum erwarten, nach Sanssouci zu fahren und diesen Mann aufzusuchen, von dem Frau Doppelkieferbruch gesprochen hatte. Denn dann würde sie vielleicht etwas Neues über Doro erfahren und konnte Richard deswegen anrufen. Annabella rechtfertigte schließlich keine täglichen E-Mails oder gar Anrufe. Annabella war ein Nagetier und kein herzkranker Promi. Ein Opossum, über das es maximal alle zwei Wochen etwas Aufregendes zu berichten gab. *Sie hat ein ganzes Heimchen verschlungen und nicht mehr in ihr Haus gepinkelt!* So lange wollte Charlotte nicht warten. Durfte sie nicht warten.

Sie konnte spüren, dass sie Doro dicht auf den Fersen war, und sie wollte Richard wiedersehen. Besonders nach diesem Augenblick am Nachmittag, zwischen Zucker und Scherben, in dem Charlotte sich wieder so jung wie ihre Schülerinnen gefühlt hatte und in dem nichts anderes wichtig gewesen war als eine zufällige Berührung, ein Blick und vielleicht sogar ein Kuss. Ein Moment, der schnell vorbei war, weil Miriam auf einmal in der Tür gestanden hatte.

»Wisst ihr was, Leute«, sagte Charlotte daher laut. »Wir machen morgen einen Ausflug. Damit ihr ein bisschen mehr über diese Zeit erfahrt. Wir lassen uns freigeben, zur Vorbereitung der Festwoche. Das lässt uns die Frau Machowiak schon machen.« Charlotte biss sich bei der Erinnerung an das selige Gesicht der Machowiak schuldbewusst auf die Lippe. *Goethe studieren Sie mit Ihren Schülerinnen ein? Ach, Frau Windrich, ich bin begeistert! Aber doch hoffentlich nicht so eine schrecklich moderne Version, oder?*

»Wohin machen wir denn den Ausflug?«, fragte Lisa mit glänzenden Augen.

»Nach Sanssouci«, erklärte Charlotte. »Wir machen ein Picknick im Schlosspark.«

Vor ihrer Haustür stieß Charlotte wenig später beinahe mit Phillip zusammen. Er trug schon wieder ein großes Paket. Und sah irgendwie anders aus. Erst kam Charlotte nicht darauf, was es war, dann dämmerte es ihr. Er hatte sich die Haare gefärbt. Er hatte sich tatsächlich seine grauen Strähnen wegfärben lassen, um jünger zu wirken, und lief nun mit den gleichmäßig stumpfbraunen Haaren eines Playmobil-Männchens herum. Total affig. Wenn er auf ein Kompliment hoffte, hatte er sich geschnitten.

»Hast du noch eine Ersatztrommel dazugekauft?«, sagte sie statt einer Begrüßung. Seit dem Geburtstag hatten sie nicht mehr miteinander gesprochen. Miriam hatte das Drumset bislang ignoriert, das Johannes in mühsamer Kleinarbeit zusammengebaut hatte.

»Quatsch.« Phillip schüttelte den Kopf. »Das mit dem Drumset war vielleicht nicht ganz das beste Geschenk, ich gebe es ja zu. Wenn ich gewusst hätte, dass du plötzlich so ein Tierfreund bist, hätte ich Miriam natürlich einen Hund geschenkt oder eine Katze. Konnte ich ja nicht wissen. Früher hast du Tiere gehasst.«

Tatsächlich fiel Charlotte erst in diesem Moment auf, dass sie in den letzten Wochen so vielen Tieren begegnet war wie noch nie zuvor in ihrem Leben. Da hatte er recht. »Gehasst habe ich sie nicht«, wandte sie ein. »Ich kannte nur keine netten Tiere. Und jetzt ...« Sie brach ab. »Was ist das dann also?« Sie deutete auf das Paket.

»Ach. Ich darf wohl nicht mal mehr mit hoch?« Er war schon wieder beleidigt. »Soll ich es auf der Straße auspacken? In dem Paket ist etwas für dich.«

»Was denn?«, fragte sie misstrauisch. Was sollte das?

»Nun, mir ist letzten Sonntag aufgefallen, dass du nur so eine Billig-Kaffeemaschine hast. Vom Discounter. Der Kaffee war jedenfalls furchtbar.«

»Der ganze Geburtstag war furchtbar«, erinnerte Charlotte ihn.

»Na ja, und da dachte ich mir, du freust dich über eine ordentliche Espressomaschine. Dann kannst du wieder vernünftigen Kaffee trinken.«

Einen Moment lang war Charlotte richtig gerührt. So ge-

226

rührt, dass sie sogar vergaß, dass Phillip ihr immer noch 1000 Euro schuldete, wahrscheinlich haargenau der Preis dieser Espressomaschine. Doch dann fügte er hinzu: »Na ja, und ich will schließlich auch nicht solchen Blümchenkaffee trinken, wenn ich hier übernachte.«

»Wenn du hier übernachtest«, wiederholte Charlotte langsam.

»Ja.« Er grinste. »Ich meine, meine Mutter kann ganz schön nerven, aber wo sie recht hat, hat sie recht. Das ist doch albern mit uns beiden. Und mit Miriam, dieses Hin und Her. Ich sehe natürlich ein, dass du jetzt erst mal hier wohnen willst, es hat dir ja in Mahlsdorf nie gefallen, mir eigentlich auch nicht. Aber mit ein bisschen Zeit und Muße können wir ja vielleicht wieder zusammen ...«

»Warte, warte.« Charlotte presste sich die Finger an die Schläfen, um das alles richtig zu verstehen. Er hatte also die Espressomaschine gekauft, damit *er* an irgendeinem fiktiven Morgen in der näheren Zukunft, nach dem wiedererweckten ehelichen Beischlaf, einen ordentlichen Espresso trinken konnte? Und nicht ihren ollen Blümchenkaffee ertragen musste? Weil er davon ausging, dass dies hier nur ein albernes Experiment war und sie schon bald die Nase vom Singleleben voll haben würde, weil es *ihm* nämlich gerade so erging?

»Phillip. Ich will weder dich noch deinen Espresso haben. Kapiert? Weder heute noch morgen noch irgendwann noch sonst wann. Es ist vorbei.«

»Wie?« Phillip schwankte ein bisschen vor und zurück wie ein wütender Bulle, der immer wieder an einen elektrischen Zaun stieß.

»Du hast richtig gehört. Ich will weder dich noch diese Kiste.«

»Ist es wegen ihm?« Phillips Augen verengten sich zu schmalen Schlitzen. »Es ist wegen ihm, stimmt's?«

Wieso wusste er von Richard? Hatte Miriam ihm das erzählt? Aber es gab doch gar nichts zu wissen, denn es war nichts passiert? Leider, musste Charlotte ja sagen.

»Es ist wegen ihm, wegen diesem Hippie, der sich anzieht wie der Sarotti-Mohr! Ich wusste es!« Phillip setzte den Karton mit solcher Wucht auf der Straße ab, dass es drinnen verdächtig klirrte. »Wegen so einem Spinner lässt du unsere Ehe sausen, Charlotte? Warum?«

»Meinst du Johannes?«, fragte Charlotte ungläubig zurück.

»Ja, oder Guru oder wie immer der sich nennt.« Phillip regte sich immer mehr auf. »Wie kannst du so einen Eso ertragen? Wie kannst du den in Miriams Nähe lassen? Wie kannst du den lieben?«

»Ich liebe Johannes nicht. So ein Unsinn.«

»Aber klar doch. Mir kannst du nichts vormachen. Du bist verknallt, ich merke das doch! Aber ich sag dir eins – lange warte ich nicht mehr auf dich. Irgendwann will ich dich vielleicht auch nicht mehr!«

Charlotte fing an zu lachen, denn das war das Einzige, wozu sie noch in der Lage war. Und lächerlich war es ja auch, wie Phillip sich Johannes als den großen Nebenbuhler ausmalte, während Johannes davon träumte, Doro noch einmal zu sehen, und Charlotte in jeder Sekunde des Tages an Richard dachte.

»Du wolltest mich doch nie«, schoss sie zurück. »Du brauchst lediglich Jagd und Eroberung. Du willst mich nur, weil du mich auf einmal nicht mehr haben kannst. Das ist alles. Sobald du mich zurückhast, werde ich wieder uninteressant. Und glaub doch, was du willst, da oben auf dem Planeten Phillip. Ich bin jedenfalls kein Blobfisch, der nur dasitzt und darauf wartet, dass ein bisschen Zuneigung und Leben vorbeischwimmen.«

»Was?«, rief Phillip. »Was für ein Fisch? Wovon redest du denn da?«

»Schicke Haarfarbe übrigens. Wirkt total echt.« Sie konnte sich nun doch nicht länger beherrschen.

Er lächelte geschmeichelt, kurz aus dem Konzept gebracht. »Die Farbe heißt Walnussgold. Hat ganz schön viel gekostet.«

»Das meinte ich ironisch.«

Sein Gesicht verfärbte sich vor Empörung. »Du hast es nötig. Du hast dich komplett verändert, was ziehst du überhaupt für grellbuntes Zeug in letzter Zeit an? Und dieser lächerliche Haarschnitt! Dafür bist du viel zu alt!«

»Ach ja? Und wenn? Vor allem bin ich alt genug, um endlich das zu machen, was ich will.« Sie wandte sich ab. »Du Blödmann«, murmelte sie leise. Dann drehte sie sich aber doch noch einmal um, um etwas hinzuzufügen, außerdem kamen gerade zwei junge Frauen auf dem Fahrrad vorbei, die Phillip wie ferngesteuert anblickte. »Nimm's locker, Phillip«, sagte Charlotte laut und grinste. »Die Rente ist nicht mehr fern. Dann hast du Zeit und kannst jeden Tag deine Haare selbst mit der Packung nachfärben und Geld sparen.«

Und dann ließ sie ihn stehen und ging schnurstracks hoch in ihre viel zu kleine Wohnung, wo sie sich als Erstes einen Kaffee kochte. Mit dem kleinen altmodischen Espressokocher, den Richard ihr am Sonntag mitgebracht hatte. Dann las sie ihre Mails: *Deine Zukunft sieht großartig aus, habe gerade mal ein bisschen Tarot für dich gelegt. Gibt es was Neues von Doro? Johannes.*

Und dann noch eine: *Ich hoffe, Annabella geht es immer noch gut? Halt mich auf dem Laufenden, wenn du etwas Neues von Doro erfährst. So ein Affenskelett geht beim Transport schnell kaputt, da wirst du Hilfe gebrauchen können. Arnie lässt übrigens grüßen und würde sich schrecklich über ein paar Zeilen freuen. Hasta la vista, Baby! Richard.*

19

»Oh Mann, war das früher für die so 'ne Art Stepper?«, stöhnte Berenike, als sie mit dem Rest der Klasse die hundertzwanzig Stufen der Weinbergterrasse im Park Sanssouci hochtrottete.

»Sag mir bitte einer, dass da oben Brad Pitt steht«, rief Lisa. »Sonst gehe ich nicht weiter.«

»Ich sehe ihn schon, er wartet auf dich«, johlte jemand, und alle lachten.

»Von oben seht ihr den ganzen Park, es lohnt sich. Nur zu«, ermunterte Charlotte die Mädchen. »Und stellt euch dabei vor, die Treppen in dicken, schweren, bodenlangen Röcken hochzusteigen, wie die Leute früher. Wie die armen Dienstboten, die auch noch Sachen dabei schleppen mussten.«

»Dienstbote wäre ich sowieso nicht gewesen«, erklärte Berenike kategorisch. »Ich wäre ...« Sie blieb stehen und überlegte.

»Der Seitensprung vom König wärst du gewesen.« Lisa grinste. »Seine Matratze oder wie heißt das gleich?«

»Mätresse«, verbesserte Charlotte und sah sich rasch um. Genau neben ihnen war eine Gruppe älterer Damen stehen geblieben – kulturbesessene alte Schachteln, die alle etwas Truthahnartiges an sich hatten und Handtaschen, so groß und braun wie Miniatursärge, am Arm trugen. Eine von ihnen hatte eine eckige Brille auf der Nase und hielt einen salbungsvollen Vortrag, die anderen nickten bei jedem Satz.

»Wie ich gerade sagte, das bekannteste Schloss der Hohenzollern ...« Die Brillenträgerin warf Charlottes lauten Schülerinnen einen pikierten Blick zu, fuhr dann aber fort: »... das bekannteste Hohenzollernschloss also und der preußische König ...«

»Haha, witzig. Lisa, du wärst die Putze gewesen«, feuerte Berenike jetzt zurück.

Die Frau räusperte sich vernehmlich. »Friedrich II. ließ daher ab 1745 einen Ziergarten im barocken Stil mit ...«

»Was du nicht sagst, aber sicher doch.« Lisa grinste immer noch genüsslich. »In 'ner schicken Zimmermädchenuniform. Mit Staubwedel und Strapsen.«

»... Blumenrabatten und dem großen Brunnenbecken architektonisch gestaltet ...« Die Brillendame wurde immer lauter.

»Nee, du hättest dem König den vollgepissten Nachttopf wegräumen müssen, und er hätte dich nicht mal angesehen, weil du so hässlich gewesen wärst und gestunken hättest du auch, noch schlimmer als der Nachttopf!« Berenike lachte laut und triumphierend.

»Besser als die Bumsnudel von so einem notgeilen alten König!«, versetzte Lisa.

»Entschuldigung? Geht das auch leiser? Das hier ist Kulturerbe«, fauchte einer der alten Truthähne Berenike an. Fast erwartete Charlotte, dass die Frau mit ihrer spitzen Nase auf das Mädchen einhacken würde.

»Genau«, gab Berenike ungerührt zurück. »Sanssouci heißt: *Ohne Sorgen.* Wussten Sie das? Deswegen soll man sich hier auch nicht stressen. Man soll lustwandeln.«

»Was?« Die Brillenfrau starrte Berenike schockiert an.

»Aber nicht wie Lust und Sex und so, was Sie vielleicht gleich wieder denken«, mischte Lisa sich ein. »Sondern lustwandeln wie Werther. Das ist so ein Buch von früher, schon mal gehört?«

»Ich ...« Die Lippe der Frau begann zu zucken.

»Allerdings hätte Werther hier nicht in den Park gedurft, denke ich mal.« Berenike kratzte sich am Kopf. »Denn der war nur ein Bürgerlicher. Darum hat er sich dann auch die Kugel gegeben. Sehr traurig. Sollten Sie auch mal lesen. Der Autor heißt Goethe. Schreiben Sie es sich ruhig auf.«

»*Werther* ... also ... Goethe ...« Die Frau öffnete und schloss ihren Mund, während ihre Freundinnen ebenfalls stumm dastanden und Berenike und den anderen Mädchen hinterherblickten, die nun die letzten zwanzig Treppenstufen unter Johlen in Angriff nahmen.

»Ist es nicht schön, wie sich unsere Jugend für das klassische Kulturerbe begeistert?«, fragte Charlotte und zog mit einem winzig kleinen Lächeln an den Damen vorbei.

Oben angekommen, hörte sie die Mädchen beeindruckt murmeln, während sie die Aussicht betrachteten. »Mann, ich wünschte, wir hätten öfter mal einen Ausflug gemacht«, sagte Sandra gerade. »Ist doch viel besser, als immer nur in der Schule zu hocken.«

»Meine Schwester geht wahrscheinlich nächstes Jahr in unsere Schule«, sagte Lisa zu ihr. »Der hab ich schon gesagt, sie soll unbedingt versuchen, in Frau Windrichs Klasse zu kommen. Da hat man wenigstens ein bisschen Spaß.«

Flammende Röte schoss Charlotte ins Gesicht. Sie schämte sich und wühlte hastig in ihrer Tasche. Bei Frau Windrich hatte man nämlich nur dieses eine Jahr ein bisschen Spaß. Weil Frau

Windrich erstens in den Jahren zuvor nie richtig Lust gehabt hatte. Und weil sie zweitens nächstes Jahr gar nicht mehr an der Schule sein würde. Charlotte hatte sich einen neuen Job jedenfalls fest vorgenommen. Sorry, Lisas unbekannte Schwester. *Aber es ist doch gar nicht mehr so schlimm,* flüsterte eine kleine Stimme in ihr. *Eigentlich macht es doch richtigen Spaß, seit du das* Werther-*Projekt angekurbelt hast. Auch wenn du es halb als Witz geplant hast, um die Machowiak zu ärgern.* Aber Charlotte wollte nicht darüber nachdenken. Es war entschieden. Sie klappte ihre Handtasche zu. »Mädels«, rief sie. »Ihr habt jetzt zwei Stunden Zeit, alleine rumzulaufen. Aber denkt daran: Wir wollen versuchen, den Park so auf uns wirken zu lassen, als ob wir dreihundertfünfzig Jahre früher lebten. Nicht Kette rauchen, nicht tausend SMS schicken und nicht die ganze Zeit auf Facebook herumlungern. Versucht es einfach mal. Fotos könnt ihr machen. Und wenn eine von euch einen Gärtner sieht, dann ruft mich auf dem Handy an, okay?«

»Wieso?« Die Mädchen drehten sich zu ihr um und sahen sie verwundert an.

»Weil ... Einfach so. Ach, und Sandra, was ist mit den Kostümen?« Sandra hatte neulich wie nebenbei erwähnt, dass ihre Tante einen Kostümverleih besaß, in dem neben römischen Feldherrenroben, Zylindern und Federboas auch etliche Kniebundhosen, Gehröcke, Perücken und Dreispitze oftmals ungenutzt herumhingen.

»Ja, das geht klar. Wir dürfen sie kostenlos nehmen. Aber wenn wir was kaputtmachen, müssen wir es bezahlen.«

»Okay, prima.« Charlotte nickte. »Also nicht im Kostüm Fingernägel lackieren oder Döner essen. Verstanden? Übrigens kommt übermorgen die Jungsklasse mit dazu. Die wollen mitmachen. Da kriegen wir sogar einen waschechten männlichen Werther-Rapper.«

Nach dem ersten Schock in Dresden war Veronika nämlich nicht mehr zu bremsen gewesen. »Natürlich machen wir da mit«, hatte sie gesagt. »Das ist doch genial. Endlich mal was los, das kann ich mir doch nicht entgehen lassen!«

»Echt? Die Jungs machen mit?« Diese Neuigkeit sorgte für hellste Aufregung, unbändiges Gekreische und Gelächter unter den Mädchen. Charlotte sah ihren Schülerinnen nach, wie sie in alle Himmelsrichtungen des Parks davonstoben, um diese frohe Kunde genauestens zu diskutieren. Unversehens fühlte sie sich ein bisschen wehmütig. Sie hätte schon viel, viel eher mal so etwas machen sollen. Genau wie sie schon viel, viel eher nach Doro hätte suchen sollen. Aber manche Dinge im Leben brauchten eben einfach ihren richtigen Zeitpunkt. So, und nun auf zu diesem Gärtner, auch wenn sie keine Ahnung hatte, wie sie den erkennen sollte. Eine Flasche Rum würde er ja wohl kaum schwenken. Was hatte Frau Doppelkiefer-Dingenskirchen noch gesagt? Der *Dichter.* Charlotte setzte sich in Bewegung.

Er hatte eine Flasche in der Hand. Allerdings war darin Wasser. Er trug einen Schlapphut und stutzte gerade eine Hecke. Ab und zu wischte er sich kurz den Schweiß von der Stirn und seufzte oder fluchte leise. Er war gerade mal so groß wie Charlotte und hatte etwas von einem deprimierten Gartenzwerg an sich. Konnte er das sein? Doros Geschmack war schon immer unberechenbar gewesen. Und er war der einzige Gärtner, den Charlotte auf ihrer fast einstündigen Tour durch den Park getroffen hatte.

Entschlossen näherte sie sich dem Mann. »Hallo? Entschuldigung?«

Die Schultern des Gärtners rutschten noch ein Stück weiter hinunter, sofern das überhaupt möglich war. »Ja?«, fragte er gereizt und drehte sich um. »Toiletten sind da hinten.« Er deutete mit der Heckenschere in Richtung eines Pavillons.

»Ich suche nicht die Toiletten.« Warum war der so grantig? Es war ja nun wirklich nicht so, als ob er hier vor Stress bald zusammenbrach.

»Nicht?«, fragte er lauernd.

»Ich suche Doro. Damals hieß sie vermutlich noch Windrich mit Nachnamen«, erklärte Charlotte geradeheraus, denn entweder der Name sagte ihm etwas oder nicht.

Der Mann ließ langsam die Heckenschere sinken. »Na, so was. Willkommen im Klub«, erwiderte er zu Charlottes grenzenloser Verblüffung. »Die suche ich auch.«

»Sie suchen sie auch?« Wenn der Typ angeblich Doro suchte, warum schnippelte er dann missgelaunt an einer Hecke herum?

»Schon seit Jahren. Sie ist wie vom Erdboden verschwunden. Wissen Sie, wo sie sein könnte? Wer sind Sie überhaupt? Und warum kommen Sie zu mir?«

»Ich bin ihre Schwester Charlotte.«

»Charlotte.« Das leicht verwitterte Gesicht des Mannes fing an zu leuchten. »Ja, von Charlotte hat sie erzählt. Das gibt es doch nicht. Das ist mein Glückstag, dass Sie heute hier auftauchen.«

»*Excuse me?*« Eine Japanerin näherte sich ihnen vorsichtig. »*Toilets, please?*«

Der Mann zeigte stumm in Richtung Pavillon.

»*Thank you. Thank you.*« Die Japanerin verbeugte sich zweimal kurz und brüllte dann etwas über die Schulter nach hinten, das wie »Otterhai, Otterhai!« klang. Eine japanische Großfamilie stürmte den Weg entlang und folgte der Frau, die eilig voran-trippelte.

»Zwanzigmal am Tag geht das so.« Der Gärtner rollte mit den Augen. »Ach, was sag ich – vierzigmal. Ich bin nicht der Gärt-ner, ich bin der Klozeiger.«

»Wie heißen Sie eigentlich?«, fragte Charlotte schnell, denn in etwa fünfzig Metern Entfernung marschierte eine Gruppe amerikanischer Touristen auf sie zu, die sich immer wieder suchend umsahen. Sie war sich sicher, das Wort *bathroom* zu hören.

»Ich bin Julius.« Er zog seinen Handschuh aus und reichte ihr die Hand. »Entschuldigung, Charlotte, bin ganz durcheinander, dass Sie ... dass du, ich sag einfach du, einfach hier so auf-tauchst. Woher weißt du von mir und Doro? Hat sie dir das er-zählt? Will sie mich wiedersehen?«

»*Excuse me!*« Die Amerikaner waren heran, eine Frau steuerte auf Charlotte zu. »*Do you know where ...?*«

»*This way.*« Charlotte ließ sie gar nicht erst ausreden und zeigte in Richtung Pavillon.

»*Oh.*« Die Amerikanerin verstummte beeindruckt. »*Those Germans really are super efficient*«, sagte sie im Weitergehen zu ihrem Mann.

»Können wir uns irgendwo mal in Ruhe unterhalten?«, fragte Charlotte, denn es kam ihnen schon wieder eine Gruppe su-chender Leute entgegen.

»Wir können uns kurz in den Pavillon setzen«, schlug er vor. »Daneben sind gleich die Toiletten, da fragt uns wenigstens kei-ner danach.«

»Gute Idee. Es dauert auch nicht lange, ich will dich nicht von der Arbeit abhalten.«

»Ach, ist doch egal. Ich sitze sowieso den halben Tag in irgendeinem Pavillon und schreibe.«

Der Dichter, natürlich. Es stimmte also doch. »Was schreibst du denn so?«, fragte Charlotte interessiert. Sie liefen quer über den gepflegten Rasen, vorbei an Reihen halbnackter mythischer Statuen. Weiter vorn konnte Charlotte zwei ihrer Schülerinnen entdecken, die sich in eindeutiger Weise an einer Männerstatue zu schaffen machten, Fotos schossen und dabei hysterisch lachten. Charlotte beschloss, die beiden zu ignorieren. Es bekam ohnehin keiner mit, außer zwei Japanerinnen, die wiederum ein Foto von den Schülerinnen schossen.

»Liebeslyrik«, antwortete Julius. »Mit einer gewissen Endzeitstimmung. Weil wahre Liebe immer unerwidert bleibt, wusstest du das? Wie bei mir.« Er schniefte.

»Nein. Wie schön.« Sie verhaspelte sich. »Ich meinte, wie traurig.« Oh Gott, was war denn das für ein gefühlsduseliger Kauz? Aus der Nähe betrachtet musste sie Frau Doppelkiefer leider recht geben. Julius war eindeutig etwas heruntergekommen. Er roch ein bisschen muffig, und seine Augen waren blutunterlaufen.

»Das Schreiben habe ich damals für Doro angefangen. Sie hat mich ja inspiriert und immer ermuntert weiterzumachen. Du schaffst das, Baby, hat sie gesagt. Du wirst mal berühmt wie ...« Er wedelte suchend mit den Händen.

»J. K. Rowling?«, schlug Charlotte vor. So recht konnte sie nicht glauben, dass Doro dieses Wurzelmännchen mit Baby tituliert haben sollte.

»Nein, nicht die, ich schreibe doch keine Zauberromane«, sagte Julius beleidigt. »Meine Lyrik ist dunkel, bitter und kompliziert, die verstehen die wenigsten.«

»Hm.« Charlotte nickte und sah geflissentlich an ihm vorbei in den Park. Sie überlegte kurz, ob sie ihn bitten sollte, vielleicht noch ein paar gute Rapzeilen zum *Werther*-Projekt beizusteuern. Lisas Texte waren so ... direkt.

»Weißt du, meine Lyrik ist Ausdruck meiner Zerrissenheit. Meiner unerfüllten Liebe. Meines Verlassenseins. Meiner gelegentlichen Todessehnsucht.« Er blickte sie deprimiert an.

Vielleicht sollte sie ihn mit Johannes bekannt machen? Gemeinsam könnten die beiden mit Verstorbenen kommunizieren und ihre diversen Sehnsüchte dabei stillen. Ach, halt, lieber nicht. Johannes war ja ebenfalls noch in Doro verknallt, da kam es womöglich nur zu Reibereien. Nicht zum ersten Mal wunderte Charlotte sich über die Männer, die ihre Schwester sich so ausgesucht hatte. Was zum Beispiel hatte sie in diesem hier gesehen?

Julius ächzte, legte sich im Pavillon rücklings auf eine Steinbank, drehte sich im Liegen eine Zigarette und sah hoch an die stuckverzierte, leicht bröselige Decke. »Also, wo steckt sie?«, fragte er.

»Ich habe keine Ahnung. Ich hatte gehofft, du kannst mir weiterhelfen. Eine Freundin aus Dresden hat mich an dich verwiesen. Susanne.«

»Susanne.« Er gab einen Mix aus Grunzen und Wiehern von sich. »Hat sie sich mittlerweile bis in den Bundestag geschlafen?«, fragte er. »Die wollte doch schon immer in der Politik mitmischen. Eines Tages wird die noch Kanzlerin, das prophezeie ich dir. Dann geht die Welt unter. Kann man jetzt schon aus meinen Gedichten herauslesen.«

Vielleicht machte Charlotte ihn lieber mit Ben bekannt? Die beiden ähnelten sich in gewisser Weise. Sie könnten zusammen über das System wettern und endzeitliche, aber gleichzeitig romantische Liedtexte für Hochzeiten und Jubiläen schreiben.

»Sie sitzt im Stadtrat. Für die Grünen.«

Er lachte verächtlich. »Passt. Aber ich hab echt gehofft, du hast ein Lebenszeichen von meiner Doro. Das macht mich jetzt richtig deprimiert. Ich weiß doch auch nicht, wo sie ist.« Er richtete sich auf und seufzte. »Seit sie weg ist, hapert es mit dem Schreiben. Und mit allem anderen auch. Sie hat mein Leben zerstört.« Er sah sich kurz um, holte dann einen kleinen Flachmann aus der Tasche und genehmigte sich einen Schluck. »Mir fällt einfach nichts mehr ein. Als sie noch da war, ist mir immer was eingefallen. Meine besten Sachen habe ich damals für sie geschrieben. Sie war meine Muse. Hör mal.« Er stand plötzlich auf, richtete seinen Blick in die Ferne des Parks und begann ohne Vorwarnung laut zu deklamieren:

»Am Horizont schwarzgraue Schleier,
und über mir, da kreisen Geier.
Das Leben war so paradiesisch,
doch du liebst nur noch auf Walisisch.
Mein Herz ist brüchig jetzt und kalt
und obendrein schon ziemlich alt.
Hast mich im Labyrinth des Lebens
verloren, ohne viel Aufhebens.
Allein steh ich auf dieser Erde
und blökend neben mir die Herde
von Schafen – aufeinanderprallend
und schließlich in den Abgrund fallend.«

Er hörte so urplötzlich auf, wie er begonnen hatte. Ein Stück weiter vorn klatschte die japanische Großfamilie auf dem Weg zurück vom Klo verwirrt Beifall. Julius verbeugte sich in ihre Richtung, und die Japaner verbeugten sich ebenfalls. Zu Charlottes Entsetzen glitzerte in seinem Augenwinkel eine kleine Träne. Fing er jetzt etwa an zu heulen? Vor Rührung über sich selbst? Und was um alles in der Welt hatte er da gerade von sich gegeben? Dagegen waren Lisas Rapsongs ja hochmittelalterliche Spielmannsdichtung! Erwartete er etwa Lob? Was sollte sie dazu nur sagen?

»Es reimt sich prima«, bemerkte Charlotte endlich diplomatisch, als das erwartungsvolle Schweigen unerträglich wurde.

»Das tut es. Das ist mein großes Talent. Mein Sinn für fließende Poesie.«

»Walisisch?«, lenkte Charlotte schnell ab. »Seid ihr in Wales gewesen? Und habt Schafherden gesehen?« Charlotte schielte heimlich auf die Uhr. Sie musste bald wieder zu ihrer Klasse zurück.

»Nein. Die Herde bezieht sich auf die menschlichen Herdentiere. Die sich dem Abgrund nähern. Wie Lemminge. Ich hätte auch Lemminge nehmen können.«

»Ach so, natürlich«, sagte Charlotte und gab ein zustimmendes Gurgeln von sich. Julius hatte eindeutig eine noch viel größere Schiffsschraube locker, als sie auf den ersten Blick vermutet hatte.

»Wales ist die Metapher für die Ferne. Hätte auch Byzanz sein können oder so. Aber Wales war richtig, denn die Ironie des Schicksals ist, dass Doro nach England ziehen wollte, als ich sie das letzte Mal gesprochen habe.«

»Was?« Charlotte sprang wie elektrisiert auf. »Was sagst du

da?« Warum war er denn nicht gleich mit dieser Neuigkeit herausgerückt, verdammt noch mal?

»Mit ihrem Neuen. Einem Engländer. Ihrem Shakespeare. So hat sie den genannt, kannst du dir das vorstellen? Dabei hat er nicht eine Zeile in seinem Leben geschrieben. Nicht eine! Das hat sie mir selbst gestanden. Ich verstehe das nicht. Ich war immer der Dichter! Ihr Dichter, ihr Hofpoet!« Er schwenkte seinen Arm anklagend herum, wie um die Größe dieses Hofstaates anzudeuten. »Und dann nennt sie diesen Typen Shakespeare. Verstehst du das?«

»Ich ... nein, warte. Nicht so schnell.« Die Gedankensprünge von Julius waren ihr zu wild. »Noch mal ganz von vorn. Wie lange wart ihr zusammen, und was ist dann passiert?«

»Wir haben uns in Leipzig kennengelernt, vor sechs Jahren bei einem Konzert. Und dann nach einer Weile Fernbeziehung ist sie mit nach Potsdam gezogen, mit Adrian.«

»Dem Baby.« Sie konnte sich diesen Julius beim besten Willen nicht mit einem Kleinkind vorstellen.

»So klein war der gar nicht mehr.« Julius wirkte einen Moment lang verwundert. »Der war im Kindergarten. Glaube ich.«

»Das musst du doch wissen, wenn sie bei dir gewohnt hat.«

»Sie hat nicht bei mir gewohnt. Sie hatte ihre eigene Wohnung. Sie wollte sich nicht binden oder festlegen. Das war ja auch okay, am Anfang zumindest.«

»War sie da noch in einer Band?« Charlotte hatte so viele Fragen, aber dieser Julius ließ sich alles aus der Nase ziehen. Charlotte fragte sich, ob er bekifft war.

»In einer Band? Nein. Sie wollte eine Solokarriere anstreben. Das war ja unser gemeinsamer Traum. Wir wollten ein Literatur- und Musikcafé eröffnen. Wo sie gesungen und ich meine Gedichte vorgetragen hätte. Ein Treffpunkt für alternative, kunstinteressierte, intellektuelle, der Lyrik zugeneigte. ...«

»Ihr habt also ein Café zusammen gemanagt?«, unterbrach Charlotte ungeduldig.

»Nein, daraus ist ja nichts geworden. Ich hatte schon die erste Monatsmiete angezahlt und ein neues Schild bestellt. Früher hieß die Kneipe ja »Zur Post«, das ging natürlich gar nicht. Ich wollte das Café gern »Endzeit« nennen, Doro war für »Karma«, dann haben wir uns auf »Endkarma« geeinigt. Ein paar Kisten Bier und Wein hatte ich auch schon im Großhandel gekauft. Das war unser Lebensprojekt. Ich wollte sie sogar heiraten, wegen Steuern und so.« Er schniefte. »Sie hat sich Bedenkzeit ausgebeten. Und dann ist sie auf einmal Hals über Kopf mit Mr Shakespeare weg. Vielleicht hat der ihr eine Solokarriere in England versprochen, keine Ahnung.« Sein Gesicht bekam einen etwas gehässigen Zug. »Gehört habe ich schließlich nichts mehr von ihr, im Radio oder so.«

»Und wie lange wart ihr zusammen?«

»Drei Monate.« Es klang ziemlich kleinlaut.

Drei Monate. Mit keinem ihrer Freunde hatte Doro es offenbar lange ausgehalten. War Adrian, ihr Sohn, auch das Produkt einer Dreimonatsaffäre?

»Hat sie dir erzählt, wer der Vater von Adrian war?«

»Nee. Von dem hat sie überhaupt nicht geredet. Hoffentlich redet sie noch von mir.«

Charlotte fiel noch etwas ein. »Hat sie irgendetwas von dir mitgenommen?«, fragte sie gespannt. Es war zwar unvorstellbar, dass dieser Typ irgendetwas in seinem Besitz gehabt haben konnte, das von Interesse für Doro gewesen war, andererseits ...

»Natürlich. Mein Lebenswerk. Mindestens dreißig Gedichte. Handgeschrieben! Ich hatte sie alle ihr gewidmet, doch als sie nach England ziehen wollte, habe ich sie wieder eingefordert.« Er nahm trotzig noch einen Schluck aus dem Flachmann. »Ich meine, das Zeug kann in paar Jahren mal unendlich viel wert sein. Erstausgabe und so weiter. Jedenfalls hat sie mir alle Gedichte ordentlich zu einem Packen verschnürt am letzten Tag vor ihrer Abreise wiedergegeben, wir haben noch was getrunken, weil ich so verzweifelt war, und dann hatte ich ja auch noch die ganzen Kisten voller Getränke, die kann man ja auch nicht ewig aufheben, und es ist ein bisschen später geworden und irgendwann bin ich vor Kummer eingeschlafen, und als ich wieder aufgewacht bin, hatte sie den Packen wieder mitgenommen. Wenn das nicht geistiger Diebstahl ist, dann weiß ich nicht, was.«

»Und du hast keinen Namen von diesem ... Shakespeare? Keine Adresse?«

Er hob ratlos die Schultern. »Wäre ich noch hier, wenn ich es wüsste? Irgendwo in Südengland. Cornwall, da kam der her. Ich hab ihn nie gesehen, den mysteriösen Mr Shakespeare, der nichts schreibt.« Sein Handy summte. Julius verdrehte die Augen. »Ja?«, brummte er in das Telefon. Dann lauschte er. »Ich mach nur 'ne kleine Rauchpause, Chef. Geht gleich weiter. Ja. Ja. Ja, ich weiß. Natürlich trinke ich nichts, wie kommen Sie denn darauf?« Er legte auf. »Ich muss dann mal wieder«, murmelte er. »Bitte, finde sie. Sonst kann ich nie wieder schreiben.«

»Vielleicht solltest du dir einfach eine andere Muse suchen?«, schlug Charlotte vorsichtig vor.

Er schüttelte deprimiert den Kopf. »Das geht nicht. Hab ich schon mal versucht. Es gab da so eine Kellnerin in einem Café, aber die hat meine Gedichte nicht verstanden. Sie hat Eclairs gegessen und ihre SMS gecheckt, als ich sie ihr vorgelesen habe.«

»Oder etwas anderes schreiben?«

»Was denn?«

Und wie er so dastand, so verloren und zerbeult, fiel Charlotte beim besten Willen keine Antwort ein. »Etwas aus deinem Leben«, stammelte sie schließlich. »Nicht unbedingt über Liebe. Da muss es doch irgendwas geben?«

Er schüttelte traurig den Kopf.

»Ich halte dich auf dem Laufenden«, versprach sie und wandte sich zum Gehen. Ihre Schülerinnen warteten bestimmt schon vorn an der Treppe. »Und wenn ich sie finde, bringe ich dir deine Gedichte zurück.« Damit ließ sie das Häufchen Elend stehen. Das nutzte gleich ein Trupp älterer Damen – vielleicht sogar die Truthähne von eben –, um eilig auf ihn zuzustürzen, nervös trippelten sie auf der Stelle.

»Die Toiletten sind hinterm Pavillon«, rief Charlotte ihnen zu. Shakespeare. Was sollte sie damit anfangen? Damit konnte man überhaupt nichts anfangen. Hieß der Typ vielleicht William? War es das? Oder Romeo? Hamlet gar? Kam er aus Stratford-upon-Avon? Hatte er ein Vollmondgesicht, einen Schnauzbart und halblange Haare mit Stirnglatze? Trug er bevorzugt Puffärmel und weiße Rüschenkragen?

»Mr Shakespeare, wer bist du?«, murmelte Charlotte. »Und *wo* bist du heute?

20

»Das sieht ja schon phantastisch aus!« Die Direktorin Frau Machowiak klatschte in die Hände. »Gut sieht das aus. Ich bin ja so was von gespannt!« Sie betrachtete gerührt das bunte Treiben im Klassenzimmer. Junge Männer, die gewöhnlich ihre Körper in hängenden Beutelhosen, offenen Turnschuhen oder T-Shirts mit unverständlichen Slogans durch das Schulhaus schleppten, die ihre verkaterten oder gelangweilten Gesichter hinter Haarsträhnen, Kapuzen oder Basecaps versteckten, stolzierten heute in Kniebundhosen und Westen herum, der eine oder andere sogar im blau-gelben *Werther*-Look oder mit Gehrock oder Dreispitz. Und Mädchen, die normalerweise selbst im Sommer in klumpigen Fellstiefeln herumschlurften, sich bis zum Darmverschluss in zu enge Hosen quetschten oder breite Gürtel als Miniröcke trugen, spazierten graziös in langen, bauschigen Kleidern durch die Gänge, mit Ausschnitten, so tief und geheimnisvoll wie der Baikalsee.

Charlotte musste zugeben, dass der Anblick ein vielversprechender war. Er gaukelte Ernsthaftigkeit vor. Zwei ins Gespräch vertiefte Knaben im Gehrock konnten unmöglich jeden Satz mit »krasse Scheiße« oder »total behindert, Alter« beenden, sondern tauschten sicher scharfsinnigere Überlegungen aus. Über die bevorstehende Theateraufführung zum Beispiel, ein Ereignis, das in der Vorstellung der Machowiak mittlerweile zu einem Mix aus Broadway und Bayreuther Festspielen mutiert war. Charlotte wurde richtig übel, wenn sie an die Festwoche dachte. Aber nun war es zu spät, um noch etwas anderes vorzubereiten. Charlotte hoffte, dass die Machowiak bald ging, damit sie vor der Probe noch ein paar Anrufe erledigen konnte.

»Dann lassen Sie sich einfach mal überraschen«, sagte jetzt zum Glück Veronika, die Charlottes stummen Hilfeschrei bemerkt hatte, und schob die Direktorin in Richtung Ausgang.

»Ich helfe gern, wenn Not am Mann ist«, gelang es der Machowiak noch zu sagen. »Theater ist meine Leidenschaft!« Dann fiel hinter ihr die Tür ins Schloss.

»Endlich«, murmelte Charlotte erleichtert. »Ich dachte schon, die geht nie.« Sie schielte auf ihr Handy. Richard hatte sich immer noch nicht gemeldet, obwohl sie ihm gleich gestern eine SMS und eine E-Mail geschickt und darin von der neuen Spur nach England berichtet hatte. Warum dieses Schweigen? Fand er sie zu aufdringlich? Interessierte ihn doch nicht mehr, wo Doro war? War das Interesse an Annabella wirklich nur professioneller Natur gewesen? Charlotte konnte das nicht glauben, wusste allerdings auch nicht, was sie davon halten sollte.

»Sind bei dir alle da?«, fragte Veronika.

Charlotte sah hoch. »Ja, sieht so aus. Bei dir?«

»Sebastian fehlt. Mist, der soll doch den Werther geben.« Veronika sah sich um. »Timo, wo ist unser Werther? Kommt der noch?«, fragte sie einen rothaarigen Jungen im blauen Gehrock.

»Werther ist im Spaßbad«, sagte der Junge. »Im Tropical Island, das ist diese geile Indoor-Halle mit dem Regenwald und dem Wellenbad und den ...«

247

»Ich weiß, was das Tropical Island ist«, schnitt Veronika ihm das Wort ab. »Wieso das denn?«

»Mit seinen Großeltern übers Wochenende. Die werden irgendwie hundert oder achtzig oder so.«

»Heute ist Mittwoch.«

»Sag ich doch. Verlängertes Wochenende.« Der Junge schüttelte nachsichtig den Kopf.

»Und wo sind Marcel und Robin?«

»Die kommen. Die essen noch was.«

»Phantastisch.« Veronika seufzte. Sie warf einen kurzen Blick auf Charlotte. »Alles in Ordnung?«, fragte sie leise. »Du bist so still?«

»Richard hüllt sich in Schweigen. Und ich stecke fest. Meine Schwester wurde zuletzt vor sechs Jahren mit einem gewissen Shakespeare gesehen. In Cornwall wohnt der angeblich.« Sie berichtete Veronika kurz, was sie herausgefunden hatte. »Und jetzt hänge ich in der Luft. Ich weiß nicht weiter. Habe schon alles Mögliche gegoogelt. Shakespeare, Cornwall, alle Shakespeare-Werke in Verbindung mit dem Namen meiner Schwester. Nichts.«

»Hm.« Veronika schob sich nachdenklich eine Haarsträhne hinters Ohr. »Das ist in der Tat seltsam. Mir fällt da auch nichts ein. Und wieso meldet sich dieser Richard nicht? Kannst du ihn nicht anrufen und behaupten, dass die Ratte krank ist?«

Ein kleines Lächeln huschte über Charlottes Gesicht. »Das Opossum, meinst du wohl. Das ist kerngesund und tobt nachts durch seinen Käfig.«

»Da kann man doch nachhelfen.« Veronika zwinkerte ihr zu. »Bisschen Zugluft und schon hat es Husten.«

»Du bist unmöglich!« Charlotte musste gegen ihren Willen

lachen. »Für meinen Liebeskummer soll kein Tier leiden.« Sie winkte ab. »Wahrscheinlich habe ich mir ohnehin nur eingebildet, dass da was zwischen uns gefunkt hat. Oder hätte funken können. Wie unser guter Werther.« Sie klatschte in die Hände, um die herumwuselnde Schülerschar auf sich aufmerksam zu machen. »Okay, Leute, fangen wir an. Die neuesten Zeilen beziehen sich auf die Stelle, an der Werther die mittlerweile verheiratete Lotte besucht und sie leidenschaftlich küsst.« Sie las vor: »*Er schlang seine Arme um sie her, presste sie an seine Brust und deckte ihre zitternden, stammelnden Lippen mit wütenden Küssen.*«

Jemand pfiff anzüglich.

Charlotte räusperte sich. »Sie stößt ihn daraufhin entsetzt von sich und sagt, dass sie ihn nie wieder sehen will.« Sie suchte die Zeile im Buch und las weiter. »*Werther, rief sie mit erstickter Stimme, sich abwendend ... Das ist das letzte Mal. Werther, Sie sehen mich nicht wieder!*« Charlotte sah hoch. »Okay, Lisa, fängst du an?«

Lisa stellte sich in Positur.

»Werther war voll scharf auf Lotte,
die hat ihn so heiß gemacht,
er hat sie krass angebettelt,
doch sie hat ihn ausgelacht,
er hat sich gesagt – Scheiße, Mann,
ich mach jetzt hier Randale,
und dann hat er sie voll abgeschleckt,
wie ein Kannibale ...«

Sie wurden unterbrochen, weil die Tür aufging und die beiden Nachzügler Robin und Marcel hereingeschlendert kamen.

»Sorry«, sagte Marcel mit vollem Mund. »Wir waren noch beim alten Mozart, was essen.«

»Bei Mozart?«, fragte jemand ungläubig.

»*Im* Mozart, du Brot. Dem Café.« Marcel verdrehte die Augen angesichts solch unglaublicher Begriffsstutzigkeit.

Charlotte erstarrte. »Sag das noch mal«, flüsterte sie.

»Wir waren im Mozart«, wiederholte Marcel, nun längst nicht mehr so forsch. Er schluckte. »Ey, sorry, Mann, wir sind nur fünf Minuten zu spät, das ist doch echt nicht so schlimm, ihr habt ja noch nicht mal ange–«

»Im Mozart«, wiederholte Charlotte glücklich. »Natürlich. Der Name eines Cafés, warum nicht?«

»Charlotte?«, sagte Veronika vorsichtig.

»Shakespeare könnte doch auch der Name eines Cafés sein. Oder vielleicht ein Pub. Verstehst du? Ich war selbst mal in England in einer Kneipe, die ›The Shakespeare‹ hieß. Vielleicht ist es ja das? Macht schon mal weiter. Ich muss das schnell nachsehen.« Sie lief zur Tür und hoffte nur, dass die Machowiak nicht im Korridor herumlungerte.

»Mozart? Shakespeare?«, hörte sie Denise noch verwirrt fragen. »Ich dachte, was wir hier machen, ist von Goethe? Scheiße, Mann, wer soll denn da noch durchblicken mit den ganzen alten Typen?«

Es gab ein Shakespeare Pub in Dorset, eins in Manchester, in Plymouth und in den Midlands. Charlotte klickte sich an einem PC im Lehrerzimmer rasch durch die Websites, aber nichts darauf deutete in irgendeiner Weise auf die Existenz ihrer Schwester hin. In England musste man offenbar weder Namen noch Adresse auf seinen Websites angeben. In Cornwall gab es einen

Shakespeare Bookshop in Penzance, der von einer gewissen Emily betrieben wurde, sowie ein Shakespeare Inn in der Nähe von St Ives. Charlotte holte tief Luft, denn draußen auf dem Korridor klackerten Absätze, die gefährlich nach den High Heels der Machowiak klangen. Jetzt bloß nicht gestört werden. Sie betrachtete das Foto vom Shakespeare Inn auf dem Bildschirm – ein anheimelndes Haus im typischen Tudorstil englischer Pubs. Weiß getünchte Wände, schwarze Balken, Blumenkörbe über dem Eingang und natürlich ein großes Schild mit dem Konterfei des Dichters selbst über der Tür. Darüber hinaus fand sie eine Telefonnummer und eine Wegbeschreibung, wie man zu dem Inn gelangte. Kein Hinweis auf die Besitzer. Keine neckische Entstehungsgeschichte, keine Hausgeister. Nur eine Speisekarte. Charlotte öffnete die Seite mit der Speisekarte und stutzte. *Unsere Spezialität sind Fischgerichte und vegetarische Speisen, die auch den größten Fleischgourmet überzeugen werden.* Ihr Herz fing an zu klopfen. Vegetarische Gerichte. Wenn Doro immer noch Vegetarierin war oder mittlerweile auch Fisch aß, dann … Es folgten Fotos, wunderschöne Fotos von appetitlich angerichteten Tellern mit knusprigen Fischen und Krabben, frischen Salaten, kleinen Türmchen aus Ziegenkäse mit Pinienkernen und Roter Bete, von Puddings mit frischen Beeren und von schimmernden Cocktails. Charlotte knurrte der Magen bei diesen Bildern. Kossi der Koch wäre vor Neid geplatzt. Aber leider war auch hier kein Hinweis auf irgendeinen Inhaber zu finden. Nur auf dem letzten Foto war eine Hand. Charlotte musste zweimal hinsehen, sie kniff immer wieder die Augen zu, als ob sich das Bild dadurch vielleicht verändern würde, doch es zeigte ihr stets dasselbe. Eine Hand, die einen Teller mit verschiedenen Käsesorten, Oliven, Mandeln und Preiselbeerchutney auf einen großen Holztisch stellte. Eine Frauenhand, halb von einem blauen, seidigen Ärmel verdeckt. Aber der Ärmel interessierte Charlotte nicht. Sondern der Mittelfinger, genauer gesagt der Ring in Form einer silbernen Schlange, die den Eindruck erweckte, dass sie sich den Finger hinaufwand. Charlotte kannte den Ring. Auf einem Flohmarkt in Berlin hatte der Verkäufer anfangs einen horrenden Preis dafür gewollt, hatte sich aber schließlich angesichts Doros Charme und Argumentation geschlagen gegeben und ihn fast verschenkt. Nicht, dass Charlotte auf den Ring neidisch gewesen wäre, aber doch auf die kecke Beharrlichkeit, mit der Doro sich geweigert hatte, den verlangten Preis zu akzeptieren. Charlotte hätte ihn prompt bezahlt und sich dann zu Hause darüber geärgert. Und eine weitere Geschichte war mit dem Ring verbunden. Er war Charlotte auch deshalb so vertraut, weil sie gemeinsam mit Doro versucht hatte, ihn zu kleben. Doro hatte vor Wut mit der Faust auf den Tisch gehauen und dabei war leider der halbe Kopf der Schlange abgebrochen. Der Ring ließ sich nicht reparieren, und die Schlange schlängelte sich von diesem Tag an nur noch mit einem halben Kopf den Finger hinauf. Ganz genau wie der Ring auf dem Foto. *Ploughman's Lunch, August 2012*, stand unter dem Bild.

Ein eigenartiges Gefühl breitete sich in Charlotte aus – Erleichterung und gleichzeitig Erschöpfung wie nach einem Marathonlauf. Es war vollbracht. Es gab keinen Zweifel.

»Doro«, flüsterte sie. »Da bist du ja endlich.«

21

»In England?«

Das und ein ungläubiges Schnaufen war alles, was Johannes bislang von sich gegeben hatte. Die Nachricht hatte ihn offenbar völlig überrumpelt.

»Bist du noch dran?«, fragte Charlotte schließlich.

»Ja. Was macht sie denn in England? Was will sie denn da?«

»Nun, was machst du in Mecklenburg auf einem Campingplatz? Wie das Leben halt so spielt. Weil es ihr da gefällt? Weil sie gern Plumpudding zu Weihnachten isst? Weil Cornwall so schön ist? Weil sie einen englischen Mann hat?«

»Wer ist der Typ überhaupt?«, fragte Johannes. Er klang gekränkt.

»Keine Ahnung. Sie haben zusammen einen Pub, wie es aussieht. Nehme ich zumindest an.«

»Ich verstehe das nicht. Ich habe neulich erst mit meiner Oma Zwiegespräch gehalten, ich sehe sie neuerdings überall. Sogar unter Wasser im See, sehr seltsam, dabei konnte sie zu Lebzeiten gar nicht schwimmen. Ich muss mal im Forum fragen, was das zu bedeuten hat. Aber von England hat sie nichts gesagt. Allerdings hatte ich gestern Nacht so einen Traum ...« Er machte eine bedeutungsschwere Pause, aber Charlotte hüstelte nur und schwieg diplomatisch.

»Kann ich dir ja auf der Fahrt erzählen. Wann fahren wir los?«

Charlotte brauchte eine Sekunde, um zu begreifen, was er da gerade gesagt hatte. »Wir?«

»Na ja, ich komme mit. Das versteht sich doch von selbst. Du fährst doch auch nicht gern Auto. Wir können den Wohnwagen nehmen, dann brauchen wir nicht mal irgendwo eine Übernachtung zu bezahlen. England ist sauteuer.«

Charlotte holte tief Luft. »Johannes. Nimm es mir bitte nicht übel, aber ich fahre alleine da hin. Ich möchte nicht, dass jemand mitkommt.« Das stimmte nicht ganz. Aber Richard konnte sie schlecht fragen. Sie hatte ihm gestern noch eine zweite Mail geschickt, denn es konnte ja schließlich sein, dass er die erste nicht bekommen hatte. Diesmal war auch ein Link zum Shakespeare Inn dabei gewesen. Gerade hatte er sich endlich per Mail gemeldet. »Ich glaube, ich sehe da mein Affenskelett im Fenster sitzen. ☺ Habe seit gestern einen Notfall, ich rufe dich später an, wenn es ein bisschen ruhiger wird, da können wir über alles reden.« Seitdem wartete sie auf seinen Anruf.

»Warum denn nicht?«, fragte Johannes bestürzt.

»Weil ich ... ich will endlich richtig auf eigenen Beinen stehen. Das geht nur mich und meine Schwester etwas an. Ich will das alleine durchziehen, und dazu gehört, dass ich da auch alleine hinfahre.«

»Du willst mit dem Auto fahren? Du hasst Autofahren, das hast du mir doch selbst erzählt.«

»Ja, das ist wahr. Aber wenn ich mich meinem inneren Schweinehund nicht endlich mal stelle, ändert sich nie etwas. Ich fliege nach Gatwick. Und dann, ob du es glaubst oder nicht, dann nehme ich einen englischen Mietwagen. Damit ich nicht länger von anderen Leuten abhängig bin. Ich nehme nur Miriam mit, denn egal, was mit Doro ist oder wird oder auch nicht – Miriam will ihren Cousin kennenlernen. Aber ich verspreche dir, ich werde alles berichten und sie nach deinem Buch fragen.«

Einen Moment lang herrschte Schweigen. Dann gab Johannes klein bei. »Na gut. Letzte Nacht habe ich geträumt, dass ich in der Londoner U-Bahn fahren wollte und alle Züge voll waren. Ich kam nirgendwo mit und stand auf dem Bahnsteig, und die anderen haben von drin gewunken und gelacht und hämische Gesichter gezogen. Ein Herr im Nadelstreifenanzug und mit Schirm hat mir sogar die Zunge rausgesteckt. Es war ziemlich demütigend, und ich habe mich beim Aufwachen gefragt, was das zu bedeuten hat. Ich meine, ich war noch nie im Leben in London, mich zieht es auch nicht dahin! Aber es muss ein Zeichen gewesen sein. Ich sollte besser nicht nach England fahren, alle Plätze sind vergeben.«

»Absolut«, stimmte Charlotte erleichtert zu. Sie glaubte immer noch nicht an diesen Unsinn mit der Traumdeutung, aber wenigstens nahm er jetzt Vernunft an.

»Aber was, wenn Doro mich unbedingt sehen will?«

»Johannes – wenn sie dich unbedingt hätte sehen wollen, meinst du nicht, dass sie sich in den letzten zehn Jahren mal gemeldet hätte?«

»Ich ...« Er setzte zu einer Verteidigung an, konnte aber offenbar auf die Schnelle keinen passenden Einwand finden. »Wann fährst du?«, fragte er stattdessen.

»Gleich morgen früh. Es ist Pfingsten, deshalb habe ich ein bisschen mehr Zeit.«

»Willst du da einfach in den Pub marschieren und dich hinsetzen und Yorkshire Pudding bestellen?«

Charlotte schluckte. Die lästigen Details des Treffens hatte sie bisher verdrängt. Doch das musste Johannes nicht wissen. »So in etwa«, sagte sie munter.

So in etwa hielt bis zum Flughafen Gatwick. Charlotte wurde schlichtweg von einer riesigen Welle der Euphorie getragen. Sie verstieg sich in Vorstellungen, wie sie mit schlafwandlerischer Sicherheit malerische und vor allem menschenleere Straßen in Cornwall entlangfuhr, wie das Meer rauschte, Möwen kreischten, wie der Geruch von *fish and chips* in der Luft hing, wie kleine weiße Cottages ihre Reiseroute säumten und wie sie schließlich vor dem Shakespeare Inn vorfuhr und ... Hier kamen ihre Phantasien allerdings stets zu einem abrupten Halt, denn was kam dann? Eine tränenreiche Umarmung? Ein eiskaltes: *Was willst du denn hier, hau ab. Du wolltest mich doch nie mehr wiedersehen.* Oder würde gar nichts passieren? Weil Doro nicht zu Hause war oder längst nicht mehr mit diesem Mann zusammen oder ...

»Was meinst du, wie mein Cousin sein wird?«, unterbrach Miriam ihre Gedanken. Nicht, dass die Frage überraschend kam. Sie stellte sie nun schon zum gefühlten hundertsten Mal. Seit dem Aufstehen grübelte Miriam laut und ununterbrochen über diesen unbekannten Knaben nach. Ob er bescheuert war, wie die Jungs aus ihrer Klasse? Oder vielleicht doch ein bisschen netter? Ob er wohl ein Tier hatte? Was unweigerlich wieder zum Thema Annabella führte. Ob es ihr gutging? Ob Annika, Miriams Freundin, auch richtig auf Annabella aufpasste und ihr genügend zu fressen gab?

»Du hättest Richard fragen sollen, ob er auf sie aufpasst.« Miriam klappte ihr Buch zu. »Der hat wenigstens Ahnung davon, wie man mit Tieren umgeht. Annika gibt ihr bestimmt nicht das Richtige zu essen. Richard ist doch sowieso in Berlin, das hast du doch gesagt.«

»Ja. Aber Richard hat bestimmt was Besseres zu tun, als übers Wochenende auch noch auf ein Opossum aufzupassen.« Charlotte seufzte unwillkürlich. Richard hatte sich gestern kurz nach ihrem Telefonat mit Johannes tatsächlich noch bei ihr gemeldet. Aus dem Zug, erneut auf dem Weg nach Berlin.

»Wie schade«, war es Charlotte herausgerutscht. Musste er ausgerechnet dann nach Berlin fahren, wenn sie nicht da war? Sofort war sie eifersüchtig auf alle weiblichen Wesen gewesen, die Richard an diesem Wochenende über den Weg laufen würden, nur weil sie das Glück hatten, sich zufällig in Berlin aufzuhalten. Während sie, Charlotte, gerade im Linksverkehr zwischen Gatwick und Dartmoor von einer Panikattacke befallen wurde und auf der falschen Seite der Autobahn frontal mit einem Lieferwagen voller Worcestersauce zusammenprallte!

Einen letzten kleinen Versuch hatte sie dennoch gestartet. »Wollen wir uns am Abend wenigstens kurz treffen? Ich muss leider früh raus.« Vielleicht wäre das deine letzte Chance, bevor sich mein Blut mit Worcestersauce vermischt und in den Avon fließt! Doch das hatte sie natürlich nicht gesagt.

»Was hast du gesagt?«

»Ob wir uns am Abend treffen wollen, ich fliege morgen zeitig nach England.«

»...arlotte?«

Die Verbindung war immer schlechter geworden. Im Hintergrund kreischten Kinder, ein Baby wimmerte, eine Zugdurchsage knatterte blechern. Sie konnte Richard kaum verstehen, obwohl er fast brüllte. »...ir leid, ... ich nicht eher angeru... abe... dir nur sagen, dass ich ... Warte mal ... im Abteil so ein ... Lärm und ...schrei ... Verbindung ...o mies ... gleich noch mal zurück, okay?«

Aber er hatte nicht mehr angerufen. Weder später noch jetzt. Auch keine SMS geschickt. Nichts.

»Mama?«, brachte Miriam sich wieder in Erinnerung. »Warum soll er denn nicht auf Annabella aufpassen? Für dich hätte er das bestimmt gemacht.« Sie grinste. »Der findet dich nämlich nett.«

Blut schoss Charlotte in den Kopf. »Wie kommst du denn darauf? Hat er was gesagt?«, fragte sie atemlos.

»Nee. Aber das merkt man doch, wie der dich anguckt.« Miriam sah betont gelangweilt aus dem Fenster des Flugzeuges, unter dem sich die Landebahn des Flughafens Gatwick in atemberaubender Geschwindigkeit näherte. »Konrad aus meiner Klasse guckt mich auch immer so an«, fügte sie dann hinzu, ohne den Blick abzuwenden. »Der denkt, ich merke das nicht, aber natürlich merke ich das. Ich bin ja nicht blöd. Wir landen jetzt übrigens.«

Als das Flugzeug mit einem kleinen Hüpfer aufsetzte, verspürte Charlotte aufkommende Übelkeit. Nach schier endlosem und scheinbar auch ziellosem Herumrollen parkte es endlich auf seiner endgültigen Position. Doch das schwummerige Gefühl wich auch nach der Passkontrolle nicht, und Charlotte musste sich eingestehen, dass es Panik war, die langsam von ihr Besitz ergriff. Die Panik begann als nervöses Herumhantieren in einem fremden Leihwagen. Er roch nach Gummi und Fensterspray, und der letzte Mieter hatte eine Sonnenbrille im Handschuhfach vergessen. Sie wuchs zu einer kaum noch zu unterdrückenden Hysterie an, als Charlotte versuchte, sich gleichzeitig auf den Linksverkehr und das eingebildete Upperclass-Englisch des Navis zu konzentrieren. Entsprechend fielen ihre Antworten auf Miriams sich endlos im Kreis drehende Überlegungen zu dem neuen Cousin immer einsilbiger aus. Sie versuchte, sich zu beruhigen, damit sie nicht völlig klitschnass und zerfleddert in Cornwall ankam. Was hatte sie sich nur gedacht? War sie vollkommen übergeschnappt? Die Welt, in der sie und Miriam auf ihr Ziel zufuhren, kam ihr so verkehrt vor wie das Negativ eines Fotos, der Drang, auf die andere Straßenseite zu wechseln, war fast übermächtig. Als es zu nieseln anfing, zerrten die Scheibenwischer ein und dieselbe Frage ohne Unterlass in Charlottes Kopf hin und her. *Was soll ich bloß zu Doro sagen? Was soll ich bloß zu Doro sagen?* Das Nieseln steigerte sich zu heftigem Regen, und Charlotte verwandte nun ihre ganze Kraft darauf, sich auf das Fahren zu konzentrieren. Oder besser gesagt auf das Überleben. Immerhin war in dieser Situation kein Gedanke an Richard möglich.

Als sie nach drei Stunden Autofahrt in der Nähe von Bristol an einer Autobahnraststätte anhielt, zitterte Charlotte so vor Erschöpfung, dass sie sich an der Raststätte einen dieser ekelerregenden Energiedrinks kaufte, der nach Chemie und Pudding schmeckte und wie ein Stromschlag durch ihren Körper fuhr. Als sie schließlich vor der Toilette auf Miriam wartete, kam sie langsam wieder zur Besinnung. Sie ließ sich von den englischen Lauten um sich herum einlullen, ließ den Blick über Sandwiches, Süßigkeiten und Zeitungen streifen und fragte sich ganz nebenbei, ob Doro dieses oder jenes wohl zum Frühstück aß und ob sie wohl etwas mit den unverständlichen Werbeslogans anzufangen wusste. Ob sie spüren konnte, dass ihre Schwester sich auf dem Weg zu ihr befand? Aus dem Spiegel den Toiletten gegenüber sah Charlotte eine Frau an, die nichts mehr mit der Charlotte vor wenigen Monaten gemeinsam hatte. Sie trug Röhrenjeans und eine knallbunte Bluse, ein Haarband in den kurzen, zerstrubbelten Haaren, einen afrikanisch anmutenden Armreif und dazu hohe, unpraktische Korksandalen in einem atemberaubenden Korallenrot, die sie vor zwei Jahren nicht mal mit der Kneifzange angefasst hätte. Eigentlich, dachte sie verblüfft, sehe ich jetzt fast ein bisschen aus wie Doro. Und ich fahre alleine in England Auto. Auf der linken Seite! Ich hab es bis hierher geschafft, verdammt noch mal, und es ist gar nicht so schwer, wie ich immer dachte. Ihr Handy klingelte.

»Frau Windrich?« Es war Berenike.

Charlotte vergaß vor Verblüffung einen Moment lang ihre ganze Aufregung. »Berenike? Was gibt es denn?« Noch nie hatte sich eine ihrer Schülerinnen außerhalb der Schulzeit bei ihr gemeldet.

»Sorry, Frau Windrich, aber Lisa und ich wollten gerade noch die letzten Zeilen schreiben, und wir kapieren das nicht, was da in dem Buch steht. Da dachten wir, wir fragen mal nach. Ist das okay? Sie sind nicht gerade im Urlaub oder so?«

Ihre Schülerinnen riefen sie an? In den Pfingstferien? Ihre maulfaulen, geistesabwesenden Schülerinnen, die letztes Jahr mit Ach und Krach den Hauptschulabschluss geschafft hatten? Um sich mit ihr über eine Stelle in einem Werk von Goethe auszutauschen? Das war ein historisches Ereignis, wie es selbst in den elitärsten Gymnasien und Privatschulen des Landes nur einmal in zehn Jahren vorkam. Charlotte schossen so plötzlich Tränen in die Augen, dass sie kurz die Fassung verlor. Sie würde doch jetzt nicht so sentimental werden wie die Machowiak? Doch, das würde sie. Denn es war einfach so unglaublich. Offenbar war sie doch keine so unfähige Lehrerin, wie sie immer geglaubt hatte.

»Kein Problem«, brachte sie schließlich heraus und zog diskret die Nase hoch. »Welche Stelle?«

»Die hier, warten Sie mal ...« Ein Rascheln erklang. *»Der Sauerteig, der mein Leben in Bewegung setzte, fehlt, der Reiz, der mich in tiefen Nächten munter hielt, ist hin.*« Es raschelte wieder. »Hä? Was meint er mit Sauerteig? Das klingt total eklig.«

»Er meint Lotte damit«, erklärte Charlotte. »Also seine Liebe zu Lotte. Lotte war der Grund, warum er jeden Tag aufgestanden ist. Sie hat ihn angetrieben, er hat sich darauf gefreut, sie zu sehen, er hat immer nur an sie gedacht. Wie das eben so ist, wenn man verliebt ist.«

»Ach so. Aber mal ehrlich – wenn er sie mit einem Teigklumpen verglichen hat, dann braucht er sich ja nicht zu wundern, dass sie nichts von ihm wissen wollte. Und auf Sauerteig reimt sich auch kaum was, sagt Lisa gerade.«

»Dann nehmt was anderes. Euch fällt schon was ein. Ihr seid doch clever.«

Am anderen Ende herrschte verwunderte Stille. Dann erklang Berenikes Stimme. »Meinen Sie das jetzt ernst?«

»Aber klar doch«, sagte Charlotte. »Ihr könnt mehr, als ihr denkt.«

Und das meinte sie wirklich. Als Miriam aus der Toilette kam, fühlte Charlotte sich so beflügelt, dass sie ihrer Tochter anstandslos drei englische Schokoriegel und eine Zeitschrift mit grellbunten Fotos der neuesten Boyband kaufte und anschließend, als wäre es nichts, bis hinunter nach Cornwall fuhr. Vorbei an weißen Cottages, an grünen Feldern, über von hohen Hecken und Büschen begrenzte schmale Straßen, vorbei an Landgasthäusern und Steinmauern, an unerschrockenen Frühjahrs-Surfern, die ihre Autos am Straßenrand geparkt hatten und in Gummianzügen zum Meer sprinteten. Immer weiter, bis sie schließlich an der Steilküste an einen Aussichtspunkt mit einem krummen Baum kamen und Charlotte sich plötzlich daran erinnerte, dass sie diesen Ort schon einmal gesehen hatte. In ihrem Traum war das Meer voller kleiner Schildkröten gewesen, jetzt war es voller Surfer und natürlich tauchte kein ADAC-Mann aus den Wellen auf, aber dennoch – die Ähnlichkeit war ungeheuerlich. Sollte doch etwas dran sein an Johannes' Gefasel von Träumen und Visionen?

Sie versuchte, sich all seine Bemerkungen der letzten Wochen ins Gedächtnis zurückzurufen. *Deine Zukunft sieht großartig aus*, hatte er ihr das nicht neulich erst versichert? Hoffentlich hast du recht, Johannes, dachte sie. Sie folgte den Anweisungen des Navis, bog rechts ab und befand sich mit einem Mal in einer Sackgasse, an deren Ende sie das Shakespeare Inn erblickte. *»You have arrived«*, erklärte das Navi und hüllte sich dann in vornehmes Schweigen.

»Miriam«, krächzte Charlotte, denn ihr Hals war plötzlich ganz trocken. »Wir sind da. Komm.« Sie stiegen aus, und Charlotte nahm die Hand ihrer Tochter. Nicht um diese zu beruhigen, sondern um sich an ihr festzuhalten. Jetzt gab es kein Zurück mehr. Vor dem Inn standen ein paar Tische und Stühle, an denen Leute saßen, Bier tranken und die Gesichter der ungewöhnlich warmen Maisonne entgegenreckten. Das Shakespeare Inn sah genauso aus wie auf den Fotos im Internet. Am Eingang hingen die obligatorischen Blumenkörbe, aus dem Inneren wehte der Geruch nach Knoblauch und gebratenem Fisch auf die Straße. Ein dunkelhaariger Junge übte Sprünge auf seinem Skateboard auf dem kleinen Platz direkt vor dem Inn. Er war so groß wie Miriam und sah ihnen neugierig entgegen.

»Ist das da mein Cousin?«, fragte Miriam und quetschte Charlottes Hand.

»Ich weiß nicht«, antwortete Charlotte. Der Junge war ein bisschen zu groß für einen Neunjährigen. »Ich glaube ...« Sie stockte. Eine Frau war aus dem Haus getreten, ein Tablett in der Hand, auf dem ein Brotkorb und eine Flasche Wein mit zwei Gläsern standen.

»Mama«, rief der Junge auf Deutsch und winkte der Frau. »Guck mal!« Er drehte eine elegante Kurve auf dem Skateboard.

»Ist das da Doro?«, fragte Miriam. »Mama, ist das meine Tante?«

Charlotte sah zu der großen blonden Frau, die ihre Haare zu einem schlichten Pferdeschwanz zusammengebunden hatte und Jeans und ein schwarzes T-Shirt trug. Sie sah mittlerweile älter aus, natürlich. Ihr Gesicht war ein bisschen schmaler, die Hüften ein bisschen breiter. Aber die Frau, die das Essen abgestellt und nun das leere Tablett in der Hand hatte, die flüchtig zu ihnen sah, dann die Hand vor den Mund schlug und das Tablett dabei scheppernd fallen ließ, war – da gab es keinen Zweifel – ihre kleine Schwester Dorothee.

Der Junge hatte die Überraschung seiner Mutter bemerkt und kam neugierig näher. Und nun war es Charlotte, die ihre Augen aufriss und wie angewurzelt stehen blieb. Wie der Junge aussah! Das war doch nicht möglich. Dunkle Haare. Breite Schneidezähne mit einer großen Lücke dazwischen. Fehlten nur noch die gestrickten ...

»Mama, der Junge sieht ja total aus wie Papa früher als Kind!« Miriam zog sie am Ärmel. »Wie auf diesem Foto, das mit den gestrickten Shorts. Erinnerst du dich? Das ist ja witzig.«

22

»Charlotte? Was machst du denn hier?« Doros Stimme war ganz heiser. »Ich verstehe nicht, ich ...« Sie brach ab und rang sichtlich um Fassung.

Charlotte konnte den Blick nicht von dem kleinen Jungen wenden. »Ist das ...« Die Worte quollen auf wie Brei, ließen sich nicht in die rechte Reihenfolge bringen, weigerten sich, ihren Mund zu verlassen. »Ist das Phillips ...« Weiter kam sie nicht.

»Hi«, sagte der Junge freundlich.

»Ja.« Doro nickte. Mit einer fahrigen Geste wischte sie sich über die Stirn. »Ja, das ist er.«

Charlottes Magen zog sich zusammen, als hätte ihr jemand einen Fausthieb versetzt. Konnte es wirklich sein, dass die alte Demütigung noch größer war als bislang angenommen? Sie blinzelte fieberhaft, damit sie ja nicht losheulte. »Du bist also noch mal zurückgekommen? Ein Jahr später? Wie konntest du das nur tun?«

Verwunderung machte sich in Doros Gesicht breit. »Ein Jahr später? Nein, bin ich nicht. Ich habe Phillip nie wiedergesehen. Der Grund steht vor dir.« Sie deutete auf Adrian.

»Aber wie kann das sein?« Charlottes Stimme überschlug sich fast, sie ignorierte Miriams Zupfen am Ärmel und die verwunderten Blicke eines Ehepaares, das gerade seinen Lunch verzehrte. »Adrian ist ein Jahr jünger als Miriam, die ist gerade zehn geworden.«

»Woher kennst du seinen Namen?« Doro schluckte mehrmals. »Und wieso ein Jahr jünger?«

»Außerdem bin ich auch schon zehn«, mischte sich der Junge plötzlich ein. »Schon seit zwei Monaten.«

Seit zwei Monaten. Zwei Monate älter als Miriam ... Und da endlich begriff Charlotte. Kossi der Koch hatte sich um ein Jahr vertan, ganz einfach. In seiner Erinnerung war Adrian so um die drei Jahre gewesen, ein kleines Kind eben, dessen wahres Alter für jemanden, der mittlerweile selbst einen chaotischen Stall voller Kinder in jeder Form und Größe hatte, nur noch eine verschwommene Erinnerung war. Ob drei oder vier Jahre alt, war dabei völlig irrelevant. Und Julius der Dichter wiederum hatte – falls Adrians Alter überhaupt je bis in sein überspanntes Gehirn vorgedrungen war – dieses Wissen schon längst mit einem guten Tropfen weggespült und vergessen. Jetzt ergab alles einen Sinn. Doros mysteriöse Postkarte an Johannes mit dem angekündigten Neuanfang. Doros Magen-Darm-Grippe bei Richard, die gar keine gewesen war, sondern ganz normale Schwangerschaftsübelkeit ...

»Zwei Monate älter als Miriam«, sagte Charlotte langsam. Sie sah ihrer Schwester das erste Mal seit fast elf Jahren direkt in die Augen. »Oh Gott, Doro. Ich glaube es ja nicht.«

»Kommt Phillip auch noch?«, fragte Doro, die Stimme voller Panik.

»Nein. Phillip ist Geschichte.« Wie leicht ihr der Satz von den Lippen ging.

»Papa ist ein Casanova«, berichtete Miriam ungefragt.

»Und er färbt sich jetzt die Haare«, rutschte es Charlotte heraus. »So ein komisches Kackbraun, um das Grau zu verdecken.«

Etwas zuckte in Doros Gesicht auf. Ein Lächeln, das größer wurde und breiter und schließlich in ein Glucksen überging, und in diesem Moment sah Charlotte ihre Schwester wieder vor sich. Mit genau diesem Lachen an jenem unglückseligen Tag vor über zehn Jahren ...

Charlotte hatte damals weder einen Polterabend noch einen Jungfernabend gewollt, da ihr beides zu kitschig, zu lärmend oder einfach zu peinlich gewesen wäre, und so hatte sie sich mit Phillip auf eine Party zwei Wochen vor dem Hochzeitstermin geeinigt. Eine lockere kleine Party mit all ihren Freunden, der dann wenig später die gediegene Hochzeit in engstem Kreise folgen würde. Charlottes Mutter war ein knappes halbes Jahr zuvor verstorben. Charlotte hatte immer noch nicht verwunden, dass Doro nicht zur Beerdigung erschienen war. Wegen einer verdammten Bandprobe! Aber Doro war nun mal ein bisschen unüberlegt und chaotisch und spontan, hatte ein gutes Herz, auch wenn sie die Schwesternliebe gelegentlich etwas überstrapazierte. Am Tag vor der Party rief Doro sie noch an und hinterließ ihr eine Nachricht. »Meine große Kleine, du, ich freu mich total auf morgen. Das wird die Party des Jahrhunderts. Ben freut sich auch schon. Er hat euch sogar ein Lied geschrieben, also besorge dir lieber ein paar Ohrstöpsel.«

»Wird ein schöner Mist sein, dieses Lied«, sagte Phillip an diesem Abend, als sie gemeinsam Weinflaschen und Bier in den Kühlschrank ihrer Berliner Altbauwohnung räumten und Baguette in Scheibchen schnitten.

Charlotte kicherte. »Da kannst du Gift drauf nehmen. Sein

letztes Lied klang, als ob jemand einen Haufen Geschirr die Treppe runterwirft.«

»Was findet Doro nur an dem?«, fragte Phillip. »Deine Schwester sieht doch so gut aus, die könnte jeden haben.«

»Besser als ich, meinst du?« Charlotte schlug ihm auf die Finger, als er sich ein Schinkenröllchen in den Mund stecken wollte. »Das ist für später.«

»Niemand sieht besser aus als du«, flüsterte er ihr ins Ohr und zog sie näher an sich heran. »Und außerdem stehe ich nicht auf exzentrische Rockpuppen, sondern auf kleine fleißige Bienchen, die immer so streng gucken und ihren knackigen Hintern in so grauen Kostümröckchen verstecken und mal mit dem Lineal verhauen werden müssten und ...« Es klingelte. Phillip gab einen theatralischen Seufzer von sich, flüsterte: »Später!«, drückte ihr einen schnellen Kuss auf die Wange und öffnete die Tür.

Schon bald war ihre kleine Wohnung voller Lärm und Leute, die von Phillip ausgewählte Musik schallte durch die Räume. Hauptsächlich Britpop, der gerade absolut im Kommen war und von Ben nur mit Augenrollen und Stöhnen kommentiert wurde. »Wie kann man sich nur solche kommerzielle Scheiße anhören?«, fragte er immer wieder, bis Doro ihn schließlich anschnappte, er solle endlich den Mund halten.

Es waren Kollegen aus Phillips damaligem Architekturbüro gekommen, Freunde von Doro, die irgendwie ausgehungert wirkten und im Nu die kalten Platten leer gegessen hatten, zwei Kolleginnen aus Charlottes damaliger Realschule, die relativ zeitig wieder gingen, aber vor allem befreundete Paare, die allesamt aus Phillips Bekanntenkreis stammten. Gegen 23.00 Uhr schaffte Ben es endlich, die Macht über den CD-Spieler zu erlangen und das Lied zu spielen, das er für sie beide komponiert hatte. »Mein Hochzeitsgeschenk an euch«, erklärte er großzügig. »Es soll euch euer Leben lang begleiten.«

Charlotte gelang es, ihre Gesichtszüge vollständig unter Kontrolle zu behalten, während eine Kakophonie aus schrillen Gitarrenklängen, extrem lauten Bässen, schepperndem Schlagzeug und heiserem Gebrüll aus Bens Lungen über den Raum hereinbrach sowie ein Text, von dem Charlotte nur einzelne Fetzen verstand. »Leben« und »geben« und »zusammen« und »rammen« und »alleine« und »Bullenschweine.«

»Total toll«, sagte sie, als die letzte Disharmonie verklungen war, und bemühte sich, nicht in Doros Richtung zu schauen, über deren Gesicht sich ein Lächeln ausbreitete, das größer wurde und breiter und schließlich in ein Glucksen überging, bis sie das Zimmer verließ und ins Bad rannte. Charlotte war ihr gefolgt, und beide mussten sich vor Lachen am Waschbecken festhalten.

»Oh Gott, ich sterbe!«, quiekte Doro immer wieder. Charlotte lachte und schnappte gleichzeitig nach Luft, was eine Art Grunzen erzeugte, weshalb sie beide nur noch mehr lachten.

»Ich wünsche dir alles Gute, meine Große«, sagte Doro, als sie sich endlich beruhigt hatten. »Heiraten ist zwar nicht so mein Ding, aber für dich mach ich mal 'ne Ausnahme. Und Phillip ist echt ein verdammt gut aussehender Kerl.« Sie kicherte.

»Genau das hat er heute auch von dir gesagt«, antwortete Charlotte.

»Dass ich ein verdammt gut aussehender Kerl bin?« Doro fing schon wieder an zu gackern. »Dabei habe ich mich heute noch gar nicht rasiert!«

Es wurde ein großartiger Abend: Doros wilde Freunde tanzten sogar in dem kleinen Wohnzimmer, Charlotte trank mehr als je zuvor, aber längst nicht so viel wie Ben, der irgendwann im Laufe des Abends im Flur auf ein paar Jacken einschlief. Schließlich wurde sie müde und wartete ungeduldig, dass die letzten Leute endlich gingen, aber die machten keinerlei Anstalten, sondern diskutierten über Politik und darüber, wie lange der Aufbau Ost noch dauern würde. Charlotte beschloss, sich kurz hinzulegen und ein bisschen auszuruhen, bis Phillip endlich ins Bett kam, denn schließlich hatten sie beide noch etwas vor. Aber als sie das nächste Mal aufwachte, war alles dunkel und still und der Platz neben ihr im Bett leer. Es war drei Uhr morgens. Wo war Phillip? Auf dem Klo? Oder auf der Couch eingeschlafen? Sie rappelte sich hoch, ihr Kopf dröhnte, und ihr Mund fühlte sich an wie mit Vogelsand gefüllt. Sie tappte in die Küche, am Bad vorbei, da war er nicht. Ein Geräusch kam aus dem Wohnzimmer. Ein Flüstern. Ein Stöhnen. Die Tür stand einen Spalt offen. Charlotte schob sie wie ferngesteuert weiter auf und hielt abrupt inne. Phillip lag auf der Couch, seine Hosen so weit heruntergezogen, dass sein weißer Hintern im Mondlicht leuchtete. Unter ihm lag jemand, ein Bein schlang sich um seine Hüfte, eine Hand krallte sich in seinen Rücken. Eine Hand, an deren Mittelfinger sich ein silberner Ring in Form einer Schlange emporwand. Blonde Locken ringelten sich am anderen Ende der Couch bis auf den Boden hinunter. Locken, die früher am Abend noch in einer geradezu braven Hochsteckfrisur gebändigt worden waren. »Du siehst selber aus wie die Braut«, hatte Charlotte noch vor ein paar Stunden zu ihrer Schwester gesagt. Jetzt starrte sie auf das keuchende Treiben auf der Couch, unfähig, sich zu bewegen. Die Luft um sie herum schien statisch. Charlotte stand einfach nur da, bis die beiden fertig waren und Doro die Augen aufmachte, sie entdeckte, vor Schreck losfluchte und Phillip von sich schob.

»Oh shit. Shit, oh Gott, es tut mir so leid. Es tut mir so wahnsinnig leid, Lottchen! Ich ...«

Tränen. Doros verheultes Gesicht. Verzweiflung. Phillip, der mit feuerrotem Kopf seine Hosen wieder hochzerrte. Ein Schnaufen im Flur, in dem Ben gerade erwachte. Ein »Es ist nicht so, wie es aussieht, Schatz« aus Phillips Mund. Doro, die immer noch wie gelähmt auf der Couch saß und ihr Gesicht in den Händen vergrub.

»Hau ab«, sagte Charlotte. Im ersten Moment wusste sie selbst nicht genau, wen von beiden sie meinte. Aber natürlich meinte sie Doro, denn Phillip würde sie in zwei Wochen heiraten und nichts und niemand würde ihn ihr wegnehmen können. »Hau ab! Du machst alles kaputt! Schon immer! Ich will dich nie wieder sehen. Hast du verstanden? Nie wieder! Und nimm deinen idiotischen Scheißfreund gleich mit. Haut ab. Alle beide!« Und dann endlich flossen auch Charlottes Tränen, sie zitterte und musste sich irgendwann auch übergeben, spuckte all die Käsewürfelchen und Baguettescheibchen und Dips und Chips ins Klo. Weg mit allem, was an diesen Abend erinnerte. Am nächsten Tag schmiss sie sogar das benutzte Geschirr weg, stopfte alles in Müllsäcke, bis es klirrte. Ihr ganz privater Polterabend. Und außerdem hörte sie sich jeden Tag gierig und verzweifelt Phillips Liebesschwüre und Beteuerungen an.

»Das war nichts, Schatz. Ich weiß nicht, was über mich gekommen ist, ich mache doch nie so was. Ich war total betrunken, nicht mehr zurechnungsfähig, und Doro, die hat das ausgenutzt. Die hat mich einfach angemacht, ich weiß auch nicht, du weißt doch, wie sie ist, die kennt keine Grenzen. Ich bin schwach geworden, aber nur, weil ich sternhagelvoll war und gar nichts mehr mitgekriegt habe.« Er sah sie flehend an, mit diesem Blick, dem sie einfach nicht widerstehen konnte. »Und ich schwöre dir, bei meinem Leben – das wird nie, nie wieder vorkommen. Für mich gibt es ab jetzt nur noch eine Frau für immer. Dich.«

Zwei Wochen später heirateten sie und zwei Monate später stellte Charlotte fest, dass sie schwanger war.

»Charlotte?« Doros Stimme drang von weit her zu ihr vor.

Charlotte kehrte wieder in die Gegenwart zurück. Doro hatte einen Schritt auf sie zugemacht, war aber unschlüssig stehen geblieben. »Lottchen?«, sagte sie etwas leiser. »Und jetzt?«

Da hielt Charlotte es nicht mehr aus. Sie fiel ihrer Schwester um den Hals. »Es ist okay«, flüsterte sie Doro ins Ohr, während ihr Tränen die Wangen hinunterliefen. »Es ist okay, es ist okay. Es war nicht nur deine Schuld, es hat zehn Jahre gedauert, aber ich habe es endlich kapiert. Zu so etwas gehören immer zwei Leute. Oder, wie in Phillips Fall, ungefähr vierunddreißig ...« Sie lachte und weinte gleichzeitig.

»Mama?«, sagte Miriam verdutzt. »Mama, was ist denn? Wovon redet ihr denn da eigentlich? Ist Adrian jetzt mein Cousin oder nicht?«

»Ja. Und nein.« Charlotte löste sich von Doro und beugte sich zu ihrer Tochter hinunter. »Er ist dein Cousin, das schon. Aber außerdem er ist noch was viel Besseres. Er ist auch dein Bruder.«

»Was?«, sagten Miriam und Adrian gleichzeitig. Das Skateboard fiel krachend um.

»Hello?«, rief einer der Lunchgäste vor dem Pub verzweifelt und schwenkte ein leeres Glas.

»Es ist ein bisschen kompliziert«, sagte Doro und lächelte hilflos. »Aber irgendwann mal werdet ihr es verstehen.«

23

»Ja. So war das«, beendete Charlotte ihren Bericht. »Deine Exfreunde haben mich sozusagen zu dir geführt. Jetzt weißt du alles. Und ich weiß, was für ein Idiot Phillip wirklich ist. Und dass man sich von einem Typen nicht das Leben versauen lassen soll.«

Doro sah sie belustigt an. »Du klingst ja richtig aufmüpfig.«

»Hab ich von meinen Schülerinnen gelernt.«

»Du bist also immer noch Lehrerin? Immer noch an der Berufsschule?«

»Ich ... Nicht mehr lange. Bald werde ich bei so einer Medienagentur arbeiten. Es ist zwar noch nicht offiziell, aber wenn alles klappt, sind meine Tage als Lehrerin gezählt.«

»Warum denn das?«, fragte Doro erstaunt.

»Na ja. Du hast es doch selbst immer gesagt. Diese hormongeladenen Teenager, die einem sowieso nicht zuhören und denen man so egal ist wie der Tisch, an dem sie sitzen, und ...« Sie geriet ins Stottern. »Also, eigentlich sind sie ja ganz nett, aber auch so uninteressiert. Also nicht alle. Also eigentlich dieses Jahr keiner, sie sind eben nur so ... aber nett sind sie schon.« Sie stockte. Plötzlich konnte sie sich gar nicht mehr erinnern, warum sie eigentlich so unbedingt von der Schule wegwollte.

»Ich wundere mich nur«, erwiderte Doro. »Weil ich festgestellt habe, dass das eigentlich ein schöner Beruf ist.«

»Wie meinst du das jetzt?«

»Ich bin Lehrerin geworden.«

Das konnte doch nicht wahr sein. »Was, im Ernst?«

»Ja, im Ernst. Meine Musikkarriere hat sich nie materialisiert.« Doro lächelte, wenn auch ein bisschen wehmütig. »Ich meine, jetzt kann ich es ja zugeben. Es war nicht einfach, sich das einzugestehen. Aber dann, als Adrian älter wurde, da war mir klar, dass ich mein Leben irgendwie in den Griff bekommen musste. Ich hatte schon in Potsdam manchmal an einer Musikschule ausgeholfen, na ja, und jetzt gebe ich hier im Ort an einer Grundschule den Musikunterricht. Dieses Jahr lernen alle vierten Klassen Blockflöte bei mir. Das klang am Anfang noch schauriger als Bens Lieder, das kannst du mir glauben!«

Sie lachten beide. Doro war Lehrerin. Charlotte musste diese Neuigkeit erst einmal verdauen. Überhaupt sah Doro so normal aus. So ganz anders als früher. War es ihr Mann, der sie so verändert hatte?

»Wer ist denn nun der mysteriöse Herr Shakespeare? Dein Mann?«, fragte Charlotte gespannt. Sie sah sich um. Sie saßen an einem kleinen Tisch im Inneren des Pubs, hier war es ruhig und man konnte ungestört reden. Vor ihnen standen zwei Drinks, die sie noch nicht angerührt hatten, und der einzige Ohrenzeuge war ein älterer Engländer mit Schiebermütze, der in der Ecke seine Zeitung las. Die meisten Leute tummelten sich draußen im Biergarten.

»Andy? Wir sind nicht verheiratet, obwohl wir schon so lange zusammen sind. Mein längster Freund in meinem Leben.«

»Ich weiß«, entgegnete Charlotte trocken. »Ich hab deine ganze Sammlung abgeklappert, du erinnerst dich? Warum seid ihr nicht verheiratet? Findest du Heiraten immer noch spießig? Es gibt heutzutage Hochzeiten, da schnallst du ab. Im Doppelsarg. Oder auf der Alm. Erst letztens war ich auf der Hochzeit deiner Freundin Susanne auf dem Fußballplatz, es war unglaublich. Das hätte dir gefallen. Wo ist er also, dein Andy?«

»Auf dem Fußballplatz hat sie geheiratet?« Doro zog beeindruckt die Augenbrauen hoch. »Andy ist heute nicht da. Maisy schmeißt den Laden mit mir, das ist eine unserer Angestellten.« Doro deutete auf eine junge Frau in schwarzen Jeans und mit einer pinkfarbenen Fransenfrisur, die gerade ein Tablett hinaustrug. »Andy ist der beste Mann der Welt. Wirklich. Ich kann mich eigentlich nicht beklagen ...« Doro ließ den Rest des Satzes unausgesprochen in der Luft hängen.

»Was meinst du mit eigentlich?«

»Ich weiß auch nicht. Ich konnte mich nie richtig auf einen Mann einlassen. Ich hatte immer ein schlechtes Gewissen. Wegen dir.« Doro senkte den Blick. »Ich meine, das war einfach so egoistisch und mies von mir. Und als ich dann gemerkt habe, dass ich schwanger war, wurde mir klar, dass ich dir nie wieder unter die Augen treten konnte. Wie hättest du das je vergessen oder mir verzeihen können, wenn Phillips Sohn dich jede Sekunde des Tages wieder daran erinnert hätte?«

»Weiß Adrian, wer sein Vater ist?«

»Ja. Er wusste aber bis heute nicht, das er eine Halbschwester hat. Er wollte immer Geschwister und hätte mich wahrscheinlich jeden Tag gedrängelt, sie zu besuchen.« Doro trank einen Schluck. »Süß, deine Miriam. Sieht aus wie du früher.«

»Danke. Aber was ist jetzt mit Andy?«

»Jedes Mal, wenn ich einen neuen Freund hatte und gemerkt habe, der verliebt sich in mich, der will was Ernstes, da bin ich abgehauen, auch wenn es weh tat. Einfach aus Selbstschutz. Damit ich ihm nicht irgendwann doch noch das Herz breche. So wie dir. Und Andy ...« Sie sah Charlotte bekümmert an. »Der hat mich gefragt, ob ich ihn nicht endlich heirate. Vor zwei Monaten. Und seitdem überlege ich, wie ich hier am besten rauskomme. Ich kann ihn doch nicht heiraten. Das nimmt kein gutes Ende, der ist viel zu gut für mich.«

»Du spinnst«, sagte Charlotte. »Menschen ändern sich. Du bist nicht mehr wie früher, und ich bin auch nicht mehr so wie früher. Gott sein Dank.«

»Ja, du hast dich rausgemacht, großes Schwesterchen. Ich hätte dich beinahe nicht erkannt. So bunt und fröhlich!« Doro trank einen Schluck. »Ich weiß auch nicht. Ich liebe ihn ja total, er ist ein besserer Koch als Kossi, er singt nie und kommt mir nicht in die Quere, er ist ein toller Vater für Adrian, er schreibt keine blöden Gedichte und trinkt nicht zu viel, und er prophezeit mir nicht dauernd die Zukunft aus Teeblättern.« Sie grinste.

Die junge Frau namens Maisy lief wieder vorbei, diesmal mit einem Brotkorb und einem kleinen Teller Butter in der Hand. Charlotte stutzte. »Moment mal, darf ich mal?« Sie stand auf und nahm der überraschten Maisy den Butterteller aus der Hand. Die Butter hatte die Form einer zierlichen Windmühle.

»Doro?«, sagte Charlotte langsam. »Könnte es sein, dass diese Butterform dir gar nicht gehört? Sondern Kossi?«

Doro schlug die Hand vor den Mund. »Oh Gott. Das hat er dir erzählt?«

»Das haben mir *alle* erzählt. Heißt das, ich finde in diesem Haus auch noch eine Rio-Reiser-Platte, ein Buch über Heilkräuter und Mondphasen, dreißig grauenhaft schlechte Gedichte und vor allem auch noch ein Affenskelett?«

Doro hob entschuldigend die Hände. »Okay, okay. Schuldig. Ja. Findest du.«

Charlotte grinste. »Du bist unglaublich. Und vor allem möchte ich mal wissen, wie du eigentlich das Affenskelett transportiert hast.«

»Das würde mich auch sehr interessieren«, sagte eine Stimme hinter ihnen. »Das ist antik und ziemlich zerbrechlich.«

Charlotte fuhr herum. »Richard? Was machst du denn hier?«

Er stand auf einmal mitten im Raum, völlig entspannt, in Jeans und T-Shirt, einen Pullover über die Schultern gelegt, als ob er einen Strandspaziergang um die Rügener Kreidefelsen unternommen hätte und überraschend in Cornwall angekommen wäre.

»Richard? Na, jetzt bin ich aber platt.« Doro sah sich fassungslos um. »Kommen die anderen etwa auch noch?«

»Das will ich nicht hoffen.« Richard trat zu ihnen an den Tisch. »Tut mir leid, Charlotte, aber ich konnte dich nicht anrufen. Ich habe in dem verdammten Zug mein Telefon liegenlassen. Habe schon bei der Bahn nachgefragt, aber keiner hat es abgegeben. Natürlich nicht, wer gibt heutzutage schon ein gefundenes Smartphone ab?« Er zog resigniert die Schultern hoch. »Und damit war auch deine Nummer weg, ich hatte sie nirgendwo anders. Ich wollte dir doch Bescheid sagen, dass ich mit dir fahren kann. Du hast doch so viel Angst vorm Autofahren.«

»Hab ich nicht mehr. Ich bin ganz allein hierhergefahren. Im Linksverkehr.« Charlotte war sich bewusst, dass sie sich wie ein angeberischer Erstklässler anhörte, aber sie war nun mal so unglaublich stolz darauf.

»Wirklich? Ich wusste doch, dass du das drauf hast. Aber ich hätte dich sonst auch gefahren«, fügte er schnell hinzu. »Ich musste nur gestern erst zu Irmi, die ist wieder mal durchgedreht. Diesmal ist sie bis zum Alex gekommen. Im rosa Bademantel! Sie hat einfach ein Taxi genommen und den Taxifahrer mit einer Bernsteinbrosche bezahlen wollen. Da hat er die Polizei gerufen, und weil Irmi sich so aufgeregt hat und nicht wieder beruhigt werden konnte, haben sie mich gebeten zu kommen. Ich wollte dir eigentlich im Zug nur sagen, dass du auf mich warten sollst. Aber jetzt bist du ja schon hier.« Er sah sich um. »Ach, übrigens – hallo Doro. Du siehst ja so normal aus.«

»Normal ist nicht das Schlechteste«, rutschte es Charlotte heraus.

Richard musterte sie verblüfft. Ein kleines Lächeln erschien auf seinem Gesicht.

»Und wieso genau bist du ihr jetzt nachgefahren?«, fragte Doro, die anscheinend immer noch nichts kapiert hatte.

»Wegen des Affenskeletts«, sagte Charlotte rasch, genau in dem Moment, in dem Richard »Wegen des schönen Wetters« sagte.

»Aha«, machte Doro nur. Sie grinste. »Wie wäre es mit einem schönen dunklen Ale? Oder einem Guinness? Bleibst du über Nacht?«

»Ja, also, ich wollte mich nachher um ein Zimmer kümmern.« Richard vermied es, Charlotte dabei anzusehen.

»Brauchst du nicht. Wir haben doch Gästezimmer, jede Menge, könnt ihr jeder eins haben.«

Charlotte spürte einen lächerlichen kleinen Stich der Enttäuschung, versuchte aber, sich nichts anmerken zu lassen. Natürlich würde er sein eigenes Zimmer wollen, sie kannte den Mann doch kaum. Wahrscheinlich nicht mal hier, sondern im Avalon Manor House in der Nähe, denn die hatten sogar einen Pool und einen Golfplatz.

Doro bemerkte Charlottes enttäuschten Blick, denn sie wedelte auf einmal entschuldigend mit den Händen. »Ach halt, was erzähle ich denn da. Mir fällt gerade ein – die Gästezimmer sind ja alle ausgebucht. Hochzeit. Morgen.« Kurzes Husten. »Übermorgen. Deshalb ist auch alles in der Umgebung ausgebucht.« Ihr Blick flackerte nervös zu Charlotte. »Wir haben nur noch ein einziges freies Zimmer. Das müsstet ihr euch teilen, wenn es euch nichts ausmacht. Miriam kann ja bei Adrian unten schlafen.«

»Na ja ... also«, murmelte Richard. »Wenn das ginge, also ... ich meine ...«

»Wird schon gehen«, sagte Charlotte schnell. »Wir werden uns schon nicht streiten.«

»Ich kann ja auf dem Fußboden schlafen«, bot Richard an.

»Ja, okay. Total. Klar.« Charlotte zog einen unsichtbaren Fussel von ihrer Bluse. Sie fühlte sich unendlich müde und gleichzeitig wahnsinnig aufgedreht. Von draußen her erklang das helle Gelächter der neuen Geschwister, die gerade auf ein Baumhaus draußen im Vorgarten kletterten. »Wisst ihr was?«, sagte Doro. »Ich hol jetzt dieses verdammte Skelett, und dann rufe ich Andy an, und wir machen eine Flasche Sekt auf. Und dann erzählst du mir alles, was in den letzten zehn Jahren passiert ist, okay?« Sie sah Charlotte bittend an. »Ich bin total froh, dich zu sehen. Ich bin total froh, dass du zu mir gekommen bist.« Eine Träne glitzerte in ihrem Auge.

»Okay.« Charlotte nickte. »Aber nur, wenn du mir auch alles erzählst.«

»Du weißt doch schon das meiste, du kleiner Detektiv.« Doro lächelte, stand auf und ging vor ihnen her.

»Nicht alles. Was um alles in der Welt hast du zum Beispiel in Indien gemacht?«

»Ach, du meine Güte, dazu reicht ein Abend nicht aus. Aber kurz gesagt – ich habe mich selbst gefunden.«

»Und was werden wir gleich finden? Wo führst du uns denn hin, Doro?« Sie gingen zum Hintereingang des Inns und Charlotte warf bewundernde Blicke auf die alten Kupferstiche und Landkarten an den Wänden. Dann ging es hinaus in einen kleinen Hof.

»Hier.« Doro blieb vor einem Schuppen stehen und öffnete das Vorhängeschloss. »Hier ist noch mein ganzer Krempel drin und auch meine ... Sammlung.« Sie blinzelte leicht betreten und hob eine große Papiertüte hoch. Ein braunes Buch lugte oben heraus.

»*Heilkräuter und Mondphasen*«, las Charlotte. »Da wird sich aber einer freuen. Her damit.«

»Die Platte und die Gedichte sind auch da drin. Butterform ist in der Küche. Die muss ich noch auswaschen. Das Skelett ist hier.« Sie hob einen Karton hoch und reichte ihn Richard. »Tut mir leid. Ich wusste ja nicht, dass das antik ist. Ich dachte, du merkst das gar nicht. Du hattest doch so viel anderen Kram. Und das hier war so süß.«

»Süß?« Richard zog die Augenbrauen hoch.

»Doro?« Charlotte stutzte. »Da ist noch was in der Tüte. Was in Gottes Namen ist das denn?« Sie zog einen breiten Holzschläger mit kurzem Griff heraus.

»Ein Kricketschläger«, murmelte Doro. »Der gehört Andy.«

Charlotte betrachtete den Schläger verwirrt, dann begriff sie auf einmal. »Ich fasse es nicht. Da hast du nach eigenen Aussagen endlich den nettesten Mann der Welt getroffen und was machst du? Du planst deine Flucht und hast schon wieder eine Trophäe von ihm eingesackt?« Charlotte schwenkte den Schläger. »Ich hätte nicht übel Lust, dir eins damit über deinen Dickschädel zu hauen. »Und jetzt ruf deinen Andy an, damit ich ihn endlich kennenlerne!«

Doro schluckte überrascht. »Du bist ja so energisch geworden.

»Ganz die große Schwester.« Richard grinste.

»Ja«, sagte Charlotte. Und fügte in Gedanken hinzu: Endlich.

Andy hatte die Statur eines Rugbyspielers und das polterndste Lachen, das Charlotte je gehört hatte. Er betete Doro ganz eindeutig an, sah immer wieder zu ihr, legte den Arm um sie, wann immer sich die Gelegenheit bot, und hatte offenbar vor, die überraschend aufgetauchten Gäste zu mästen. Er sprach außerdem kein Wort Deutsch, wenn man mal von »Mehr Bier?«, »Mehr essen?« und »Achtung!« absah. Charlotte sah sich also gezwungen, ihr eigenes rostiges Englisch herauszukramen, das sich im Laufe der Jahre über unzähligen »Sightseeing in London«-Tests nicht unbedingt verbessert hatte. Aber eigentlich verstand sie Andy auch ohne Worte, wenn er ein Glas Ale nach dem anderen zapfte und mit einem »Yes? Charlotte? Yes?« vor ihr abstellte. Und Gott sei Dank redete Andy so schnell und so laut, dass es nicht auffiel, wie wenig Charlotte und Richard zum Gespräch beitrugen, weil sie viel zu beschäftigt damit waren, einander heimlich zu betrachten, nur um dann rasch wegzusehen, wenn der andere es merkte. Wir benehmen uns wie zwei Teenager, dachte Charlotte belustigt. Dabei sind wir Mitte vierzig. Aber ein gewisses Kribbeln ließ sich trotz aller Vernunft nicht vertreiben. Da war schließlich immer noch die Frage, wo genau Richard heute Nacht schlafen würde. Auf dem Bettvorleger? Zusammengekrümmt in einem Sessel?

»Ist das ein Einzelbett in deinem Gästezimmer?«, flüsterte Charlotte rasch, als Andy zu fortgeschrittener Stunde Richard mit sich zog, um ihm das Foto eines Haifisches zu zeigen, den zwei Fischer vor einigen Jahren in hellster Aufregung vor Ort aus dem Wasser gezogen hatten.

»Natürlich nicht«, flüsterte Doro zurück. »Es ist ein englisches Doppelbett, komplett mit Doppelmatratze.« Sie grinste. »Es liegt dir also wirklich was an ihm?«

»Na ja, ich weiß ja nicht mal, ob er mich mag oder ...« Charlotte fing an zu stottern. Immerhin hatte Doro mal mit Richard ... Aber das war nun schon über zehn Jahre her.

»Natürlich mag er dich, bist du blind? Meinen Segen hast du«, sagte Doro. »Richard war mir von allen Exfreunden immer der sympathischste. Ehrlich.«

»Weil ihr nur drei Tage zusammen wart«, entgegnete Charlotte trocken. »Und weil du von ihm das Interessanteste hast mitgehen lassen.« Sie stupste das kleine Affenskelett an, das in seiner Schachtel auf sein neues Schicksal harrte.

»Na ja.« Doro lächelte unsicher und zuckte mit den Schultern. »Da könnte schon was dran sein. Aber heute interessiert er mich überhaupt nicht mehr«, fügte sie hastig hinzu. »Jetzt habe ich Andy.«

»Und wenn du Andy verlässt, dreh ich dir den Hals um«, flüsterte Charlotte, denn die Männer kamen wieder zurück. »Und dann lass ich Julius deinen Nachruf schreiben. In Reimen und mit endzeitlicher Stimmung. Verstanden?«

Später am Abend, nach einem langen und lauten Abendessen voller vegetarischer Köstlichkeiten, Puddings, Sekt und britischem Ale, voller Erinnerungen, Gelächter und gelegentlicher stiller Seitenblicke auf die beiden Kinder, stieg Charlotte müde und glücklich die schmalen Treppen zu ihrem Zimmer hoch, kickte die rasiermesserscharfen, aber leider unbequemen Korksandalen von den Füßen und warf sich auf das breite Bauernbett.

Richard folgte fünf Minuten später und stand ein bisschen unschlüssig in der Tür.

»Ich lege mich dann also hier unten hin«, sagte er höflich. »Könntest du mir ein Kissen geben?«

»Kann ich.« Charlotte nahm eins der tausend Kissen vom Bett und dann, aus einer Eingebung heraus, warf sie damit nach Richard. Es landete an der Brille, die sofort wieder verrutschte. Verblüfft sah er hoch, hob dann langsam das Kissen auf und warf es zurück zu Charlotte. Es flog gegen ihren Kopf.

»Du willst also eine Kissenschlacht? Kannst du haben!« Sie griff mit beiden Armen nach den Kissen und warf sie in Richards Richtung, der feuerte sie sofort zurück, sie quiekten und lachten wie kleine Kinder, und plötzlich kniete er neben ihr im Bett und beugte sich über sie. Charlotte hielt inne und wagte kaum zu atmen.

»Du bist wunderhübsch, Charlotte, habe ich dir das eigentlich schon gesagt?«, fragte er leise.

»Nein«, antwortete sie ebenso leise.

»Dann sage ich es dir am besten gleich noch mal.« Er beugte sich tiefer und dann traf sein Mund auf ihre Wange. Charlotte schloss die Augen. Ihr Herz klopfte so laut, dass Richard es garantiert hören konnte.

»Charlotte«, flüsterte er und strich mit der Hand ihre Hüfte entlang. »Seit du über meinen Zaun geklettert bist, konnte ich an nichts anderes mehr denken als an dich.«

Charlotte antwortete nicht, sondern drehte ihr Gesicht leicht zu ihm und dann endlich küssten sie sich. Erst sacht, dann leidenschaftlicher. Jedenfalls so lange, bis Charlottes Handy klingelte.

»Ich glaub es ja nicht.« Sie stöhnte auf. »Wer ruft denn verdammt noch mal an?« Sie sah auf das Display und stutzte. »Du!«, sagte sie überrascht. »Ich verstehe zwar nicht ganz, wie das sein kann, aber laut Anzeige auf meinem Handy rufst du mich an.«

»Was?« Richard blinzelte verwirrt und nahm seine Brille ab, die ohnehin schon wieder locker hing. Dann dämmerte es ihm. »Mein Handy! Das ist ein Anruf von meinem Handy, geh ran!«

»Hallo?«, meldete Charlotte sich.

»Hallo?«, fragte jemand zurück. Eine Frauenstimme. Sie kam Charlotte irgendwie bekannt vor. »Sind Sie Charlotte?«

»Ja?«

»Is nur, weil Sie hier in dem Handy als letzter Anruf drinstehen. Da dachte ich, ich fange mit Ihnen mal an. Mein Sohn hat nämlich dieses Handy hier aus Versehen im Zug mit in die Spieltüte gepackt. Raffaelo, jetzt halt doch mal die Fresse!« Etwas knallte, ein Baby brüllte. »Und tu die Anschelik hier rüber und nicht auf den Tisch, meine Güte! Hallo? Sind Sie noch dran?«

»Ja, ich bin noch dran.« Charlotte flüsterte in Richards Richtung: »Die hat dein Handy gefunden.« Ein unbändiger Lachanfall bahnte sich seinen Weg nach oben.

»Ja, wir waren im Zug von der Ostsee nach Berlin, wissen Sie. Fahren wir alle zwei Wochen und da haben wir das irgendwie ... Ja, ist jetzt mal gut hier oder was? Kann ich vielleicht erst mal in

Ruhe telefonieren? Schantall, nun gib der Anschelik doch mal den Nuckel. Ja, was weiß ich denn, wo der ist. Mann, ein Saustall ist das hier, ich werd noch ...« Der Rest ging in Murmeln unter, dann kehrte die Stimme der Frau plötzlich zurück. »Sagen Sie mal, Sie klingen irgendwie bekannt, kennen wir uns von irgendwoher?«

»Auf gar keinen Fall«, japste Charlotte. »Warten Sie, ich gebe Ihnen mal den Besitzer des Handys.« Und damit reichte sie das Telefon an den verdutzten Richard weiter und warf sich zurück aufs Bett und lachte so laut und so lange wie in den ganzen letzten zehn Jahren nicht mehr.

24 Vier Wochen später

»Alles klar bei dir?«, flüsterte Veronika.

Charlotte nickte. Ihr Blick eilte von der Bühne, auf der die Krankenschwesternklasse gerade eine nicht enden wollende Reise durch die Geschichte der Medizin zum Besten gab, über die große Masse an Zuschauern, Neugierigen, ehemaligen Schülern, jetzigen Schülern und deren Eltern bis hin zur Machowiak, die mit neuer Frisur vor der Bühne stand und wie ein Kind unterm Christbaum strahlte. Weiter hinten im Publikum entdeckte Charlotte Doro und Andy mit Miriam und Adrian. Neben ihnen stand Richard und hielt sein Handy probeweise in Richtung Bühne. Die letzten vier Wochen war er jedes Wochenende zu ihr nach Berlin gekommen, und sie konnte sich mittlerweile gar nicht mehr vorstellen, ohne ihn zu sein. Wenn er nicht da war, fühlte sie sich wie amputiert. Sein trockener Humor, die sanfte Art, wie er mit Annabella umging, Charlotte wurde in diesen Momenten manchmal richtig neidisch, weil sie nicht auch zwischen Heuschrecken und Möhren in einem Käfig saß und von ihm gestreichelt wurde, sein leicht kurzsichtiger Blick und wie er abends ihren Namen flüsterte, all das fehlte ihr während der Woche so sehr, dass es weh tat. Sie konnte kaum die

Ferien erwarten, die sie mit Miriam oben an der Ostsee mit ihm verbringen würde.

Sie betrachtete erstaunt die Menge. Es waren doch ganz schön viele Leute gekommen. Oh verdammt. Jetzt bekam sie es doch langsam mit der Angst zu tun. Und wo blieb eigentlich der Schulrat, für den sie die ganze Farce hier aufführten? Bislang hatte er sich noch nicht blicken lassen. Was natürlich auch wiederum gut war, denn wenn Charlotte hinter sich schielte, dann standen dort die beiden einjährigen Bildungsgänge im *Werther*-Look: Kaugummi im Mund, eine letzte nervöse Zigarette zwischen den Lippen, letzte hastige SMS wurden versandt, ständig verschwand jemand aufs Klo oder ruckelte vor Panik hin und her. In ihrem historischen Aufzug erinnerten sie Charlotte an französische Aristokraten kurz vor der Hinrichtung und das waren sie ja in gewisser Weise auch. Eine öffentliche Hinrichtung, mit der Machowiak als Scharfrichterin und dem Schulrat und seinem Hofstaat als Zeugen. Herr Steffens, der Schulrat, traf gerade auch auf dem Schulgelände ein. Wo hatte er denn heute seine junge Frau gelassen? Herr Steffens steuerte schnurstracks auf die Machowiak zu, die vor Glück geradezu radioaktiv strahlte und ihm die Hand schüttelte und quetschte, bis er sie ihr energisch entzog. Er wirkte unwirsch und noch gestresster als sonst und außerdem irgendwie – Charlotte fiel einfach kein besseres Wort ein – traurig. Die Machowiak schien davon nichts zu merken, sie öffnete ihren Mund, und Worte sprudelten heraus, von denen Charlotte selbst aus der Entfernung kleine Bröckchen wie »Integration« und »Inklusion« und »Bildungsförderung« erahnen konnte. Die Krankenschwesternschülerinnen waren endlich fertig. Zum Schluss hatten sie mehrere Minuten lang versucht, Hochfrequenzchirurgie pantomimisch darzustellen. Die Zuschauer klatschten höflichen Beifall, der Hausmeister rief laut: »Rost brennt, Leute!«, woraufhin die meisten sich erleichtert von der Bühne abwandten. Verdammt, es kam doch noch ein Beitrag. Ihr Beitrag! Oder war es vielleicht besser so? Wenn der ganze *Werther*-Rap sang- und klanglos und unbemerkt in den Kaugeräuschen von hundertfünfzig Bratwurstfressern unterging?

»Frau Windrich?« Die Machowiak winkte ihr aufgeregt zu. »Kommen Sie doch mal schnell!« Herr Steffens war nicht mehr zu sehen, und das Lächeln der Machowiak hatte einen schadenfrohen Zug angenommen. Was war denn da los?

»Was will die denn jetzt noch?«, zischte Veronika. »Wir sind gleich dran!«

»Keine Ahnung. Aber weil ich sowieso gleich vor Aufregung in Ohnmacht falle, ist es mir auch egal.« Charlotte schob sich eilig durch die Leute. »Ja?«, sagte sie, als sie bei der Machowiak angekommen war.

»Frau Windrich, hören Sie mal zu«, flüsterte die Direktorin und sah sich so unruhig um, dass Charlotte einen irrwitzigen Moment lang tatsächlich glaubte, die Frau würde sie gleich nach der Handynummer ihres Dealers fragen. »Ich wollte Ihnen nur sagen, sprechen Sie den Schulrat bloß nicht auf seine Frau an. Ich habe es gerade erst erfahren, sie hat ihn Hals über Kopf verlassen. Für einen Profiboxer, zwanzig Jahre jünger. Der Herr Steffens leidet unendlich. Es ist unglaublich. So schrecklich.« Die Machowiak schüttelte dramatisch den Kopf, aber Charlotte konnte an dem gierigen Funkeln in ihren Augen sehen, dass ihrer Chefin gar nichts Besseres als diese Nachricht hatte widerfahren können. Vielleicht spekulierte sie darauf, dass der Mann an seinem Liebeskummer zugrunde ging und sie auf seinen Posten klettern konnte? Leider hatte die Machowiak das Kultur-event des Jahrhunderts trotzdem nicht vergessen.

»Alles klar?«, fragte sie prompt. »Ich bin ja schon gespannt wie ein Flitzebogen, auch wenn ich Ihnen eigentlich ein biss-chen böse sein sollte.«

»Warum?«, fragte Charlotte voller dumpfer Vorahnung.

Die Machowiak wackelte schelmisch mit dem Zeigefinger. »Weil Sie mich nicht haben mitmachen lassen. Ich liebe das Theater doch so! Allein schon die jungen Leute in ihren tollen Kostümen! Endlich mal etwas, worauf unsere Schule richtig stolz sein kann.«

»Sie sagen es«, quetschte Charlotte heraus. »Ich muss.« Und damit drehte sie sich um und ließ die Machowiak in ihrem Freudentaumel allein. Sollte sie sich ruhig noch eine Sekunde lang an den Neuigkeiten berauschen. Denn jetzt ging es los. Charlotte huschte hinter die Bühne, gab ein paar letzte Anwei-sungen, schüttelte Hände, klopfte Schultern, trat sogar für je-manden die Zigarette aus. »Los geht's!«, sagte sie. »Ihr schafft das!«

Veronikas Klasse hatte sich bereits auf die Bühne begeben, Charlotte hörte sie flüstern und mit den Füßen scharren, dann folgten die Mädchen. Ein kleiner begeisterter Jauchzer war zu hören, definitiv Machowiak'schen Ursprungs.

»Passiert das jetzt wirklich?«, flüsterte Charlotte und sah Ve-ronika hilfesuchend an.

»Da kannst du aber Gift drauf nehmen.« Veronika grinste.

Charlotte holte tief Luft und wollte sich gerade vor die Bühne stellen, als sie den Summton einer eintreffenden SMS hörte. Wer war das jetzt? Ein rascher Blick zeigte es ihr. Johannes. *Deine Mutter lässt euch ausrichten, sie hat Doro verziehen. Sie ist glücklich, dass ihr euch wieder vertragen habt. Und dass ihr beide Lehrerinnen seid. Alles wird gut!*

Charlotte stutzte. Dass Doro mittlerweile auch als Lehrerin arbeitete, hatte sie Johannes doch gar nicht erzählt, sie hatte es einfach vergessen. Sollte etwa doch etwas dran sein an ...

»Na los, komm.« Veronika stupste sie an, Charlotte schreckte aus ihren Überlegungen auf und dann mischten sie sich unter die Zuschauer.

Berenike trat auf der Bühne nach vorn. Das hatten sie doch gar nicht geplant? Offenbar war das Berenike eben erst eingefallen. Ach, du meine Güte. Aber nun war es zu spät und es blieb Charlotte nichts anderes übrig, als zuzuhören.

»Wer von euch da unten war schon mal verknallt?«, fragte Berenike laut. Ein irritiertes Murmeln ging durch die Zuschauer, schließlich ertönte vereinzelt Gelächter.

»Hand hoch. Na los!«, forderte Berenike die Zuschauer auf. Amüsierte Gesichter, einzelne Hände gingen hoch, dann mehr Hände, dann fast alle Hände.

Jetzt trat Lisa vor, die trotz ihres altmodischen Kostüms immer noch wild und frech aussah. »Und wer von euch ist im Moment verknallt? Ich meine, so richtig – mit Bauchschmerzen vor Sehnsucht. Wenn euer Liebster oder eure Liebste der Grund ist, warum ihr jeden Tag aufsteht, wenn ihr euch darauf freut, sie zu sehen, wenn ihr immer nur an sie denkt, wenn sie euch antreiben wie Sauerteig?«

Charlotte zuckte zusammen, weiter vorn sah sie das runde Gesicht der Machowiak, die konfus blinzelte, wie um sich zu vergewissern, dass dies hier kein Traum war. Zu Charlottes Erleichterung schien das Publikum nichts an den seltsamen Fragen zu finden, denn wieder schossen etliche Hände in die Luft.

Eine davon gehörte Richard. Er sah zu ihr, und sie hob ihre Hand ebenfalls. Sie lächelten sich über die bratwurstfutternde Menge hinweg an.

»Und wer von euch«, meldete sich Berenike erneut zu Wort, »ist dabei unglücklich? Wer wird nicht zurückgeliebt, weil der blöde Typ euch gar nicht wahrnimmt oder die blöde Tussi euch nur auslacht? Wer von euch weiß, dass seine Scheißliebe zwecklos ist, und kann trotzdem nicht aufhören zu lieben? Wer von euch heult jeden Tag, weil die Braut oder der Typ, den ihr liebt, gerade bei jemand anderem ist, vielleicht sogar für immer, und ihr nichts, absolut nichts dagegen tun könnt?«

Es wurde still, das vereinzelte Gekicher erstarb, Verwunderung machte sich breit. Dann schoss eine Hand hoch, ein pausbäckiges Mädchen aus dem Publikum, die Unterlippe trotzig nach vorn geschoben. Weitere Hände. Verlegene Blicke, noch mehr Hände. Hauptsächlich junge Leute, aber auch ein paar ältere. Die Machowiak runzelte die Stirn und sah sich suchend nach Charlotte um. Charlotte duckte sich schnell und da sah sie es: Herrn Steffens mit seinem grauen Haarkranz, der fassungslos dastand, die Hand ebenfalls erhoben, ohne es zu merken.

»*Die Leiden des jungen Werthers*«, beendete Berenike ihre Intro. »Von Goethe. Nur ein bisschen moderner.«

Einer der Jungen im *Werther*-Look stellte sich breitbeinig neben sie, reckte das Kinn und brüllte: »This one is for you – all you lovesick motherfuckers out there!«

Die Machowiak schlug entsetzt die Hand vor den Mund und stammelte etwas, aber niemand hörte sie, denn die Bässe aus der Stereoanlage setzten ein. Dann der typisch wummernde Rhythmus des Gangsta-Rap, frisch aus den Ghettos der West-coast. Und dann setzte auch schon der Sprechgesang der Schüler ein:

»Werther war 'n krasser Typ, doch er wurde nicht sehr alt,
denn er hat sich eine Kugel mitten ins Gehirn geknallt.
Er ist gerne rumgewandert und hat Bäume angestarrt,
denn die haben ihn nicht zugetextet oder angemacht.
Werther fand in seinem Kopf seine eigene Welt,
und da ging es nicht um Streetgangs oder Drogen oder Geld.
Er war happy, er war gut drauf, er hat alles kapiert,
doch dann traf er diese Tussi und sein Herz ist explodiert.«

Aus den Augenwinkeln nahm Charlotte wahr, wie die Machowiak panisch anfing zu kreiseln, eine senkrechte Zornesfalte auf der Stirn, die sich noch verstärkte, als einige Leute anfingen, im Takt mitzuklatschen, zu nicken und zu wippen. Dem Publikum gefiel es! Und irgendwie tauchten auch immer mehr Leute auf, die, wohl von der Musik angelockt, aus den anliegenden Straßen herbeigeschlendert kamen. Weiter hinten entdeckte Charlotte ihre Schwester, die begeistert lachte und mitklatschte und für Andy offenbar übersetzte, sie sah Richard, der grinsend das Ganze filmte, sah Miriam und Adrian, die mitrockten, und Herrn Steffens, der immer noch wie erstarrt dastand und das wilde Treiben auf der Bühne verfolgte.

»Lotte konnte er nie kriegen, Werther schoss sich in die Stirn,
genau übers rechte Auge, daraus quoll dann sein Gehirn.«

Mit einem lauten Pistolenknall aus der Anlage – wo immer ihre Schülerinnen den auch aufgenommen hatten – endete die Vorführung. Beifall brach los, Mädchen kreischten, Leute pfiffen begeistert, klatschten, grölten.

»Ein Erfolg.« Veronika wischte sich neben ihr den Schweiß von der Stirn. »Nicht, dass ich was anderes erwartet hatte, aber trotzdem – puh!«

»Noch ist es nicht zu Ende«, murmelte Charlotte, die mit Argusaugen die Machowiak beobachtete, die wie ein verwirrter Käfer auf die Bühne klettern wollte und immer wieder von den Massen davon abgehalten wurde. Jemand anderes allerdings schaffte es auf die Bühne. Herr Steffens.

»Oh shit«, flüsterte Charlotte, als er zum Mikro griff. »Jetzt kommt's.«

»Absolut einmalig«, sagte der Schulrat da. »Ich habe noch nie in meinem Leben so eine mitreißende Version eines Klassikers gehört. Ein Klassiker, der immer noch aktuell ist, weil, weil ...« Seine Stimme versagte einen Moment lang. »Auch wenn Selbstmord natürlich keine Lösung ist. Nie eine Lösung ist.« Er verstummte, starrte glasig in die Ferne, räusperte sich und fuhr fort. »Zugegeben, ein bisschen gewöhnungsbedürftig und ... äh ... modern«, er gab ein unbestimmtes Geräusch von sich, »aber ich wünschte mir wirklich, in all unseren Schulen so eine Begeisterung zu finden. Solche Kreativität. So einen Schwung. Kollegin Machowiak, Sie können stolz auf Ihre Schülerschaft sein.«

Die Machowiak sah ihn schockiert an, als habe er sie gerade vor allen Leuten nach ihrer Körbchengröße gefragt, lächelte aber sodann gleich wieder verkrampft.

Herr Steffens wollte noch etwas sagen, wurde aber offenbar von Erinnerungen überwältigt und endete daher mit einem schlichten »Ich danke euch, ihr Schüler der Berufsschule Mitte«.

Wieder brach Beifall los.

»Wir haben auch noch Buletten«, ließ sich der Hausmeister vernehmen.

Zwei warme Hände schlangen sich von hinten um Charlottes Bauch. »Da muss ich wohl doch nach Berlin ziehen, wenn hier so heiße Musik-Sessions abgehen«, sagte Richards Stimme. »Ich weiß ja gar nicht, was mir da oben an der Ostsee entgeht!«

»Du sagst es.« Charlotte schmiegte sich an ihn.

»Charlotte?« Veronika zupfte an ihrem Ärmel. »Da drüben ist Arno von der Agentur. Ich habe ihm gesagt, dass er heute ruhig hier vorbeikommen kann. Der wollte dich endlich mal persönlich kennenlernen und wissen, was nun ist.«

»Ach so«, sagte Charlotte. »Das habe ich ja ganz vergessen, dir zu sagen. Du, ich glaube, ich höre doch nicht auf. Mir gefällt der Job als Lehrerin eigentlich ganz gut. Da ist immer was los.« Sie grinste Veronika an und nickte mit dem Kopf in Richtung der Machowiak, die sich atemlos den Weg durch die Menge bahnte. »Frau Windrich!«, rief sie von weitem. »Das war ja phantastisch. Einmalig! Ganz wunderbar hat mir das gefallen!«

»Aber sicher doch«, murmelte Charlotte. »Man sieht es dir an der Nasenspitze an.«

»Na, Schwesterherz?« Doro steuerte auf Charlotte zu. »Sag mal, ich bin sprachlos, was in dir steckt. Du hast ja richtig anarchistische Qualitäten!« Sie lachte. »Das war ja total irre, du meine Güte!«

Ein paar Mädchen stürzten ebenfalls auf Charlotte zu, noch in ihren Kostümen. Berenike, der eine Zigarette wie ein Fieberthermometer aus dem Mund hing, und zwei andere, und weil Charlotte wusste, dass sie in der nächsten Stunde wahrscheinlich nicht dazu kommen würde, mit Richard noch einmal das Thema zu besprechen, flüsterte sie leise: »Was hältst du eigentlich von einer Tierarztpraxis in Berlin? Hier gibt es doch auch jede Menge exotische Tiere.«

»Ach ja? Welche denn?«

»Nun.« Charlotte lächelte. »Wusstest du zum Beispiel, dass in Berlin ein Gepard namens Minki in einer Kleingartenanlage lebt?«

Richard schüttelte verblüfft den Kopf.

»Siehst du, das überrascht dich jetzt. Und weißt du, was noch viel besser ist? Minki hat uns beide zusammengebracht. Doch wirklich.« Sie grinste. »Ohne Minki hätte ich dich nämlich niemals kennengelernt. Aber das erzähle ich dir irgendwann mal in Ruhe ...«

Was danach passierte:

Ben gründete die »Rio Reiser Revival Band« und ist seitdem auf Tournee und verarscht weiterhin nonstop das System.

Frau Doppel-Kiefer-Bruch hat sich wieder scheiden lassen und lebt in einer neuen Beziehung. Gerüchten nach heißt ihr neuer Partner Reinhard Heilung.

Phillips Mutter erlitt einen Nervenzusammenbruch, nachdem ein aus Versehen in ihrer Strumpfhose eingeschmuggeltes Heimchenpaar sich in rasender Geschwindigkeit in den Tiefen der neuen Wohnlandschaft vermehrte und für tausendfachen Nachwuchs sorgte.

Sie liegt seitdem in der Berliner Charité und wird nur unregelmäßig von *Phillips Vater* besucht.

Viktor hat es aufgegeben, Kochvideos ohne seine Kinder aufnehmen zu wollen. Stattdessen hat er sie mitmachen lassen und das Ergebnis auf YouTube hochgeladen, wo er über Nacht zur Internet-Sensation wurde. Das Video, in dem seine Kinder einen Truthahn mit Granatäpfeln und Haarbürsten füllten, hat bereits über 800 000 Mal den *Daumen hoch* erhalten. Er hat seitdem mehrere Anfragen diverser Fernsehsender für eine Doku-Soap bekommen, die er bislang eisern abgelehnt hat.

Berenike hat beschlossen, doch noch ihren Realschulabschluss zu machen, weil sie irgendwann einmal als Eheberaterin arbeiten will. Bis es so weit ist, gibt sie gute Ratschläge auf ihrer Website www.vergissdenscheißtypen.de

Lisa hat sich in *Lil' Bitch* umbenannt und vermeldet erste Erfolge in der Berliner Rap-Szene. Seit neuestem interessiert sie sich außerdem für deutsche Literatur des 18. Jahrhunderts.

Doro und Andy betreiben weiterhin das Shakespeare Inn und lassen dort regelmäßig junge Nachwuchsmusiker auftreten. Den Auftakt machte ein Flötenquartett aus der Grundschule St Yves.

Annabella verbringt ihre Tage schlafend. Sie ist außerdem ein Männchen, doch das weiß nur Richard.

Johannes ist auf einer Indienreise, um sich selbst zu finden, nachdem ihm der Geist seiner Oma in ihrem braunen Mantel in der Umkleidekabine eines Herrenausstatters erschien. Sie befahl ihm, endlich sein Leben in den Griff zu bekommen. Den Wohnwagen hat er auf Theos Grundstück geparkt. Anwohner berichten, dass angeblich manchmal ein Sibirischer Tiger aus dem Fenster des Wohnwagens sieht.

Julius hat tatsächlich etwas gänzlich Neues geschrieben – einen Gartenratgeber zum Spezialgebiet Heckenanbau. Das Buch erfreut sich größter Beliebtheit, nicht zuletzt deshalb, weil es in Reimen gehalten ist und gleichzeitig eine düstere, endzeitliche Stimmung vermittelt. Es beschreitet damit völliges Neuland im Sachbuchbereich.

Phillip hat sich ebenfalls auf eine Indienreise begeben, um sich selbst zu finden. Bislang ist ihm aber nur dieser Spinner aus Berlin in Pluderhosen über den Weg gelaufen, der seine Träume deuten wollte. Gerüchten nach ist Phillip auf dem Weg nach Nepal, wo es noch die letzte, ausschließlich von jungen Frauen bevölkerte Stadt dieser Welt geben soll.

Charlotte und Richard haben vor der Küste Australiens unter Wasser geheiratet. Es ist durchaus möglich, dass ein Blobfisch aus der Tiefe dabei zugesehen hat. Charlotte ist Lehrerin geblieben und hat im neuen Schuljahr mit ihren Schülerinnen das Nibelungenlied modernisiert. Die Bayreuther Festspiele haben bereits großes Interesse an den Texten vermeldet.

Danksagung

Mit Dank an meine Eltern, Rolf und Barbara Herwig, die immer wieder ein Beweis dafür sind, dass man auch als Ü40 noch was von seinen Eltern lernen kann; mit Dank an meine Lektorin Katrin Fieber, die mit schlafwandlerischer Sicherheit jedem Text den letzten Schliff gibt; mit Dank an meinen Agenten Kai Gathemann für seine Telefonseelsorge und mit Dank an den Rapper Tech N9ne und den alten Geheimrat Goethe für Inspiration.

Und natürlich mit Dank an meine Exfreunde. Ihr bleibt alle unvergessen – wenn auch aus unterschiedlichen Gründen. ☺

Ulrike Herwig, Juni 2013

Ulrike Herwig
Mein Gott, Wanda

Roman | 272 Seiten | Klappenbroschur
ISBN 978-3-547-71184-4

Wanda, 63, hat gerade ihren Teeladen verkauft und freut sich
auf eine Australien-Reise in attraktiver Herrenbegleitung. Da
hat ihr Sohn einen Skiunfall und bittet sie, nach seinem
Fitnessclub zu sehen. Wanda muss wählen: Kängurus oder
Schweißgeruch? Abenteuer oder Familie? Mit ihren
Freundinnen Biggi und Marianne inspiziert sie den Club.
Biggi wischt gleich mal feucht durch, und Marianne streicht
die Eiweißdrinks von der Karte, zu ungesund! Eins steht fest:
Hier muss etwas passieren. Schweren Herzens packt Wanda
die Koffer wieder aus. Wie soll sie mit den muskulösen
Stammgästen zurechtkommen und wie den Club wieder in
Schwung bringen?

Marion von Schröder

»Wundervoll unterhaltsam erzählt.« *GONG*

Ulrike Herwig

TANTE MARTHA IM GEPÄCK

Roman

ISBN 978-3-548-28458-3
www.ullstein-buchverlage.de

Karen Thieme freut sich auf die Sommerferien, da sitzt plötzlich Tante Martha auf der Rückbank des Familienkombis. So viel Nähe sollte eigentlich nicht sein. Doch Tante Martha stellt die Schottlandreise auf den Kopf. Sie zockt Truckfahrer beim Pokern ab, kennt sich überraschend gut mit Whisky aus und bringt die Familie in einem hochherrschaftlichen Castle unter. Und Martha hat noch mehr Trümpfe im Ärmel!